KB202315

조선의 포청천

오리 이원익 대감

조선의 포청천

오리 이원익 대감 상

이우각 지음

프로방스

눈물과 한숨으로 쓴 나의 회고록을 마치며

첫째, 86년 이상을 살아온 조선시대 최장수 행운아의 한 사람으로 조선왕국을 새롭게 소개하고 싶었다. 특히, 조선왕국을 중심으로 내가 살던 한 시대를 조명하고 싶었다. 사대사상(事大思想)에 젖어 조선왕국을 '중국의 작은 제후국 정도'로 불러야 하는 시대적 굴레를 벗어나 국민의 눈으로 조선왕국을 당당히 내세우고 싶었다. 즉, 상국(上國)과 소방(小邦)으로 부르며 늘 '작은 나라, 작은 왕, 작은 신하, 작은 백성' 운운하는 것이 자랑스러운 조상들 앞에서 정말이지 너무도 부끄럽고 안타까웠다. 최소한 내 회고록 속에서만은 조선을 당당한 왕국으로, 조선의 신하들을 당당한 왕국의 관리들로, 조선 왕을 당당한 독립왕국의 임금으로 자리매김하고 싶었다.

둘째, 8년여의 공백 기간을 제외하면 22세 이후 86세까지 56년여 긴 긴 세월을 관직에 있었으니 개국 후 2백 년 뒤에 맞은 7년 왜란을 비롯하여 광해군의 부침, 그리고 능양군(綾陽君)의 반정과 이후의 호란까지의 그

엄청난 격동의 세월 속에서 국민과 관리와 왕이 과연 무엇을 했는지, 그리고 어떻게 해서 조선왕국을 지켜낼 수 있었는지를 최대한 객관적, 과학적으로 기록하여 후세에 전할 사명이 있다고 생각했다.

셋째, 무엇보다도 관리와 왕에 대한 기록은 넘쳐나지만 한문을 모르는 국민은 가장 중심에 머물며 항상 뿌리를 이루고 있음에도 불구하고 후세에 그 기록을 제대로 전할 길이 막막했으므로, 나라도 앞장서서 188년 전(1446)에 반포된 세종대왕의 훈민정음 즉 한글을 제대로 써서 조선왕국 일등국민의 생생한 삶의 발자취를 후세에 전하고 싶었다. 최소한 내 회고록 속에서만은 조선의 보통사람들이 주인공이 되게 하고 싶었고 최소한 내 회고록 속에서만은 조선의 마을과 거리, 조선의 들녘과 산하가 세상 제일의 금수강산(錦繡江山), 세상 유일의 예의지국(禮儀之國)으로 비쳐지게 하고 싶었다.

넷째, 고루하고 번잡하기까지 한 유교적 양반문화와 왕과 양반을 중심으로 한 차별적 신분제도가 지배하던 조선왕국에도 중국, 일본은 물론이고 멀리 떨어진 동남아, 인도 등지, 심지어 유럽에까지도 지적 호기심이 엄연히 존재했다는 사실을 후세에 꼭 전하고 싶었다.

다섯째, 언제나 자기가 사는 시대를 '현대'라고 부르듯 조선왕국의 지식인들 중에도 학문적으로나 종교적으로나 당대의 기준을 훌훌 벗어던지고 새로운 사상을 논하며 '한 번뿐인 생애를 최대한 초월적으로 살고자 했던' 이들이 의외로 많았다는 사실을 내 입으로 직접 증언하고 싶었다.

여섯째, 권선징악(勸善懲惡)적인 유교 정신에 기초한 역사 기록에서 벗어나 사색당쟁과 7년 왜란과 반정(反正)과 호란을 되도록 있는 그대로 후세에 전하여 진정한 온고지신(溫故知新)의 기풍을 진작하고 싶었다.

일곱째, 86년 이상 거의 90에 가까운 생애를 살면서도 미처 다 이루지 못한 일들을 비록 회고록 형태로지만 먼 후일 꼭 세상에 드러나, 나와 함께 했던 조선왕국의 동시대인들의 생각과 삶과 꿈을 손바닥을 보이듯 생생하게 보여주고 싶었다.

갑술년(1634년) 정월 대보름 임인(壬寅) 일
삼천리 방방곡곡을 넘어 천하 두루두루 입춘대길(立春大吉)을 기원하며
오리(梧里) 이원익(李元翼) 씀

오리 이원익 대감의 회고록을 끝내며

우리의 지난 역사에 '이토록 완벽한 인물이 과연 있었을까?' 아무리 자문자답해도 답은 오직 하나 — 바로 이원익이었다. 칼끝으로 후벼 파듯 써내려간 조선의 역사 그 어디에서도 이원익을 비판하거나 폄하하는 말을 찾기 어려웠다. 처음에는 '권력만 좇은 전형적인 고관대작'으로 오해했지만 실록의 구석구석을 살피며 절로 감탄하고 탄복했다.

우리가 아는 그 많은 영웅호걸들이 모두 공과가 엇갈리고 호, 불호가 뒤섞여 있기 마련인데 이원익만은 전혀 달랐다. '하늘을 우러러 한 점 부끄러울 게 없다.'는 말에 딱 들어맞는 사람이었다. 나는 그의 절절한 공인정신에 감격했다. 목숨을 걸고 바른 말을 하는 그의 대단한 기개에 절로 머리가 숙여졌다.

당파 짓기가 그렇게 성했는데도 당리당략으로 판단이 흐려진 일이 없다. 왜란, 호란, 정변, 역모, 무고, 변란이 끊임없이 이어지는 그 무서운 소용돌이 속에서도 이원익은 타고난 천성 하나, 배워 깨우친 도리 하나

로 무난히 버티고 무사히 넘겼다. 꾀도 쓸 줄 모르고 거짓말을 할 줄도
몰랐다.

대개는 입신양명이 길면 욕이 되고 수명이 길면 폐가 되는 법인데, 이
원익의 다섯 차례 영의정 역임, 이원익의 87년 천수에는 그 어디에도 욕
이나 폐가 될 만한 게 없었다. 정말, 정말 대단하고 위대한 인물이었다.

나는 정말 하늘을 우러러 한 점 거리낄 것 없이 이원익을 조선왕국의
으뜸 영웅, 조선왕국 백성들의 으뜸 스타, 조선왕국 관료들의 으뜸 길잡
이로 내세우고 싶다. 전국 곳곳에 이원익에 관한 전설이 서려 있다. 민심
이 곧 천심이라서 백성은 언제나 만나지 못하고 보지 못해도, 누가 위대
하고 누가 훌륭한지 속속들이 꿰뚫어, 산과 들, 고개와 산, 골짜기와 마
을에 무수한 신화와 전설을 새겨 기리고 꽂아 기리고 흩날려 기리고 숨겨
기렸다.

아아, 왜 지금은 이원익 같은 진정한 풋대, 참 스타, 빛다운 길잡이가
없는가! 아아, 우리에게는 왜 여태 이원익의 닮은꼴, 이원익의 분신, 이
원익의 그림자 정도라도 되는 걸출한 인물이 그리도 없는가!

나는 나날이 외로워지고 쓸쓸해지는 우리 국민을 위해 이원익을 소개한다. 나는 나날이 헐레벌떡거리고 허겁지겁 서두르는 우리 관료들을 위해 이원익을 소개한다. 나는 나날이 쥐꼬리만 한 거짓말을 키워 기린의 목만큼 늘이고 코끼리의 다리만큼 불리는 중앙과 지방의 목민관들을 위해 이원익을 소개한다.

나는 희망의 새싹들인 청소년들, 젊은이들을 위해 이원익을 특별히 높이고 싶다. 나는 어수선한 환경에서도 스스로 바로 살고 바로 서려 애쓰는 이 시대의 청장년층을 위해 이원익을 특별히 내세우고 싶다. 그리고 마지막으로 나는 아무것도 해 줄 것 없는 나라를 위해 그래도 아침 저녁으로 하늘에 빌고 강과 산의 신명에게 비는 나와 같은 노년층을 위해 특별히 이원익이란 이름 석 자를 목청껏 외치고 싶다.

이원익을 통해 새로운 희망을 찾아보게 하고 싶다. 이원익의 발자취를 통해 참 희생, 참 헌신, 참 애국애족, 참 삶을 뒤밟게 하고 싶다.

이원익의 '비우고 또 비우는 그 끊임없는 비우기'를 통해 이 시대가 해 줄 수 없는 것을 일찌감치 포기하고 체념하고 용서하고 망각하기를 바라기 때문이다. 사랑하는 이들을 위해 한 뼘 땅을 비워주는 '빈 의자로 돌아가기'를 모두가 스스로 속히 배우기를 바라기 때문이다. 하늘은 긴 생애를 주어 '비우고 떠나는 연습에 열중하도록' 했다. 하늘은 멀고 가까운 곳의 비극을 통해 각자 알아서 '물러서는 지혜, 물려주는 지혜, 물러나는 지혜'를 깨닫게 했다.

이제 이원익을 통해 배우는 것이 끝이다. 이것이 마지막 교과서, 마지막 스승, 마지막 빛, 마지막 호루라기소리다. 수많은 멋쟁이 조상들이 있었다는 것, 헤아릴 수 없이 많은 번뜩이는 천재, 신비로운 기인, 보고 또 보아도 알쏭달쏭하기만 한 이인들이 있었다는 것을 — 이제 이원익을 통해 마지막으로 샅샅이 들여다보아야 한다. 자랑스러운 우리 역사였다. 눈부신 우리 조상들이었다. 아름다운 우리 산하였다. 기적과 축복으로 가득한 바로 우리 자신들의 자화상이었다.

2010년 초여름

지은이 이우각 씀

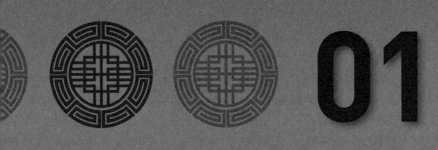

01

청소년기의 나를 되돌아보며

01 청소년기의 나를 되돌아보며

　　　　　　　나는 조선왕국 제13대 왕 명종(재위 1545-1567)
의 통치시대 속에서 본격적인 공직생활 이전의 서생시절을 보냈다.

　한 마디로 분에 넘치는 세월이었다.

　조선왕조 개국의 일등공신인 태종대왕의 4세손으로 태어나 자타가 공
인하는 왕족의 일원이 되었다.

　어디 그뿐인가!

　절의(節義)의 대명사인 문충공 포은(圃隱) 영일(迎日) 정씨 정몽주(鄭夢周) 선
생의 후손을 아내로 맞아 1남 1녀를 낳고 그들을 통해 핏줄을 잇고 가문
을 이었다.

　그리고 세속을 따라 후실을 두어 또한 2남 7녀를 얻었으니 본류보다
지류에서 오히려 자손 풍년을 이룬 셈이다.

　고마운 조상 덕에 태어난 곳이 하필 서울 천달방(泉達坊; 종로 동숭동)이라

어려서부터 조선왕국의 수도에서 조선의 역사를 한 눈에 바라보고, 한 몸으로 겪으며 보낼 수 있었다.

나는 어려서부터 '태종대왕이 세종대왕과 뚝섬에서 매 사냥 구경을 한 뒤 병이 깊어져, 55세 되던 해 5월 10일에 바로 천달방에서 세상을 하직하셨다.'는 말을 자주 들으며 지냈다.

덕분에 내가 태어난 천달방은 내 조상 익녕군의 생부인 태종대왕과 직결된 유서 깊은 장소가 된 것이다.

자그마한 일이지만 나는 항상 어머니는 동래(東萊) 정씨요 아내는 영일(迎日) 정씨라서 고부간에 서로 통하는 바가 많아 참으로 다행스럽다고 여겼다.

내가 공직 이전의 생애를 보낸 명종시대(1545-1567)는 참으로 우여곡절이 많았다.

조선왕국 개국 이후 150여 년 뒤, 세종대왕의 눈부신 통치 이후 1백여 년 뒤라 왕국으로서의 기틀이 웬만큼 마련된 덕에 국정의 골간보다 오히려 곁가지에 대한 시시비비가 무성했다.

연산군의 폐정과 학정이 12년 동안 이어지며 무오사화(1498년 연산군 4년), 갑자사화(1504년, 연산군 10년)를 일으켜 숱한 생목숨들을 떼죽음, 생죽음으로 내몰았는데도 여전히 권력 암투가 조선왕국의 궁궐과 산하를 뒤덮었다.

29세에 왕에 올라 30세에 생을 마감하며 8개월여의 짧은 왕위를 지키면서도 아버지 중종대왕의 업적인 재야 학자 중용의 관문인 천거별시(현량과)를 부활시키고 아버지 중종대왕이 천추의 한으로 여겼던 조광조 등 기묘사화 피해자들의 복권을 단행했던 제12대 인종(仁宗)의 시대(1544-1545)가 일장춘몽처럼 번뜩였는데도, 조선왕국의 지도층은 제 살 파먹고 제 뼈 깎는 일에 골몰했다.

역사의 긴 그림자가 서서히 다가오는데도 전혀 그 기미를 알아차리지 못할 정도로 조선왕국의 상층부는 제 길을 놓아둔 채 곁길로 게걸음하고 있었다.

나는 생원진사시라고도 하고 소과(小科)라고도 하는 사마시(司馬試) 공부를 하면서도 울분(鬱憤)과 의분(義憤) 사이의 중용을 지키려 애쓰며, 조선왕국 수도에서 날마다 들리는 온갖 소문에 가슴을 졸이고만 있어야 했다.

하늘도 무심치 않은지 조선왕국을 송두리째 흔들던 세도가 승려 보우(普雨: 1509-1565)가 을축년(1565년) 6월 25일 제주도로 귀양 갔는데, 하필이면 내가 막 사마시에 합격하여 본격적으로 과거 준비에 들어가는 시기에 그런 일이 생기고 말았다.

십대 청소년기의 우국충정어린 간절한 기원이 마침내 하늘의 보응을 받은 것 같아 여간 다행스럽지 않았다.

유교적 학문에 바탕을 둔 선비들이 관리로 나가 나라를 이끄는 것이 기본인 나라에서 보우는 갑자기 나타나 불교의 중흥을 보란 듯이 완수했다.

국민의 신앙생활에 속한 일이라면 나라에서 해 주지 못하는 정신적 위안이 되는데다 사후의 안녕을 바라며 선한 생애를 기록하려 애쓰게 만들기에 그 또한 조선왕국 융성에 도움이 되겠지만, 보우는 왕의 모후 문정왕후를 등에 업고 단기간에 조선왕국 전체를 뒤흔들어놓았다.

150년을 넘기고 200년에 다가가는 조선왕국의 긴 연륜 속에서도 단몇 사람만의 유착과 결탁으로 조선왕국 건국의 기초이념인 유학 사상마저 단숨에 뒤흔들 수 있었다니 ― 보우의 거침없는 농단에 나는 그저 할말을 잊었다.

그래도 조선왕국의 기반은 충분히 공고했다.

전국의 선비들과 조정의 신하들이 앞 다퉈 '안 된다. 절대 안 된다. 조선왕국을 뿌리부터 뒤흔드는 일이다.'며 들고 일어났는데도 보우는 조선왕국이 개국하며 단행했던 배불숭유(排佛崇儒) 국책을 단번에 뜯어고쳤다.

글깨나 주워섬기는 선비들은 입만 열면 '망국적'이라는 말을 했지만 십대 중반인 나는 되도록 현실적인 안목으로 문제의 근본, 나라의 기본을 파헤쳐보고자 했다.

저자거리의 갑남을녀들마저 눈을 부라리고 목청을 돋우며 '요승 보우가 조선 천지를 절터로 만든다.'고 야단이었지만, 나는 종교의 위력과 권력층의 농단을 한 자리에 올려놓고 살펴보려 애썼다.

그러면서 '태종대왕이었으면 어땠을까, 세종대왕이면 어땠을까?'하며 슬그머니 과거의 발자취를 되밟아보기까지 했다.

답은 분명하고 단순했다.

150여 년을 버틴 왕국의 기틀은 겨우 20여년의 뒷방정치로 단번에 일그러질 수 없었다.

100여 년 이어진 세종대왕 이래의 조선왕국의 정신적 뿌리는 일개 세도가 승려의 조급하고 거침없는 방향급선회에 그리 쉽사리 무너질 수 없었다.

오히려 전화위복의 계기가 되었다.

전국의 지식인들이 모두 나라 걱정을 하게 되었다.

입신양명과 출세주의에 젖어 글공부를 수단으로 여겼던 선비들이 '나라가 통째로 무너진다.'며 애국의 의분으로 똘똘 뭉친 것이다.

그리고 강토에 묻혀 이름 없이 사는 그 많은 국민들마저도 '나라가 뿌리부터 흔들린다. 임금과 권리들이 제 구실을 못하니 조선왕국이 150여 년 만에 끝장을 보게 생겼다.'며 진정으로 나라 걱정, 앞날 근심을 하게 된 것이다.

그리고 보다 중요하게도 위 아래 할 것 없이 모두 '나라의 정신적 뿌리'에 대해 생각하게 되었다.

불교의 왕국이었던 고려에서 유교의 왕국인 조선으로 넘어와 150여 년을 거치며 너무도 당연하게 여겼던 '나라의 정신적 바탕'에 대해 진지하게 고민하게 되었다.

예비 지식인이나 기성 지식인은 '왜 일생을 바쳐 공맹사상을 공부하고 연구해야 하는가?'를 생각했다.

글공부로 출세하려는 길이 막히거나 아예 그럴 생각조차 안 해 본 보통 사람들은 '근처 서당에서 낭랑하게 들리는 공자왈 맹자왈이 대체 무엇이며 왜 그토록 필요한가?'에 대해 다시금 생각해 보게 되었다.

그러면서 자연스럽게 중국의 한자문화권에 속한 조선왕국의 정신적 뿌리를 손거울로 전신을 바라보려 애를 쓰듯 이리 보고 저리 보며 더 좀 자세히 뜯어보려 긴긴 밤을 와자지껄 소란하게 보내기도 했다.

종교의 문제는 고즈넉한 서원에서나 첩첩산중 절간에서 생각할 문제였지 보통사람들은 그저 '조선왕국의 정신적, 문화적 기틀이 과연 무엇이 있는지, 그리고 조선왕국의 정신적, 문화적 샘물이 과연 어디에 그 원천을 두어야 하는지?'에 대해서만 집중적으로 고민했다.

사필귀정(事必歸正)인지 아니면 화무십일홍(花無十日紅)인지 명종의 모후 문정왕후 파평 윤씨가 세상을 뜨자 20년 뒷방정치, 밀실정치도 한순간에 막을 내렸다.

왕후는 64세로 생애를 마감하고 왕후의 치마폭에서 종교의 세력화에 힘을 쏟던 보우(普雨)는 제주도로 귀양을 떠나게 되었다.

한데 화불단행(禍不單行)이라고 보우는 급기야 제주 목사 37세 원주 변씨 변협(邊協)에 의해 참수형에 처해지고 말았다.

내 주위의 젊은 선비들은 일제히 '그것 보라!'고 말했다.

흔히들 인과관계(因果關係)를 따지며 사물의 앞뒤를 모두 보려 하지만 사실은 늘 결과가 드러나야 앞의 일까지 한꺼번에 이해하게 되는 것이 사람의 변변치 못한 판단력이다.

나는 결과만 갖고 모든 걸 지나치게 속단하는 버릇을 늘 경계했다.

사필귀정이니 화무십일홍이니 하며 단 몇 마디로 모든 걸 이해하려 하는 거야 보통사람들의 경우라면 그리 타박할 일이 못 될 것이다.

하지만, 지도적 위치에 올라서려 글공부하는 이들은 반드시 결과보다도 시작과 과정 하나하나를 더 중요시해야 한다고 생각했다.

하여튼 십대의 나는 되도록 큰 판 위에서 충감(蟲瞰)이나 관견(管見)대신 조감(鳥瞰)하고 관조(觀照)하려 노력했다.

'왜 보우는 저 죽을 줄 뻔히 알면서 조선왕국 개국의 기틀마저 송두리째 뒤흔들려 했을까?'

'어떻게 해서 일개 산사의 승려가 수렴청정의 주인공인 임금의 모후를 업고 그 많은 반대와 그 무서운 공격의 화살을 뚫고 기어이 자신의 목표를 보란 듯이 관철시킬 수 있었을까?'

'보우가 사귄 선비들은 과연 누구이고 보우를 죽이고자 힘을 합쳤던 그 많은 선비들은 또 누구란 말인가?'

나는 시대를 읽고 싶었다.

나는 '어떻게 해서 한 시대의 큰 흐름이 이리저리 뒤바뀌는지' 알고 싶었다.

무엇보다도 '천지신명의 조화' 이전에 '사람들이 꾸미는 일들'이 궁금했다.

보우의 등장과 그의 목표 관철, 그리고 아침 이슬처럼 자취를 감추게 된 한 때의 벼락치기 개혁정치를 그 뿌리에서부터 차근차근 되밟고 싶었다.

한 개인은 '태어나 이리저리 살다가 어느 날에 죽는 것'으로 끝나지만 한 개인의 생각과 행동이 의외로 큰 소동을 일으키고 때로는 거대한 홍수나 인정사정없는 들불처럼 휘몰아쳐 닥치는 대로 휩쓸어버리는 그 비밀, 그 이치를 샅샅이 파헤치고 싶었다.

무엇보다도 '보우에 대한 후세의 평가'가 궁금했다.

고려왕국의 흥망성쇠나 고려왕국 권력층의 부침처럼 조선왕국도 언젠가는 한 개인의 일생처럼 노년을 맞이하게 되고 임종을 맞게 될 거라고 생각하며, 역사라는 것, 후세의 평가라는 것을 좀 더 길게 바라보려 했다.

성리학, 주자학이 이기론(理氣論)을 들먹이며 우주 멀리까지 생각의 지평을 넓히려 하는 것처럼 나는 비록 십대의 치기어린 생각이지만 보우의 머릿속에 들어가 그가 꿈꾸던 세상을 훔쳐보려 했다.

하지만 사람이나 세상이나 참으로 단순한 것이어서 보우가 내리막길에 들어서자, 그가 선발한 전국의 수천여 명 승려들과 그가 부활시킨 승과시와 그가 심혈을 기울여 다시 세우고 다시 손본 수천여 개의 전국 사찰들이 한꺼번에 날벼락을 맞게 되었다.

인심이 싹 돌아가 하루아침에 '요승 보우, 고려왕국을 망친 요승 신돈 뺨치는 괴승 보우'라는 식으로 저주를 받게 되었다.

나는 20년 세도정치의 전 과정 속에서 빛과 어둠 사이를 오간 숱한 인물들을 떠올렸다.

21

모후를 믿고 설쳐댄 외척들의 전횡을 떠올렸다.

모후가 세상을 뜨자마자 모후의 긴 그림자를 단숨에 걷어 내버린 31세 명종 임금의 결단을 곰곰이 곱씹어 보았다.

인종과 명종은 둘 다 연산군 폭정을 밀어내고 등극한 중종의 장남, 차남으로 생모만 각각 장경왕후 파평 윤씨, 문정왕후 파평 윤씨로 다를 뿐인데도, 인종의 외척과 명종의 외척들 사이의 사생결단식 정쟁과 두 외척 사이에 낀 권신들 사이의 피바람 또한 실로 만만치 않았다.

나는 왕조가 어떤 식으로 이어지든 사람들의 권력다툼은 마치 물이 곧 끓게 될지도 모른 채 느긋하게 누워 있는 개구리들처럼, 그렇게 저 죽을지 모르고 무조건 덤벼대게 만든다는 — 소름끼치는 끔찍한 생리를 절절이 통감했다.

나는 한강 건너 낮은 언덕에 오를 때마다 눈여겨보았던 사육신들의 안식처를 떠올려 보았다.

태어난 때와 장소는 서로 달랐지만 죽는 이유와 시기가 똑같았던 사육신들의 일편단심과, 13년 통치를 위해 14세 조카의 왕좌를 넘본 수양대군 세조의 발자취를 되돌아보았다.

겨우 2년여 왕좌를 누린 뒤 38세로 세상을 뜬 친형 문종(文宗)의 어린 후계자를 '어리석어 더는 못 하기에 영명(英明)한 삼촌에게 왕위를 물려준다.'는 구실로 물러나게 한 것이다.

내가 목격한 명종시대 22년 역시 1백여 년 전의 권력다툼이 부른 피바람과 그리 크게 다르지 않았다.

권력은 짜디짠 소금물이거나 모든 걸 잠시 잊게 하는 마약인지, 이상하게도 들이킬수록 더 목마르기 마련이고 빠져들수록 더 달라붙게 마련인 모양이다.

일단 한 번 맛을 들이면 하나뿐인 목숨과 유일 터전인 가문마저 투기의 대상이 되고 모험의 수단이 된다.

나는 집안 어른들로부터 조선왕국의 건국에 얽힌 이야기와 그 후의 내우외환을 누누이 듣고 배우며 '권력은 불 같아서 거리를 잘 조정해야 하고, 권력은 물을 닮아서 제 힘으로 헤쳐 나갈 수 있도록 항상 숨구멍을 잘 조절해야 한다.'고 생각했다.

그리고 천재지변이 아무리 심해도 하늘과 땅이 뒤바뀌거나 해와 달이 사라지지 않듯이 사람은 늘 평상심을 유지해야 한다고 생각했다.

나는 평상심이야말로 본심이고 양심이고 천심이라고 여겼다.

공맹이 가르친 중용도 바로 평상심일 거라고 생각했다.

어른들은 '순리를 따르라.'고 가르쳤다.

나는 그 순리가 곧 평상심을 잘 지키는 일이라고 믿었다.

선업(善業)이 이어지려면 평상심이 지배하는 세상이어야 한다.

악업(惡業)이 이어지며 피바람을 일으키지 못하게 하려면 무엇보다도 먼저 사람들의 평상심이 균형추 노릇을 하게 해야 한다.

한낱 필부의 평상심도 중요한데 하물며 임금이나 신하들에 있어서야 더 말해서 무엇 하겠는가!

수양대군 세조의 아들 예종은 겨우 14개월 동안 왕좌를 지키다 28세의 젊은 나이로 요절했고, 증손자 연산군은 전대미문의 12년 폭정으로 조선 왕국을 건국 1백여 년 만에 거의 침몰 직전까지 추락시켰다.

나는 세조와 그의 아들 예종, 그리고 그의 증손자 연산군을 떠올리며 '사람의 업에는 악업과 선업이 있고 그 후의 일에는 반드시 각각의 업에 따른 결과가 있다.'는 성현들의 가르침을 되새겼다.

옷을 벗은 알몸이 똑같듯이 누구나 한 꺼풀만 벗기면 평상심이 드러나게 마련이다.

웃음소리, 울음소리, 한숨소리, 앓는 소리가 엇비슷하듯 누구나 겉치레를 그만두면 금방 제 본심, 제 양심, 제 평상심으로 돌아갈 수 있다.

그렇게 되면 남을 해쳐서 잇속을 챙기는 못된 일이 사라지게 될 것이다.

그렇게 되면 자연히 하늘의 이치와 땅의 이치에 스스로 붙들릴 수 있게 될 것이다.

나는 조선왕국의 수도에 살면서 한 사람 한 사람의 평상심이 얼마나 중요한지 절감했다.

궁궐 안팎과 나라 안팎에서 나날이 벌어지는 온갖 우여곡절을 지켜보면서 임금과 신하들의 마음가짐이 바로 나라의 운명과 국민 각자의 삶을 결정한다고 확신하게 되었다.

내게는 명종 대(1545-1567)의 승려 보우(普雨)로 인한 한 차례의 폭풍이 결코 단순한 광풍으로만 다가오지 않았다.

굳이 '역사는 반드시 되풀이된다.'는 말을 곱씹지 않더라도 유비무환(有備無患)이라는 말, '소 잃고 외양간 고치지 마라.'는 말에 이미 마음을 단단히 먹어야 한다는 경고와 교훈이 함께 들어있는 것이다.

일개 촌부로 살아도 의식주 걱정, 식구 걱정을 넘어서서 제 생애를 설계하고 그에 맞춰 노력해야 하는 부담을 지게 마련이다.

하물며 엄연한 왕족인 나의 처지로 보면 눈 앞에서 벌어지는 일상에 결코 무심할 수 없는 일이다.

더욱이나 숱한 생목숨이 멸문지화(滅門之禍)를 당하는 일들 앞에서야 어떻게 아무렇지 않은 듯 태연하고 무심할 수 있는가!

명종시대의 광풍노도 같은 정치로 인해 나는 '권력이 무상하다.'는 윗분들의 가르침을 깊이 새기게 되었다.

그리고 보우의 발자취가 파도에 휩쓸리듯 사라지는 것을 보며 '순리와 상식에 기초해야 무리가 없다.'는 어른들의 말씀을 되새김질하게 되었다.

반면교사라는 말, 타산지석이라는 말, '눈밭에서는 반듯하게 잘 걸어야 뒤에 오는 이가 길을 잃지 않고 잘 걸을 수 있다.'는 말을 다시 생각했다.

02

천달방(泉達坊)을 벗어나 마침내
전국의 인재들과 함께 호흡하다

생원진사시험인 사마시(司馬試) 합격은 내게 새 하늘과 새 땅을 선사했다.

17세에 조선왕국 그 어디에서나 당당한 성인 대접을 받게 된 것이다.

누구에게서나 공인이 될 준비를 본격적으로 갖춰야 할 의젓한 예비 선비 대접을 받게 된 것이다.

성균관에 들어가 연구하고 공부하고 토론하며 과거 시험을 본격적으로 준비하게 되었다.

자연히 전국에서 올라오거나 수도 한성에서 모여든 조선왕국의 예비 인재들을 만날 수 있게 되었다.

'올곧다.'는 말은 자주 들어도 '사교적이다.'는 말은 좀처럼 듣지 못한 나로서는 천재일우의 기회였다.

학문적 호기심과 타인에 대한 관심이 대단히 높아 자연히 다들 어느 정도 개방적일 수밖에 없었다.

소위 너나없이 허심탄회한 논의를 공부하고 연구하고 토론하는 밑거름으로 삼고자 했다.

그런 분위기에 따라 나 자신도 조금씩 변모해 갈 수밖에 없었다.

굳이 남이 알아주기를 바라는 마음에서가 아니라 교류하고 소통해야 상대를 알 수 있을 뿐만 아니라 나 자신에 대한 성찰과 반성이 가능했기 때문이다.

조선왕국이 결코 작은 나라가 아니라는 사실을 새삼 다시 깨달았다.

의식주는 엇비슷해도 말투나 학풍이나 성품이 정말 제 각각이었다.

칼로 베듯이 나눌 수는 없다 해도 지역에 따라, 가문에 따라 성질도 다르고 언행 또한 사뭇 달랐다.

출발은 모두 주자 성리학일지라도 중점을 두는 내용이나 나랏일을 보는 눈이 무척 달랐다.

특히 왕국의 기본인 임금과 신하, 양반과 일반 국민에 대한 생각들이 뜻밖에도 천양지차였다.

하지만 예비 선비들, 예비 관리들답게 관찰력, 판단력이 예리하고 단호했다.

결론은 대체로 '현실적인 한계가 먼저냐, 근본 가치와 목표가 우선이냐?'를 따지거나 '실용이냐, 명분이냐?'로 나뉘기 마련이었다.

젊은이들답게 대체로 명분과 가치에 더 기우는 편이었다.

하지만 나는 철저히 현실을 파악하려는 실용적 안목 쪽이 더 눈에 띄었다.

집안 어른들로부터 늘 '탁상공론을 경계하라.'는 가르침을 들었기에 거의 본능적으로 '공론에 장황한 이를 보면 궤변으로 왜곡하려 한다.'는 생각을 지울 수 없었다.

그리고 '말은 말로 끝나야 한다.'는 토론의 기본을 잊은 채 거의 주먹질 직전까지 가곤 하는 속 좁고 성미 급한 이들을 보면 '화가 화를 부른다.'는 격언을 되뇌이곤 했다.

문제는 언제나 좀 소란스럽다는 것이다.

열기와 혈기가 합쳐져 소탐대실(小貪大失)이란 말처럼 근본을 잊은 채 말단에 몰입하는 경우가 너무 잦았다.

자연히 나는 군계일학(群鷄一鶴)을 탐색하는 버릇이 생기고 말았다.

유유상종(類類相從)이나 화이부동(和而不同)이란 말을 경계하고 교훈 삼으며 되도록 내가 못 지닌 큰 장점, 내가 부러워할만한 괄목할 잠재력을 지닌 이들을 눈여겨보게 되었다.

그런 탐색전 속에서 내가 만난 벗이 바로 덕훈(德薰) 이정형(李廷馨)이다.

중훈(仲薰) 이정암(李廷馣)의 동생인데, 덕훈, 중훈은 두 사람의 별명(別名)이다.

이정형은 나보다 두 살 연하이고 이정암은 나보다 여섯 살 연상인데 하나같이 학문적 열정은 물론이고 나라 장래에 관한 포부와 기개가 정말 남달랐다.

세상을 내다보는 안목은 높은데 욕심이 없는 '호수 같고 거울 같은 마음들'이라 쌀독이 바닥나면 중앙관직을 마다한 채 멀고먼 한직을 자원하곤 했다.

다들 겉으로는 선비입네 하면서도 속으로는 오로지 개인영달에만 골몰한 세태 속에서도 당연히 돋보이는 형제들이었다.

나는 특히 동생인 이정형과 가까웠다.

무엇보다도 말수가 적고 한가로이 빈둥거리거나 괜히 노닥거리는 일을 천성적으로 싫어하는 내게 언제든 스스럼없이 다가와 콕콕 찌르듯, 아프게 저미며 내듯 나를 다그치고 나무라는 것이 좋았다.

한 편으로는 긴장될 때도 있지만 다시 생각하면 내게 꼭 필요한 거울이고 샘물이라서 나는 이정형의 충고나 질책을 평생의 책과 스승으로 여겼다.

어휘 선택이나 논리가 너무도 정확하고 정연하여 내가 미처 다 말하기도 전에 내 속을 몽땅 읽고 대변하기 일쑤였다.

그는 확실히 내게 부족한 그 뭔가를 고루 갖추고 있었다.

공맹 학문만이 아니라 그는 민간의 점술이나 주역에 대해서도 속속들이 꿰뚫고 있었다.

자신에게나 나라에 일이 있으면 항상 천기를 먼저 읽고 행동하려 했다.

싹을 보면 안다고 그는 확실히 나라의 대들보가 되기에 충분한 인재 중의 인재였다.

이정암, 이정형 형제는 경주이씨 집안의 걸출한 인재로 보기 드물게 문무를 겸비한 사람들이었다.

나는 형제를 대할 때마다 '나라가 위급할 때 쓰라고 하늘이 내려준 사람들'이라고 생각했다.

내 예견대로 형제는 왜적의 침략으로 국토가 결딴날 때 분연히 일어나 누란의 위기에 빠진 나라와 국민을 구했다.

붓 대신 칼과 창과 활을 들고, 방구들 대신 말을 타고 황해도를 지켜내 의주로 피난 간 임금과 신하들을 살려냈다.

임금과 신하들이 머무는 의주 행재소와 충청, 전라, 경기 지역이 서로 소통할 수 있게 길을 미리 터놓았던 것이다.

형제는 확실히 철인(哲人)이고 대인(大人)이었다.

나는 형제를 볼 때마다 '앞을 미리 내다보는 남다른 눈'을 지녔다고 믿었다.

이정형은 늘 내게 귀띔했다.

'안이 소란하면 반드시 큰 화가 밖에서 들이닥치게 마련'이라고 했다.

당리당략에 따라 이합집산을 거듭하며 쓸데없이 저주와 모함을 일삼는 임금 주위의 고위관료들을 '큰 화를 불러들일 장본인들'이라고 말했다.

그러면서 형제가 모두 '큰 판이 오래 뒤흔들려 조선왕국의 뿌리가 뽑히겠지만 하늘과 땅과 조상들이 도와 화를 자초한 큰 길이 도리어 회생의 기운을 불러들이게 될 것'이라고 했다.

나는 두 사람의 이야기를 들으며 나도 모르게 소름이 돋았지만 그렇다고 내가 특별히 그 큰 판을 좌지우지할 수 있는 재간이 있는 것도 아니니,

그저 '제발 뿌리 채 뽑히는 최악의 사태가 일어나지 않기를' 빌고 또 빌 수밖에 없었다.

누가 만일 내게 '완벽한 사람을 보았느냐?'고 묻는다면 나는 주저 없이 이정형을 손꼽을 것이다.

전형적인 외유내강형이고 날과 등을 갖춘 완벽한 인격자였다.

공맹의 인의예지신을 모두 갖춘 보기 드문 완성자였다.

혈통을 중심으로 나라를 논하지 않고 요순우시대처럼 인물 됨됨이, 인격 완성도로 나라를 논한다면 당연히 큰 나라, 큰 국민을 이끌만한 걸출한 인물이었다.

이정암, 이정형 형제는 생부의 존함인 탕(宕) 자처럼 반쯤 감은 눈, 반쯤 막힌 귀로 보고 들으면 '지나침이 좀 있다.'고 하겠지만, 제대로 된 안목과 심성으로 찬찬히 살핀다면 분명히 '비범함과 대범함이 오묘하게 조화를 이룬 참으로 드문 예'라고 할 것이다.

내가 우연히 찾아낸 '보석 같은 사람'이 있다.

바로 진주 강씨 집안의 강서(姜緖)가 바로 그 사람이다.

나와는 지연, 학연을 비롯하여 거의 인연이 없었지만 어느 날 갑자기 혜성처럼 내 앞에 나타난 이인(異人)이고 도인(道人)이었다.

두주불사에 늘 대장군 모습이고 현인(賢人) 달인(達人) 자태였다.

물론 부러운 면도 많았다.

우의정을 지낸 생부가 62세 천수를 누리며 아들 강서가 43세 될 때까지 때로는 스승으로, 때로는 선배로 자상하고 엄격하게 이끌어준 것이 무엇보다도 부러웠다.

한 마디로 '집안이 좋은 사람'으로 통했다.

더욱이나 부친이 공명정대한 공직자상으로 주위의 존경을 받고 있었다.

'같은 뿌리에서 나왔어도 이렇게 다를 수 있단 말이냐?'는 말을 들을 정도로 강서(姜緖)는 부친 강사상(姜士尚)과 너무도 달랐다.

취중에도 범인의 범접을 허용하지 않았다.

감히 그 앞에서 말재주나 머리 좋은 걸 자랑할 수 없었다.

궁궐 안이라고 다들 고양이 걸음으로 움직이며 꿀 먹은 벙어리처럼 억지를 부려도 그는 '궁궐을 제 집처럼 여긴다.'는 말을 듣기 알맞게끔 항상 거침이 없고 매이지 않았다.

초연하다는 말에 알맞은 사람이었다.

위풍당당하다는 말에 안성맞춤인 사람이었다.

'그만 좀 하라.'며 은근히 눈짓을 보내면 '그대는 천성이 깔끔하니 먼지를 묻혀서는 안 되지만, 나는 깊은 산 속 호랑이로 태어났으니 이렇게 좀 아슬아슬하게 굴어도 괜찮다.'며 너털웃음을 웃었다.

말 그대로 그는 내가 살던 조선시대의 '백호(白虎)'가 분명했다.

그는 임금 앞에서나 고관대작들 앞에서나 어리둥절한 후배들 앞에서도 항상 자유롭고 활달했다.

공맹의 사상만을 논하는 자리에서도 그는 양명학과 온갖 잡학, 잡술을 거침없이 열거했다.

특히 세상 돌아가는 일과 사람들 살아가는 이치를 손바닥 들여다보듯 이 꿰고 있었다.

하루는 관료들이 모인 자리에서 느닷없이 '조선왕국의 앞날과 조선왕 국 국민의 앞 일'을 장황하게 늘어놓았다.

기축년(1589)에 큰 옥사가 일어나 조선왕국 선비들 절반이 큰 해를 입는 다고 운을 뗐다.

그의 말을 들은 관료들이 누가 시킨 것도 아닌데 일제히 얼음처럼 얼 어붙었다.

평소에 그의 기풍이 어떠했는가를 알 수 있는 장면이었다.

평소 그가 주위로부터 어떤 대접을 받고 있었나를 단적으로 증명하는 자리인 셈이었다.

후에 정여립의 난과 그로 인한 기축옥사가 일어나 천여 명의 선비들이 해를 입을 때 다들 '강서의 예언이 적중했다.'고 이구동성으로 말했다.

그는 또 51세의 나이로 유명을 달리하기 얼마 전에 '선비들이 해를 입 는 큰 옥사가 일어난 뒤 정확히 3년 뒤에 칼바람이 불어 닥쳐 온 나라가 전쟁터로 바뀌게 된다.'고 말했다.

임진년 4월에 왜적이 침략하여 조선 강토가 피바다로 변하자 다들 다 시 한 번 '강서의 예언이 맞았다.'며 경악했다.

그는 그렇게 기인(奇人)의 기질과 이인(異人)의 기풍을 겸하고 있었다.

나는 조용히 그에게 물은 적이 있다.

"무슨 근거로 기축년 옥사와 3년 뒤의 임진년 대전란을 예언합니까? 공연히 없는 말을 지어낼 형이 아닌데 어째서 그런 느닷없는 말로 주위를 놀라게 합니까?"

그는 조용히 술만 들이켜고 있다가 가만가만 말문을 열었다.

"무슨 신통한 기술이 있어서 그러는 건 아니지요. 수레바퀴를 보면 알수 있지요. 둥그렇기 때문에 굴러간다고 여기지만 사실은 젖먹이가 도리질하듯 같은 일을 반복하는 셈이지요."

나는 다시 물었다.

"그렇다면 과거에 비슷한 예가 있어 그를 통해 쉽게 넘겨짚을 수 있다는 말인가요?"

그는 다시 숨을 고른 뒤 한참 만에 입을 열었다.

"고려왕국이 수다한 곁가지들을 하나의 본가지 주위에 세워 이룩하지 않았습니까? 왕조의 뼈대와 머리를 이룬 왕(王)씨 자체도 본가지 하나에 세 개의 곁가지가 촘촘히 박혀 이뤄져 있지 않습니까? 그래서 고려왕조는 운명적으로 새로운 본가지인 몽고의 원나라 등장에 밀려 졸지에 본가지에서 곁가지로 돌변한 거지요. 고려왕조 자체가 완전히 원나라의 일개 곁가지로 존재한 적이 그 얼마나 깁니까?"

나는 마른 침을 꿀꺽 삼킨 뒤 다시 물었다.

"그렇다면 조선왕국의 대표 성씨인 이(李)씨는 무슨 숙명을 지니고 태어난 겁니까?"

그는 잠시 일어나 창문을 반쯤 열어젖힌 뒤 다시 앉아 조용조용히 말을 꺼냈다.

"머리에 이고 다녀야 할 게 많다 보니 나라 숙명에 사람 운명이 완전히 갇힌 형상이지요. 언제나 큰 판이 뒤흔들려 조선 사람들 전체가 이리 쏠리고 저리 쏠리게 된다는 말이지요. 돛대가 너무 높은 조각배 신세와 같다고 보면 되지요. 용케 물에 떠 있기는 하나 늘 두레박처럼 출렁거리는 통에 사람들이나 짐짝이나 편한 날이 별로 없다는 말이지요."

나는 고개를 갸우뚱거리며 눈짓으로만 보다 자세히 말해 줄 것을 구했다.

그는 두 잔을 연거푸 들이켜더니 헛기침을 시작으로 말문을 열었다.

"안에서 흔들지 않으면 반드시 밖에서 흔들게 되어 있어요. 두레박처럼 그래야만 물을 채울 수 있고 조각배처럼 그래야 앞으로 나갈 수 있지요. 운명이에요. 변고와 변란이 철칙이지요. 한 번 요동칠 때마다 수다한 생목숨이 해를 입게 되고 애꿎은 민초들이 부평초처럼 떠다니게 되지만 어쩔 수 없는 노릇이지요. 조선왕국의 숙명이 바로 안에서든 밖에서든 흔들게 마련이고 그 소란과 요동침으로 인해 근근이 제 구실을 할 수 있게 되는 거지요."

"그래서 기축년 대옥사와 임진년 대전란을 필연이라 말한 거군요."

나는 더 이상 묻지 않고 두 눈을 꼭 감은 채 천지신명 앞에 조용히 기원할 수 밖에 없었다.

'부디 사람이 덜 상하게 해 달라.'고 기원했다.

'제발 죄 없는 생목숨들이 덜 다치고 덜 넘어지게 해 달라.'고 기원했다.

유인(儒人)인 동시에 도인(道人)이요 문신인 동시에 무신 이상의 호방한 기질을 지녔던 강서(姜緖)는 비록 나보다 9년이나 연상이었지만 동갑내기 이상으로 친밀했다.

술을 워낙 좋아하고, 건강이나 챙기고 맛난 것이나 탐내는 것을 곧잘 금수(禽獸)에 견주던 별난 사람이라, 환갑 나이를 9년이나 앞둔 채 이승을 하직했다.

9년 차이로 만난 하늘이 점지한 인연이었지만 9년이나 먼저 흙바람을 마다한 채 대낮의 바다 안개처럼 홀연히 사라진 것이다.

그래도 30이 넘어 급제하고 40이 넘어 정6품에 이르렀지만 마지막 10년을 맹렬한 산불처럼 타올랐다.

중앙 관료생활을 접고 지방을 전전하며 민초들의 비지땀과 한숨에 한 발 가까이 다가갔다.

국정을 꿰뚫는 탁월한 통찰력으로 6조의 절반, 6승지 중 다섯, 대관(臺官)과 간관(諫官)을 합친 대간(臺諫) 생활로 중앙무대에서의 공직생활을 채웠다.

뒤이어 수원, 남양(경기도 화성), 인천 등지를 거치며 특별한 목민관으로 자리매김했다.

그는 내가 승지 자리에서 스스로 물러나 5년 가까이 야인생활을 할 때도 일체 변함없이 나를 자주 찾아 주었다.

중앙 관직에 있어 바쁠 때나 지방 관직에 있어 거리가 아무리 멀어도 그는 바람처럼 왔다가 바람처럼 사라지곤 했다.

술을 즐겨 종류나 맛을 전혀 묻지 않는다는 것만 빼면 그는 말 그대로 바람이었다.

때로는 칼바람 같기도 하고 때로는 봄바람 같기도 했다.

종잡을 수 없이 군다기보다 그는 때로는 나무처럼, 때로는 새처럼, 때로는 물고기처럼 그렇게 자유롭고 초연했다.

나는 조선왕국 개국을 위한 신흥세력의 정지작업으로 인해, 고려왕조 말엽이 얼마나 피비린내로 얼룩졌는가를 말하던 그를 아직도 잊지 못한다.

"대옥사가 일어날 기축년(1589년)보다 꼭 2백 년 앞선 시기(1389년)에 고려왕조의 두 왕들(우왕, 창왕)이 죽임을 당하고 마지막 왕(공양왕)이 등장했지요. 요승 신돈의 아들과 손자라며 20대 중반의 왕(32대 우왕)을 몰아내 죽이더니 곧 이어 아홉 살짜리 어린 왕(33대 창왕)을 왕좌에서 내쫓아 죽음으로 내몰지요. 그런 뒤 44세 된 왕(34대 공양왕)을 허수아비로 내세워 3년여 질질 끌다가 마침내 수면 아래에 있던 조선왕조가 벼락처럼 나타나게 되지요. 고려에 태어났으면 그런 꼴을 곁에서 보게 되었을 테지요. 다행인지 불행인지 조선왕조 개국 이후 2백여 년이 지난 시점에 태어나 대옥사와 대전란을 온몸으로 겪게 된 셈이지요."

그는 내 눈을 뚫어지게 바라보며 마치 내 운명을 미리 바라보기라도 한 듯이 긴 한숨을 여러 번 내쉬었다.

"이공처럼 늠름한 기상을 지닌 타고난 충신도 권력 다툼에 휘말려 본의 아니게 큰 해를 입어 해가 너덧 번 바뀌도록 야인생활을 하는데, 나머지 덜 떨어진 반쪽 선비들, 반쪽 충신들이야 더 말해서 무엇 하겠소? 추풍낙엽일 거요. 추풍낙엽! 기축년 대옥사로 선비들이 추풍낙엽이 되면 해가 세 번 바뀌는 임진년에 반드시 온 백성이 추풍낙엽 신세가 되고 말 거요. 조선왕조를 송두리째 가리는 큰 그림자가 가까이 다가오고 있어요. 해가 저물면 밤이 오듯이 일단 칠흑 같은 어둠이 지나야 새벽이 오지요. 기축년 대옥사가 밤을 재촉하는 부엉이 울음소리라면 임진년 대전란의 시작은 조선왕조의 뿌리와 줄기를 통째로 갉아 먹는 땅 속 벌레들의 소름끼치는 울음소리이지요. 조선을 중흥시킬 영명한 왕과 신하들이 줄지어 나오면 몰라도 아마 임진년 대전란을 시작으로 조선왕조의 운명은 많이 달라질 거요. 강토가 짓밟히고 큰 판이 뒤바뀌는 속에서 민초들의 남은 힘이 오한 걸린 듯 빠져나갈 텐데 무슨 수로 냇물이 모여 강으로 가고 강물이 모여 바다로 가는 것을 막을 수 있겠소? 임진년에 시작되는 대전란으로 조선을 지키던 용은 아마 기진맥진하게 될 거요. 조선의 용이 뱀으로 변해 땅위를 기어 다니게 되고 말거요."

그는 당파 싸움에 초연했던 부친 강사상(姜士尙)을 예로 들며 내게 '항상 일정 거리를 두어야 한다.'고 누누이 충고했다.

큰 판이 바뀔 때는 다들 악귀처럼 미쳐 돌아가기에 '제 아무리 임금의 총애를 겨드랑이에 끼고 산다고 해도 결코 무사할 수 없다.'고 했다.

그는 내가 생각하는 평상심을 '일정 거리, 알맞은 거리'로 뒤바꾸어 말하는 듯했다.

나는 9년 연상인 강서(姜緖)를 통해 당대 조선왕국의 대표적 기인(奇人)이던 조충남(趙忠男)을 만나 교류했다.

성씨가 한양 조씨라는 것만 알 뿐 그에 대한 모든 것이 다 아리송했지만 정말이지 기인 중의 기인이었다.

양반이든 민초든 가리지 않고 그를 아주 특별한 사람으로 대접했지만 정작 그 자신은 사람들의 그런 눈길에 별로 관심이 없었다.

멀쩡한 데도 불구하고 한사코 벙어리, 귀머거리 행세를 했다.

하지만 사람들은 이구동성으로 말했다.

'조충남이 찡그리면 내리막길이고 조충남이 웃으면 오르막길'이라고 했다.

그의 표정만 읽으면 그의 눈길이 닿은 이의 앞날을 손바닥 들여다보듯이 훤히 읽을 수 있다고들 했다.

나는 본래 허황된 말을 쉽게 믿지 않기에 강서(姜緖)와는 또 전혀 딴판인 조충남을 늘 눈여겨보았다.

한 번은 내게 느닷없이 귀띔했다.

계미년(1583년)에 쥐불놀이에 몸을 데게 될 테니 놀라지 말라고 했다.

스스로 아무리 조심해도 덤불이 타오르기 시작하면 최소한 매캐한 연기라도 맡아야 하고 시커먼 검댕이라도 묻혀야 한다고 했다.

본의 아니게 해를 입어 오래 외롭게 지내다가 정해년(1587년)이 되어서야 자리를 박차고 다시 일어서게 된다고 했다.

승지 벼슬에서 본의 아니게 소란에 휩쓸려 한가로이 물러났다가 4년 뒤에야 새로운 일자리를 맡게 된다는 말이었다.

그는 '하늘이 점 찍어둔 일이 있으니 아무 염려 말고 몇 년 몸조리나 잘 하고 글공부나 마저 하라.'고 했다.

강서(姜緖)의 예언대로 대옥사, 대전란이 이어져 마치 낮과 밤이 뒤바뀌고 해와 달이 숨게 될 때를 대비하여 '하늘이 미리 점 찍어둔 일꾼'이 있고 '하늘이 미리 점 찍어둔 일'이 있다고 했다.

지나놓고 보니 그는 내가 36세에 승지 벼슬에서 물러나 40세에 안주 목사로 나간 일을 미리 꿰뚫어 보고 있었던 것이다.

눈짓 하나, 표정 하나로 길흉화복을 족집게처럼 점지는 그를 두고 사람들은 '한겨울에 동남풍을 불게 한 제갈량(諸葛亮)의 재주를 뛰어넘는다.'고 했다.

누구와 어디서 만나 무엇을 하는지 종잡기 어려운 뜬구름 같은 사람이지만 나나 강서(姜緖)가 부르면 언제든 부지런히 달려 왔다.

내가 안주에 나가 있을 때는 경기 남쪽에 있는 강서(姜緖)와 나 사이를 마치 베틀 북처럼 바삐 오가기도 했다.

나는 그를 통해 강서(姜緖)에 대한 그리움을 조금이나마 달랠 수 있었다.

나는 고맙기 그지없는 그의 바람 같은 줄달음으로 인해 안주에 앉아서도 한성과 경기도의 일을 훤히 다 들여다볼 수 있었다.

내가 간혹 '어디서 무얼 하느냐?'고 걱정스레 물으면 그는 힐끔 쳐다보고는 혼잣말처럼 '구름을 왜 말뚝 박아 놓으려 하느냐?'고 되물었다.

내가 '물은 그릇에 담아 놓을 수 있는데 왜 조공은 곁에 붙잡아 놓을 수가 없느냐?'고 더 좀 자주 보기를 은근히 바라면 그는 쓴 오이 꽁지를 깨문 듯이 오만상을 찌푸리며 넓은 옷소매를 허공에 휘휘 저어보이기만 했다.

정말 신기한 것은 세상이 다 아는 기인이고 은둔자이고 방랑자인 그가 자유분방과는 거리가 먼 나를 내치지 않고 늘 정을 주고 있다는 사실이다.

조선왕국의 안녕과 조선 백성의 행복만을 유일한 목표요 사명으로 여기는 나를 두고 그는 '이공은 이공의 할 일을 하는 것이고 나는 내 할 일을 하는 것'이라고 말했다.

그러면서 '왕후장상이든 갑남을녀든 그저 타고난 대로만 살 수 있다면 그것이 곧 최선을 다한 가장 멋진 삶'이라고 했다.

'바람이면 바람으로 살고 물이면 물로 살고 불이면 불로 살고 흙이면 흙으로 살아야 그 속에서 잎도 무성해지고 꽃도 요란스레 피고 열매도 먹음직스레 열린다.'고 마치 도학자처럼 말했다.

그는 결코 분수 운운하지 않았다.

'뭐든 받아들이는 만큼이 제 양이고 소화하는 만큼이 제 것'이라고 했다.

'이공은 여러 가지 복을 듬뿍 타고 났지만 그 많은 복 중에서도 특별히 백 세 세수를 누릴 수명복을 타고 났으니 오래도록 타고난 천성을 고이 간수하여 많은 사람들의 산증인이 되라.'고 했다.

'하루라도 더 오래 사는 것이 진정한 복이고 진짜 승리'라고 했다.

그러면서 '이공이 맡게 될 제왕 다음의 모든 벼슬은 결국 영광과 허물, 보람과 아쉬움을 함께 가져다주겠지만, 그 누구도 손대지 못할 수명복만은 하늘이 특별히 이공에게만 허락한 것이니 다들 먼저 가더라도 끝까지 강건하게 남아 나머지 사람들의 못 다한 말을 후세에 전해 달라.'고 했다.

나는 '왜 조공은 어디에서 무엇을 하려고 내게만 그 큰 짐을 맡기느냐?'고 물었더니 그는 마루에 걸터앉은 채 짚신에 묻은 먼지만 댓돌에 털며 떠날 채비를 서둘렀다.

나는 사라지는 그에게 속으로만 말했다.

'바람 같은 벗이여, 부디 너무 멀리 가지 말고 가까이 있다가 내가 부르거든 얼른 달려오시게. 내가 잠시 일에 파묻혀 뜸하더라도 제발 세상 먼지 속에 파묻힌 나를 생각해서 향기로운 신바람, 들바람을 앞세우고 쏜살 같이 달려오시게.'

03

조선왕국과 나의 20대

03 조선왕국과 나의 20대

정미년(1547)에 한성 동쪽 낙산 밑의 천 달방에서 태어났으니 나의 20대라면 곧 정묘년(1567년)부터 정축년(1577년)까지를 말하는 셈이다.

아버지 함천군(咸川君) 이억재(李億載)와 어머니 군부인(郡夫人: 외명부 정·종 1품의 품계) 동래정씨 사이에서 태어나, 어릴 적부터 훌륭한 가르침을 잘 받을 수 있었던 자체가 크나큰 행운이었다.

'태종대왕의 4대손이니 모든 면에서 모범이 되어야 한다. 그 동안 가까운 왕손이라는 이유로 윗분들은 과거를 볼 수 없었지만, 4대손부터는 구차한 음관(蔭官) 대신 당당히 과거를 거쳐 공직에 나갈 수 있으니 집안을 위해서도 큰 복이요, 본인 자신을 위해서도 큰 복이니 모든 짐이 두 어깨에 실렸다고 보고 늘 신중 과묵해야 한다. 배운 것은 등불에 지나지 않지만 타고난 천성은 해와 같고 달과 같으니, 늘 중심을 잘 지키며 어둠을 밝히는 빛이 되어야 한다. 위로는 충성과 헌신으로 최선을 다하고 아래로는 신의와 인의로 처신하며 매사에 푯대가 되고 길잡이가 되어야 한다.'

아버지는 늘 그런 가르침으로 처음과 끝을 채우셨다.

'태몽에 나타났듯이 천 년 거북과 백 년 학이 잘 조화된 삶을 살아야 한다. 집안 어른들 말씀에 의하면 거북이 태몽에 보인 것은 백 세 장수할 복이고 태몽에 학이 보인 것은 임금과 나라와 백성을 위해 꼿꼿한 잣대가 되고 후세를 위한 길이 되라는 뜻이라니, 부디 더 하지도 모자라지도 않는 지혜와 넘치지도 마르지도 않는 근검절약을 잘 지켜나가라. 무엇보다도 등잔 밑이 어둡다는 말이 가까이에서 나오지 않도록 거북처럼 천천히, 학처럼 높이, 멀리 사는 지혜에 특별히 뛰어나기를 바란다. 가을보다는 봄을 반기는 사람의 심성을 잘 살펴야 한다. 누구나 해가 저물면 수그러들고 해가 뜨면 부지런해진다는 세상 이치를 눈여겨보아야 한다. 등 따습고 배부르면 갓난아기도 옹알이를 하고 누울 곳 있고 먹을 것 있으면 맹수도 순해진다는 성현들의 가르침을 항상 가슴에 새기며 이왕이면 돌 대신 흙이 되고 굽은 길 대신 곧은길이 되도록 해라.'

어머니는 물가에 놓인 젖먹이를 바라보듯, 불가에 놓인 갓난아기를 대하듯 항상 그렇게 조용조용하지만 두 눈 가득 정을 듬뿍 담아 말씀하셨다.

10대 후반에 진사생원이 되어 성균관 유생들 사이에서 과거를 준비했다.

나는 그들 속에서 뭐든 녹여버릴 것 같은 열기를 느끼며 지냈다.

나는 전국 방방곡곡에서 모여든 예비 관료들, 예비 학자들, 예비 성현들 속에서 미래의 동량지재와 우국충신과 멸사봉공의 표상을 만나며 지냈다.

뭐든 두드려 명검(名劍)을 만들겠다는 대단한 기운이 넘쳐났다.

뭐든 가지런히 묶어 명필(名筆)을 만들겠다는 숭고한 결의가 번뜩였다.

간웅으로 태어났더라도 반드시 잘 가르쳐서 현군, 충신열사로 만들겠다는 고담준론이 웅변을 이루고 있었다.

폭군이면 덕을 가르치고 인의예지를 덧입혀 성군(聖君)으로 세우겠다는 다짐이 강물처럼 도도히 흘렀다.

간신이면 공맹(孔孟)의 덕성과 주희(朱熹) 성리학의 심성으로 속을 채워 기필코 문지방에서 문설주로, 서까래에서 기둥과 대들보로 고쳐 보겠다고 장담했다.

성균관 유생들과의 공동 학습과 공동 토론은 내게 새로운 열정과 안목을 선사했다.

학문이 깊어지고 심성이 갈고 닦여져 그제야 세상 이치를 보다 분명히 깨우칠 수 있었다.

본격적인 공직생활로 접어들기 직전에 나라와 백성을 위한 길이 무엇인지, 임금과 신하의 도리가 무엇인지, 그리고 나 자신을 어떻게 해야 반듯하게 지켜나갈 수 있는지에 대해 충분히 공부하고 연구할 수 있었다.

20대 초반에 과거에 급제하여 조선왕국의 관료사회에 첫 발을 내디졌다.

괴원(槐院)이라고도 부르는 승문원(承文院)에서 공직생활을 시작했다.

국가의 외교 문서를 관장하는 곳이라 우선 중국과 일본을 포함하여 여진 등에 관한 지식을 넓힐 수 있었다.

특히 중국과의 외교가 가장 중요했기에 중국과 주고받는 외교문서 서체를 익히는 일이 중요했다.

중국의 속어를 섞어 쓴 한문인데, 이문교육(吏文敎育)이라고 해서 특별히 가르치지 않으면 제대로 할 수 없는 분야였다.

한창 지적 호기심이 넘쳐날 때라 무엇보다도 장서각이 딸려 있어 조선왕국 건국 시기부터 2백여 년 동안 이어져 내려온 조선왕국의 공식적인 외교 역사를 철저히 연구할 수 있었다.

사대교린이라 하여 중국과 여타의 나라들을 열거했지만 사실은 주로 중국과의 외교 관계가 중심을 이루고 있었다.

결국 '중국 수도를 다녀와야 비로소 조성왕국의 외교를 알 수 있다.'고 생각하게 되었다.

20대 초반에 꿈꿨던 중국 여행이 마침내 이뤄지게 되었을 때 그 기쁨과 설렘은 이루 말할 수 없었다.

임신년(1572년) 정월에 주역을 공부하는 동료를 만나니 '내년에는 천 리 밖으로 나가게 되겠다.'고 했다.

조선왕국 수도 한성에서 천 리 밖이라면 의주 바깥세상, 즉 중국을 가리키는 말이었다.

한성에서 북경이 3천 리 길이라고 하니, 계유년 닭띠 해에 20대의 소
망이 마침내 이뤄진다는 것이다.

성균관 전적(정6품)으로 있을 때였으니 상식적으로 생각하면 거의 불가
능에 가까운 소망이었지만 어쨌거나 한 해 뒤에 그 꿈이 이뤄진다니, 듣
기만 해도 유쾌한 일이 아닐 수 없었다.

정월의 주역 풀이 때문인지 봄이 지나자 중국 가는 성절사 이야기가
솔솔 나왔다.

성절사로 가게 되어 있는 승지 권덕여(權德輿)가 성절사 질정관(質正官)으
로 내가 거명되니 좋은 기회가 될 거라고 했다.

'함께 가게 되어 잘 되었다. 묻고자 하는 내용을 미리 잘 숙지하고 정
리하여 조선의 국사나 학문이 이공 덕분에 한 걸음 건너뛰게 되기를 바란
다.'고 덕담을 했다.

중국 황실의 생신을 축하하러 가는 50대 중반의 권 승지를 20대 중반
의 전적(정6품)인 내가 수십 명 일행과 동행하게 된 것이다.

반 년 가까이 걸릴 3천 리 왕복 길이다.

계유년(1573년) 봄에 드디어 중국 수도 북경을 보게 되었다.

명나라가 들어서며 원나라 수도 대도(大都)를 북경(北京)으로 고쳐 불렀
는데도 조선에서는 다들 연경(燕京)으로 불렀다.

조선의 시계는 세월이 그렇게 많이 흘렀는데도 여전히 춘추전국시대 소

국이었던 '연(燕)나라 수도 계(薊)'를 기억하여 굳이 '연경(燕京)'으로 불렀다.

자그마치 2천 6백여 년 전에 북경을 중심으로 작은 나라를 꾸렸던 연(燕)나라를 기억하는 이유는 과연 무엇인가?

나는 대륙에 기초한 중국과 반도에 기초한 조선왕국, 그리고 섬에 근거한 일본국을 번갈아 떠올리며, 조선왕국의 온고지신(溫故知新)을 생각했다.

다들 버리더라도 홀로 소중히 간직하려는 그 마음이 바로 해와 같고 하늘과 같다고 생각했다.

조선왕국의 국명인 '조선'에도 계승과 광명이 들어 있지 않은가!

단군 조선을 이어받는다는 계승의 뜻과 '아침 해가 찬란히 떠오르듯 광명 천하가 되소서!'라는 기원이 담겨져 있다.

임신년(1392년) 7월에 고려 공양왕으로부터 선양 받아 처음에는 '고려왕국의 왕'으로 '개경'을 그대로 수도로 삼았다.

하지만 이미 망한 고려왕국과 힘차게 일어설 새 왕국은 분명히 뿌리부터가 달랐다.

그래서 종주국 대접을 하던 명나라에 새로운 나라 이름을 정해 달라며 '화령(和寧)'과 '조선(朝鮮)'을 주문사(奏聞使) 한상질(韓尚質) 편에 보냈다.

임신년(1392년) 11월에 보냈더니 이듬해 계유년(1393년) 2월에 '조선이란 국호가 아름답기도 하고 오래 된 옛 나라 이름이니 함경도 영흥(永興)의 옛 이름인 화령보다 더 낫다.'는 답을 갖고 왔다.

그래서 그 해 3월부터 나라 이름이 조선으로 굳혀진 것이다.

개경에서 한성으로 도읍지를 옮겨 조선왕국 한성으로 어엿한 모습을 갖춘 것이 갑술년(1394년) 10월이다.

조선 개국의 중심인물들은 처음부터 단군 조선을 염두에 두고 국호를 조선으로 정하기를 바랐다.

국호를 정하러 중국에 사람을 보내기 3개월 전에 이미 조선의 첫 군주 단군 앞에 경건히 제사를 올렸다.

'나라를 위해 큰일을 하면 천지신명이 반드시 큰 복을 내린다.'는 말이 맞는지 주문사 한상질은 편안하고 명예로운 말년을 보냈다.

역사를 기록하는 이들은 그를 두고 '성품이 총민(聰敏)하고 중앙과 지방의 관직을 역임하면서 치적을 많이 쌓았다.'고 기록했다.

어디 그뿐인가!

동생 한상경(韓尙敬)은 조선 개국 3등 공신에 올라 태종대왕 대에 영의정을 지냈다.

손자 한명회(韓明澮)는 '조상이 세운 공훈으로 자손이 벼슬길에 나아가는' 문음(門蔭: 蔭仕)을 통해 37세에 경덕궁직(敬德宮直)이라는 말단 관직을 시작으로 공직에 나서고 42세에 과거 급제했지만 영의정을 두 차례나 역임했다.

그리고 한명회의 두 딸이자 한상질의 두 증손녀는 두 임금(예종 비 정순왕후, 성종 비 공혜왕후)의 왕비가 되었다.

두 왕후 모두 10대의 꽃다운 나이에 유명을 달리했지만 그래도 조선왕국 여인들의 훌륭한 귀감이었다.

　나는 명나라에 갈 준비를 하며 나보다 앞서서 질정관(質正官)으로 다녀
온 사람들을 세세히 정리해 보았다.

　먼저 조선왕국 세조 때에 다녀온 분을 떠올렸다.

　병자년(1456년)에 함길도 절도사 김종서의 종사관으로 있던 박심문(朴審
問)이 48세 때 다녀왔다.

　한데 의주에 들어서자마자 비보가 들렸다.

　조카 단종으로부터 선양 형식을 빌려 왕좌에 앉은 삼촌 수양대군 세
조를 놓고 한 바탕 피바람이 불었다는 사실을 의주에 도착해서야 듣게
되었다.

　'38세의 성삼문을 비롯하여 문종 임금의 유지를 한 치의 오차 없이 지
켜내려던 꼿꼿한 관료들은 모두 극형에 처해졌다.'는 말에 질정관 박심문
은 너무도 원통했다.

　결국 그는 48세의 나이로 반년 만에 다시 밟은 고국 산하 끝자락에서
음독자살하고 말았다.

　할아버지(박침)가 마침 고려왕국에 대한 의리 때문에 개성 두문동(杜門洞)
에 은거한 72인의 고려 충신들 중 한 사람이었다니, 꼭 60여 년 만에 다
시 손자가 목숨을 스스로 끊음으로써 의분(義憤)을 증명한 셈이다.

　두 번째로 내가 기억해낸 질정관은 기유년(1489년)에 25세의 나이로 다

녀온 김일손(金馹孫)이다.

그는 김해 김씨인데 학문이 워낙 깊어 중국의 유명 학자인 정유(鄭愈)를 만나 교유한 후 그의 저서 〈소학집설(小學集說)〉을 조선왕국에 전파했다.

스승 김종직(金宗直)이 지은 '조의제문(弔義帝文)'이 명문장이라며 실록편찬의 기초자료인 사초(史草)에 실은 것이 화근이 되어 34세의 나이로 8년 전에 61세의 나이로 별세한 스승을 뒤따라갔다.

중국을 최초로 통일한 진(秦)나라를 무너뜨린 초(楚)나라 장수 항우(項羽)가 자신의 망한 조국인 초나라 회왕(懷王)을 의제(義帝)로 고쳐 부르며 섬기다가 급기야 제가 세운 의제를 죽이고 전권을 장악한 일을 두고, 문학적 기질을 십분 발휘하여 억울하게 죽은 의제를 위해 '조문'을 지은 것이 화근이 되었다.

결국 스승은 관을 열어 뼈를 부수는 부관참시 형을 당하고 제자는 동문수학한 벗들과 처형당했다.

8년 뒤 중종반정이 이뤄져 그 억울함이 역사의 정당한 평가를 받았지만 34세의 나이로 극형을 당한 것은 참으로 애석한 일이라 아니할 수 없다.

스승이나 제자나 결국 '역사의 수레바퀴를 되돌리려는 마음' 때문에 화를 당한 셈이다.

이미 한 세대 이전에 피바람을 일으키며 일시에 가라앉은 삼촌 수양대군 세조와 어린 조카 단종 사이의 일을 글 몇 줄로 다시 돌려놓으려 한 것부터가 사실은 억지이고 역리(逆理)일 수도 있었던 것이다.

도도한 강물 같은 역사는 순리든 역리든 모두 다 받아들여 결국 수레

바퀴가 앞으로 계속해서 돌아가게끔 만들어 놓는 것이 아닌가!

하나의 힘이 다른 하나의 힘에 실려주고 합쳐져 줘야만 역사의 진행이 가능한 셈이다.

나는 '하늘이 하는 일'을 '비바람 뒤 잔잔해 지는 이치'에 견주어 보았다.

그 많은 먼지가 바람 때문에 스르르 일어나지만 결국 바람의 힘으로 새로운 자리에 수북이 쌓이는 것이 아닌가!

세상 이치가 일정한 방향으로 나아가려면 '힘이 한 곳으로 모이는 이치'가 되살아나야 한다.

그 많은 사람들이 생김새도 마음씨도 모두 제 각각이지만, 굳이 거울을 들여다볼 필요도 없이 이목구비나 몸체나 생각 따위가 겨우 한두 뼘 차이에 불과하지 않은가!

그래서 세상에는 이치가 있고 하늘에는 조화가 있다고 하는 것이다.

그 두 개의 힘을 합치면 결국 순리가 되는 것이다.

세 번째로 나는 최세진(崔世珍)을 떠올렸다.

비록 역관의 아들로 태어나 평생 '신분 차별의 설움'을 겪었지만 그는 명실상부한 으뜸이었다.

중국에서 사신이 오면 그는 사신 일행이 한두 달 묵는 동안에 당대의 언어적 지식을 모두 소화해 내려 안간힘을 썼다.

아버지는 단순히 통역과 번역에만 매달렸다면 아들은 기어이 뿌리를 뽑으려 했던 셈이다.

그 결과 그의 질정관 역할은 두고두고 후세의 교본이 되었다.

'물을 것을 제대로 다 묻고 그에 대한 답을 제대로 다 받아낸 보기 드문 으뜸 질정관'으로 소문이 자자했다.

괴산 최씨 집안에서 조선왕국의 언어학을 획기적으로 발전시키고 한 걸음 더 나아가 세종대왕의 훈민정음을 후세에 길이 보존하고 발전시키는 초석을 놓은 셈이다.

그가 손수 지은 한자 학습서 격인 〈훈몽자회(訓蒙字會)〉는 세종대왕의 손때가 묻은 훈민정음이 바로 조선왕국의 대표 문자이고 조선왕국 국민의 유일 언어임을 만천하에 드러낸 것이다.

그는 신분 차별이 극심했던 시절인데도 스스로 자신의 길을 개척하여 일개 역관이 아니라, 후세를 위한 언어학의 기초를 다져 놓는 '만인의 스승'이자 '훈민정음의 새로운 개척자'가 된 셈이다.

나는 어쩔 수 없이 한자를 유일한 문자로 삼아 학문도 하고 공직생활도 하고 있지만, 7년 왜란이 발생 반세기 전에 69세의 나이로 별세한 선배 질정관 최세진(崔世珍)을 생각하면 스스로 부끄럽기까지 하다.

그래도 그가 칠순을 바라보는 정도로 장수했다는 것이 조선왕국을 위해서나 후세를 위해서 천만다행이 아닐 수 없다.

나는 그를 생각할 때마다 '훌륭한 한 사람이 신통찮은 만 명을 당해내고도 남는다.'고 확신하게 된다.

요순우(堯舜禹) 이후 그렇게 오랜 세월이 지났는데도 다들 그 시대를 이상적으로 여기는 것부터가 '훌륭한 한 사람이 있느냐, 없느냐?'가 얼마나 중요한가를 증명하고도 남는 셈이다.

　내가 26세 때 반년 걸려 중국을 다녀오자 바로 이듬해에 나보다 3년 연상인 조헌(趙憲)이 30세의 나이에 질정관으로 다녀왔다.

　5월에 떠나서 11월에 귀국했으니 누구나 반년 걸려 3천 리 왕복 길을 마치는 셈이다.

　나는 조헌을 생각할 때마다 남다른 상념에 젖곤 한다.

　문신인데도 무신 이상으로 호방하고 늠름했다.

　정여립이 역심을 품었다는 사실을 그는 일이 터지기 몇 년 전부터 짐작하고 수없이 경종을 울리는 상소문을 올렸다.

　결국 여러번 일관되게 경고하다 보니 도리어 그 자신이 화를 입어 길주로 유배를 떠나게 되기까지 했다.

　하지만 3년 뒤에 난리가 일어나자 그는 유배에서 돌아오게 되었고, 왕과 관리들과 백성들마저도 그의 예언이 적중한 것에 일제히 놀라워했다.

　왜적의 침략에 대해서도 그는 몇 년 전부터 경고했다.

　심지어는 일본국 사신으로 승려 현소(玄蘇) 등이 왔을 때도 '당장 목을 베라!'고 상소를 올렸다.

　그 때는 다들 '지나치다.'고 했지만 이듬해에 왜란이 터지자 이구동성으로 '조헌의 말을 들었더라면 이 지경에 이르지는 않았을 것'이라며 후회했다.

　결국 48세의 나이로 임진년(1592년) 8월 18일에 수백 명 애국 열사들과 같이 조선왕국을 지키기다 산화했지만, 나는 언제나 한강 이남을 바라볼 때마다 그의 남다른 기상과 모두를 숙연하게 하는 그의 장렬한 최후를 상기하게 된다.

나는 통천 최씨 집안의 최립(崔岦)을 꼭 기억하고 싶다.

나보다 8년 연상인 그는 자타가 인정하는 중국 전문가였다.

중국과 조선왕국 사이의 외교문서를 작성하는 이문(吏文)에 워낙 뛰어나 45세의 지긋한 나이에도 이문정시(吏文庭試)에 장원을 할 정도였다.

그는 중국 전문가답게 감히 손으로 꼽을 수 없을 정도로 중국을 왕래했다.

내가 기억하는 것만 해도 정축년(1577년), 신사년(1581년), 계사년(1593년), 갑오년(1594년)에 질정관 내지 주청부사로 다녀왔다.

30대 후반에서 50대 중반까지 수차례 중국을 왕래한 셈이다.

임진년(1592년) 4월 중순에 왜란이 터지자 그는 53세의 적지 않은 나이로 아예 조선왕국과 중국 조정 사이의 단골 통로가 되었다.

대전란에 휩싸여 '죽느냐, 사느냐?'하는 조선반도의 명실상부한 전령이었다.

외교상 조선왕국의 상국(上國)으로써 왜적이 압록강을 건너는 최악의 상황만은 기필코 막아야 할 명나라 입장을 그는 누구보다도 잘 알고 있었다.

그래서 받아낼 것을 받아내려 최선을 다했다.

조선의 **포청천** 어리 이월이 매감

그래서 '조선반도에 다시 살 길이 열리게 될 것'을 확신하며 그 먼 길, 그 험난한 여정을 잰걸음으로 오갔다.

그래도 하늘은 언제나 모든 걸 굽어보고 있는지, 그 여러 차례의 부담스러운 왕복 길에도 불구하고 그는 73세의 천수를 누렸다.

그것도 69세에 은거하여 3년여 세월을 조용히 보낸 후, 조선왕국과 조선 백성을 위해 바쁘게 오갔던 남다른 여정을 마쳤다.

질정관 시절을 참으로 특이하게 보낸 사람이 있다.

몇 개월 걸려 돌아오는 길에 마침 임진년 왜란으로 북향하는 선조 임금을 만나, 목적지인 수도에 다다르지도 못한 채 다시 북쪽으로 임금 행렬을 따라 호종 길에 나선 사람이 있다.

오억령(吳億齡)은 39세에 질정관으로 떠나 40세에 돌아오다가 개성에서 임진년 왜란을 피해 북쪽으로 피난 가던 임금 행렬을 만났다.

왜란 직전에 명나라에 다녀온 관리라서, 그는 자연스럽게 원군으로 온 명나라 장수들을 응대하며 조선왕국의 요구사항과 명나라 장수들의 요구사항을 중개하고 조정하는 역할을 하게 되었다.

선조 임금은 '오억령이 왜란이 일어날 것을 미리 말했을 때 내가 귀담아들었더라면 참으로 다행스러웠을 것'이란 말을 자주 했다.

임금이 그런 말을 할수록 오억령 자신은 주위 관료들의 노골적인 공격을 받기 일쑤였다.

군계일학이 드러나면 '군계(群鷄)와 일학(一鶴) 사이에는 전쟁 아닌 전쟁이 생기게 되는 거야' 세상 이치이고 세상인심이 아니던가!

그래도 임금은 '오억령은 늙은 아버지가 있으니 명나라에 보내는 일은 면하게 해줘야 한다.'고 했다.

선조 임금 이후 광해군이 즉위하자 그는 '임금 호칭을 쓰게 해 달라.'고 명나라 조정에 가서 통사정해야 했다.

아무리 오래 머물며 애를 써도 '맏이인 임해군이 살아 있는데 왜 둘째인 광해군을 임금으로 정하려 하느냐?'며 트집을 잡았다.

사실은 선조 임금 때부터 '임해군은 자격이 없어 안 되니 광해군으로 왕을 정해 달라.'고 여러 차례 요청했었다.

결국 질정관 오억령은 빈손으로 돌아와 집중 공격을 당한 뒤 파직되었다.

어찌어찌하여 책임이 없음이 드러나 대사헌, 형조판서, 개성유수를 지냈지만 정확히 7년 뒤인 을묘년(1615년)에 인목대비 존폐문제로 시끄럽게 되자, 그의 정적들은 그에게 또 다시 '7년 전 무신년(1608)에 명나라에 가서 왕호 호칭 허락을 못 받아 왔으니 늦게라도 벌 줘야 한다.'고 우겼다.

그래도 나라 위해 큰일 한 덕분에 그는 63세부터 '죄를 기다립니다.'라며 낙향하여 줄곧 기다렸지만 66세의 나이로 천수를 다하고 별세하기까지 정적들의 저주가 채 이르지 못했다.

왜란 발발을 예언했듯이 그는 아마도 도피해 있으면 무사할 수 있다는 생각을 했던 모양이다.

따지고 보면 모두가 '나라 위해 큰일을 한 사람들'이다.

이리 보나 저리 보나 여느 유람 길이 아니라, 작은 나라의 입장을 큰 나라에 가서 최대한 유리하게 전하고 와야 하는, 부담스러운 공무요 나라와 백성을 대신하는 명실상부한 대표 역할이었다.

그래서 하늘은 반드시 기억했다가 그 보답을 하곤 했다.

작은 나라와 큰 나라가 부딪치는 속에서 작은 나라를 위해 온몸으로 나서는 일임을 하늘이 너무도 잘 알고 있었던 것이다.

나는 26세에 중국을 다녀오며 압록강 가에서 그런 생각을 했다.

나는 마침내 의주에 들어서서 천 리 길 도성을 향해 절하며 '내 앞날도 덕분에 탄탄대로일 것'이라고 은근히 기대해 보았다.

10대에 꾸던 꿈, 20대에 들어서서 다시 다듬은 그 꿈을 떠올리며 나는 '내가 목숨을 다해 충성할 나라, 내가 목숨을 바쳐 사랑해야 할 나라가 바로 조선왕국이고 조선반도'라고 다시 한 번 마음 속 깊이 다졌다.

몇 개월 만에 보는 조선 땅, 조선 백성은 너무도 아름답고 향기로웠다.

더운 햇살을 받으며 떠난 여정이 찬바람 속에서 마치게 되었지만, 나는 중국 수도에서 보낸 2개월여의 시간을 다시금 천천히 되감아 보았다.

대단했다.

오가며 밟는 땅이나 오가며 만나는 풍속과 사람들은 오십보백보였지만, 수도에 들어서서 황궁과 그 주변을 바라보니 정말 장관이었다.

왜 '세상의 중심이 중국'이라고들 하는지 충분히 짐작이 가고도 남았다.

나는 꼭 104년 전인 기축년(1469년) 여름 예종 임금 때에 완성한 '천하도'와 '무정보감(武定寶鑑)'을 동시에 떠올렸다.

천하도는 세계지도이고 무정보감은 조선왕국 건국 이후 77년여 간에 일어난 내우외환에 대한 기록인데 나는 늘 두 가지를 함께 생각하며 자못 심각해지곤 했다.

조선반도와 중국, 그리고 섬나라 일본국을 번갈아 볼수록 마음이 참으로 착잡해졌다.

그 세 나라 속에서 내우외환이 벌어지는 거야 인력으로 어찌해 볼 수 없는 숙명이라고 여기기도 했다.

나는 '문무를 병행해야지 국가나 국민이 살지 조선왕국처럼 붓질하는 선비만 챙기면 쉬이 세약하게 된다.'며 '최소한 10만의 정예군대가 있어야 대륙과 섬 사이의 반도에서 종묘사직과 백성을 지켜낼 수 있다.'고 말하던 승지 이이(李珥)를 생각했다.

나보다 11세 연상이지만 학문이 워낙 높아 경오년(1570년)에 별세한 이황(李滉)에 견줘지는 유일한 조선의 대학자였다.

이름 뜻 그대로 이이는 '나라의 빛나는 옥(玉)'이요 이황은 '조선의 정신을 맑히는 크고 깊은 강(江)'이었던 셈이다.

나는 '20대 중반에 치러낸 중국 왕복 길'이 씨앗이 되어 '내 생애도 부디 옥(玉) 같고 강(江) 같기를' 간절히 빌었다.

명나라를 다녀와 호조, 예조, 형조에서 나라 살림을 본격적으로 배웠다.

국가 재정은 물론이고 제사와 연회, 외교와 교육, 과거와 예능에 대한 일들을 두루 배웠다.

　무엇보다도 국가의 기본인 형률에 대해 소상히 배울 수 있었다.

　성균관에서 쌓은 학문적 배경을 국가 현실에 적용해 가며 국정의 세세한 부분, 민생의 세밀한 구석구석까지 샅샅이 들여다보게 된 것이다.

　그 결과 하늘은 내게 지방 목민관으로 나갈 길을 열어 주었다.

　수도에 가까운 황해도가 임지였다.

　내가 임지로 나간다며 인사를 하자 이이(李珥)는 '내 처가(해주 석담)가 있는 곳으로 가니 특별한 감정이 생긴다.'며 여러 모로 나를 분에 넘칠 정도로 극진히 환송해 주었다.

　이이는 승지, 직제학, 대사간을 지내고 갑술년(1574년) 후반에 황해 감사로 잠시 나갔다가 을해년(1575년) 3월에 중앙직으로 올라왔는데, 나를 보자 생각난 김에 처가의 소개를 하겠다며 수 년 전에 별세한 장인 노경린(盧慶麟) 이야기를 했다.

　한창 일할 시기인 29세에 인종 임금의 외척과 명종 임금의 외척 사이에 벌어진 을사사화(1545년 명종 즉위년)에 휩쓸려 좌천의 형식으로 나주, 성주의 목사를 지냈지만 가는 곳마다 학당을 차려 제자 양성에 헌신했다고 했다.

　나는 고개를 끄덕이며 조선팔도를 대표하는 대학자에게도 인간적 회한이 많다는 사실을 실감했다.

　장인어른은 자신을 탄핵한 동년배 진복창(陳復昌)을 회고하며 '하늘의 이치란 참으로 오묘하다.'는 말을 자주 했다고 했다.

'그렇게 사람들을 못 살게 굴며 자신을 추천한 은인인 구수담(具壽聃)을 비롯하여 숱한 생목숨을 죽음으로 내몰더니, 결국 독사(毒蛇)라는 말, 극적(極賊)이라는 말만 들은 채 유배지에서 죽고 말았지. 장원 급제할 정도로 문장과 글씨가 뛰어났는데도 뭐가 그리 씌웠는지 좋은 일 다 마다한 채 생목숨으로 죽게 하는 일에만 매달리다 마침내 제가 임금처럼 섬기던 당대의 권신 윤원형한테까지 간교하고 음흉한 뱀 같은 자라는 폭언을 듣고 마지막 3년여를 유배 생활로 보냈지. 호사다마가 아니라 자업자득인 셈이야. 하늘과 조상이 준 재주를 길복(吉福)에 쏟지 않고 흉화(凶禍)에 쏟은 거야.'

이이(李珥)는 술자리에서도 여간 오롯하지 않았다.

세상과 조정에서 왜 구도장원공(九度壯元公)이라며 지위고하, 남녀노소를 불문하고 그를 우러러 존경하는지 알 것도 같았다.

12세에 진사가 되어 28세에 관직생활을 시작한 이후 아홉 번 과거를 보아 아홉 번 장원을 했다니, 확실히 하늘이 낳은 인재임이 분명하다.

유성룡(柳成龍)과 더불어 나를 특별한 사람으로 평가해 주는 이가 바로 이이(李珥)였다.

주위에서 말하기 좋아하는 이들은 '서인의 중심인 이이(李珥)와 동인의 중심인 유성룡이 대놓고 오리(梧里) 이원익(李元翼)을 두고 장차 조선반도를 구할 사람이라고 하니, 그저 부럽기만 하다.'고 했다.

내가 황해도 임지를 마치고 한성으로 돌아와 중앙관직에 다시 들어서자 다들 말했다.

이이(李珥)와 유성룡이 여러 차례 나서서 힘주어 강조했다는 것이다.

'이원익은 지방에 있을 사람이 아니니, 속히 중앙으로 불러들여야 한다.'고 말했다는 것이다.

황해 도사(종5품)로서의 일은 고단했지만 평소 생각한 목민철학을 현장에 적용할 수 있어 여간 다행스럽지 않았다.

무엇보다도 수도를 지키는 요충지이고 조선왕국의 물자를 대는 곳간이기에 나는 우선 군사 분야, 조세분야, 형률분야, 예교분야부터 철저히 규찰했다.

백성의 삶과 직결되는 군역과 조세를 관리하는 지방 관리들의 근무자세가 어떠하냐에 따라 백성의 사는 모습이 천양지차일 수 있었다.

지방 관아에서 형률을 어떻게 적용하고 예절과 교육에 대한 기준을 어떻게 정하느냐에 따라 지방 목민행정의 건강도, 성숙도가 결정되기 마련이었다.

어디 그 뿐인가!

목민행정이 백성의 삶을 돕는 대신 백성의 고혈을 빠는 흡혈충 구실을 하게 되면 지방 목민행정의 정당성, 정통성 자체가 한순간에 무너질 수 있었다.

나는 각종 시험에 대한 엄격한 기준 적용에도 한 치의 예외를 두지 않았다.

앞서 일했던 이들에게 혹시라도 흠이 되지 않을까 매사를 신중히 처리했지만 제도나 법률은 그저 허울에 지나지 않고 현장에서는 모든 게 왜곡되어 있었다.

우선 백성이 애국심을 갖게끔 민생을 안정시켜야 했다.

아무리 땀 흘려 거둬들여도 온 사방에서 냉큼 집어가기만 한다면 조선 왕국의 기초가 농본민생안정에 있다 해도 민심을 얻기가 그리 쉽지 않은 것이라서, 나는 최선을 다해 조세를 비롯한 갖가지 부담을 합리적으로 고치고 다듬는 일에 집중했다.

그 결과 '황해도는 이원익 덕분에 민생이 크게 안정되고 군사 훈련과 성 쌓기도 눈에 띄게 달라졌다.'는 말을 들었다.

최소한 '나라 살림 잘 한다.'는 말, '백성 사정 잘 헤아린다.'는 말을 듣게 된 것이다.

듣기 좋으라고 하는 말이겠지만 황해도 유지들이나 백성들이나 그저 나만 보면 '오래 있으면서 태평성대를 황해도에서부터 열어 달라.'고 했다.

나는 듣기 좋으라고 하는 말인 줄 잘 알면서도 '그래도 싫다는 소리 잘 안 들리고 좋다는 소리만 많이 들리니 천만 다행'이라고 여겼다.

'사람은 떠날 때에 알아본다.'는 말처럼 내가 중앙관직으로 가게 되었다고 인사를 하니 남녀노소 할 것 없이 모두 나서서 '섭섭하다.'고 했다.

'고맙다.'는 말, '섭섭하다.'는 말을 들으며 임지를 떠날 수 있게 된 것이 얼마나 감격스럽고 고마웠는지 모른다.

나는 다시 한 번 '민심이 왜 천심이라고 하는지' 그 이유를 되새겨 보았다.

‘푸른빛이 흙빛과 조화를 이뤄야 살만한 땅’이듯이 ‘민생이 안정되지 않으면 모든 게 사상누각일 수밖에 없다.’고 생각했다.

조선반도가 강바닥이라면 조선 백성은 바로 강물이다.

조선왕국의 임금과 관료가 흙이라면 조선왕국 국민은 삭막한 흙빛을 아름답고 향기롭게 가려주는 풀이고 나무고 꽃이고 곡식이다.

황해도 임지를 떠나며 나는 ‘20대 후반에 거둬야 할 열매를 과연 얼마나 잘 거뒀는지’ 다시 한 번 곱씹어 보았다.

그나마 다행인 것은 이르지도 늦지도 않은 알맞은 때에 목민관으로서의 도리에 대해 깊이 생각해 볼 수 있었다는 사실이다.

황해도민과 동고동락하며 일일이 일기를 적어 두었다.

나는 그 속에서 특별히 한 구절을 다시 떠올렸다.

‘관리 한 사람이 열심히 일하면 몇 만 명이 편해진다. 관리 한 사람이 제 할 일만 열심히 하면 몇 백 명이 감옥과 세상 사이에서 떠돌다가도 반드시 제 길을 찾을 수 있다. 관리 한 사람이 정신을 바싹 차리고 중심을 지키며 제 역할을 다하면 몇 천 명이 타고난 팔자를 탓하며 풀이 죽어 있다가도 차츰차츰 기력을 되찾아 타고난 제 삶을 다시 열심히 일굴 수 있다. 그러니 어찌 평범한 한 사람이겠는가! 관리 한 사람이 요(堯) 임금, 순(舜) 임금, 우(禹) 임금이라고 여기며 충성을 다하면 작게는 일신의 영광이 되고 좀 더 크게는 가문과 국가의 자랑거리가 될 것이다. 그러니 어찌 가볍게 생각할 자리인가! 관리가 된 이상 한 몸 바쳐 세상을 더 낫게 바꾸겠다고 다짐해야 옳다. 관리가 된 이상 한 목숨 아낌없이 바쳐 좋은 일에는 앞잡이가 되고 힘든 일에는 길잡이가 되려고 해야 마땅하다. 아아, 어찌 평범한 한 몸이며 일신의 영달에 목을 맬 하찮은 목숨이란 말인가! 한 집안에서 관리 한 사람이 나오기까지 얼마나 많은 세월, 얼마나 많은 조상들이 불철주야 공을 들였겠는가! 한 나라에서 관리 한 사람이 나오기까지 얼마나 많은 사람들이 앞장서서 먹이고 입히고 이끌며 정성을 들이고 수고를 아끼지 않았겠는가! 무엇보다도 한 관리 뒤에 줄지어 선 사람들을 생각해야 한다. 붓을 들고 적어 내려가는 것은 관리일지 몰라도 세상 바람 속에 말을 전하고 퍼뜨리는 이들은 바로 등 뒤에 줄지어 선 사람들이다. 바라볼 수 없다고 해서 존재하지 않는 것이 아니다. 뒤통수에 눈이 없다며 아예 모르는 척할 수도 없다. 눈 위에 찍힌 자국을 되밟아 가듯이 등 뒤에 있는 사람들이 관리의 일거수일투족을 자신들과 직결된 일, 자신들을 대신하는 일, 자신들이 일부러 맡긴 일로 여기기 때문이다. 그러니 어찌 평범한 길이고 평범한 삶이겠는가!'

내가 황해 도사로 일한지 얼마 안 되어 나를 환송해 주었던 율곡 이이(李珥)가 황해 감사로 내려왔다.

중앙에 있어야 할 입장이었지만 건강도 추스르고 학문도 더 하겠다며 일부러 목민관을 자청한 것이다.

같은 감영에 있다 보니 아침 저녁으로 마주하는 일이 많았지만 나는 주로 현장을 돌아다니는 편이라 실제로는 마주치는 일이 그렇게 많지 않았다.

하지만 대학자 율곡 이이(李珥)가 감사로 있고 내가 도사로 있는 황해도가 갑자기 세상의 이목을 끌게 된 것은 확실했다.

전국 방방곡곡의 유생들이 율곡 이이(李珥)를 찾아와 학문적 담론을 즐기는 통에 그가 감사로 있었던 몇 개월 동안의 황해 감영은 실로 단순한 관청을 벗어나 아예 성균관을 축소해 놓은 듯했다.

그 머리에 나도 전국 곳곳에서 찾아온 유생들을 많이 접할 수 있었다.

술이나 좋아하며 관기나 고르는 감사가 오면 분위기가 확 달라지겠지만 이이(李珥) 같은 대학자가 감사로 있는 동안만은 정말이지 황해도 전체가 하나의 학당, 서당처럼 변하는 듯했다.

훌륭한 한 사람이 얼마나 세상을 바꿔놓을 수 있는지, 나는 그 때 생생히 실감했다.

20대 후반에는 중앙관직의 소위 말하는 언관(言官) 생활을 주로 했다.

관리를 감찰하고 단속하는 사헌부, 임금 앞에서 바른 말하는 사간원, 학문과 교육을 위해 일하는 홍문관에서 일하며 조선왕국의 정신적 뿌리와 그 뿌리를 튼튼히 하는 일에 매달렸다.

자연히 조선왕국의 관료사회에 대해 속속들이 알 수 있었다.

탐관오리와 청백리가 하늘과 땅만큼이나 크게 다르다는 것을 실감한 적이 한두 번이 아니다.

작두 위에 목을 들이밀고 사는 것이 민원과 직결되고 재정과 연결된

분야의 관리 생활인데도, 간혹 모닥불에 뛰어드는 밤벌레 식으로 무모하게 사는 이들이 있었다.

제 길을 벗어난 관리들일수록 잇속에 밝고 원칙이나 도리에서는 멀어져 있어서, 여러 차례 경고를 주어도 결국에는 화를 당하고 마는 수가 너무도 흔했다.

그러니 성현이 다스리고 하늘에서 내려온 신선이 이끈다고 해도 저 죽을 줄 모르고 덤비는 일에는 두 손을 번쩍 들 수밖에 없을 일이다.

그래도 가장 보람 있던 일은 하루 세 차례 열리게 되어 있는 경연이었다.

주자 성리학에 기초하여 국정과 민생을 논하며 학문적 깊이를 더하는 자리인지라, 상하 막론하고 학문을 좋아하면 결코 헛된 시간일 수 없었다.

나는 공무에 치여 학문에 열중할 겨를이 없는 것을 늘 한탄했기에 경연에 참석하게 되면 마치 신선이라도 된 느낌이었다.

선조 임금은 다행히도 학문에 조예가 깊고 성현의 가르침에 근거하여 국정을 이끌겠다는 생각이 많은 분이어서, 경연 자리가 자연히 열띤 토론의 장이 되지 않을 수 없었다.

선조 임금은 '나는 행복한 사람'이라는 말을 자주 했다.

스승인 유희춘(柳希春)이 당대의 학문을 속속들이 꿰고 있어 큰 덕을 보았다고 했다.

전라도 해남 출신으로 선산 유씨인데 부인마저 여류시인으로 유명한 송덕봉(宋德奉)이라서 왕자(하성군) 시절의 선조 임금을 가르칠 때 틀에 박히

지 않고 풍부한 지식을 아낌없이 동원했다는 것이다.

33세에 인종 외척과 명종 외척 사이의 갈등 때문에 을사년(1545년) 사화가 일어나 파직되고, 이듬해에 괴이한 벽서사건에 휘말려 제주도로 유배되었다가 함경도 종성으로 이배되어 자그마치 20여년 가까이 고생했지만, 어딜 가나 유생들을 가르치고 당대의 학계 정상이던 이황, 이이와 서신으로 학문을 토론했다.

선조 임금이 등극하자 54세의 나이로 다시 공직에 나섰지만 얼마 지나지 않아 낙향하여 학문에만 몰두했다.

나도 성균관에 있으면서 '유희춘이 임금을 모신 경연에 나타나 강연하면 공자가 제자들을 가르치는 분위기 같았다.'는 말을 자주 들었다.

문장에 신경 쓰던 분위기 속에서도 오로지 경학에 집중한 덕에 그의 학문적 깊이는 내로라하는 선비들조차도 감히 범접할 수 없는 경지였다.

제 11대 중종 임금 시대(1506-1544)에 씨앗이 뿌려진 '학문에 근거한 국정'이 선조 임금 때에 비로소 꽃을 피운 셈이다.

연산군 시대(1494-1506)의 폭정으로 기초부터 흔들렸던 조선왕국의 학문적 기풍이 중종 임금 때에 다시 씨앗이 뿌려지고 뒤이어 인종, 명종 대의 혼란 끝에 마침내 선조 임금 대에 와서 결실을 본 것이다.

날씨가 변덕스러우면 우선은 좀 힘들지만 곡식이나 열매에는 더 할 수 없이 좋을 수도 있다는 말이 그대로 적중한 꼴이다.

서릿발 같은 폭정과 봄볕 같은 덕치, 그리고 풍랑 만난 돛단배 같은 세월 뒤에 드디어 주자의 성리학에 근거한 왕도정치(王道政治)가 그 싹을 틔우기 시작한 것이다.

선조 임금은 비록 15세의 나이에 왕이 되었지만 처음부터 '조선왕국의 정신적 뿌리는 주자학'이라는 생각으로 벼슬을 마다한 채 학문에만 몰두하는 재야 선비들을 특히 중용했다.

임금의 말대로 선조 임금 전반기는 '행복한 시절'이었다.

재야의 학자들이 고향을 지키며 후학을 가르치는 덕분에 세상 먼지에 뒤덮이기 쉬운 국사(國事)가 그나마 산바람, 강바람에 맑아지고 향기로워질 수 있었다.

이황, 이이, 성혼, 노수신, 유희춘, 조식(曺植), 성운(成運) 등이 학문을 논하고 철학에 근거한 국정을 설파하는 그런 황금기였다.

선조 임금은 비록 즉위 21년 전에 57세의 나이로 별세한 불세출의 석학이자 도인이던 서경덕(徐敬德)을 직접 만날 수는 없었지만, 서경덕과 교유하던 성운, 조식, 이지함(李之菡)을 통해 서경덕의 박학다식과 신선 수준의 예견력을 접할 수 있었다.

선조 임금은 정말 '행복한 임금'이었다.

그리고 조선왕국의 학자들, 선비들, 관료들, 국민들 또한 '덩달아 행복한 시절'이었다.

임금이 자나 깨나 학문을 즐기는데 어떻게 폭정이 끼어들고 인의(仁義)를 벗어난 관리와 예절을 모르는 국민이 있겠는가!

나의 20대 또한 참으로 행복했다.

04

조선왕국과 나의 30대

04 조선왕국과 나의 30대

 29세 때인 병자년(1576년) 8월에 왕의 특명으로 사간원 정언(정6품)이 된 후 곧 이어 홍문관 수찬(정6품)이 되었다.

이듬해 30세 정축년(1577년)에는 사헌부 지평(정5품), 사간원 헌납(정5품)을 지냈다.

31세 무인년(1578년)에는 홍문관 교리(정5품)를 지냈다.

나는 6월 20일 중국 남송의 충신인 문천상(文天祥: 1236-1282)의 저서인 〈문산집(文山集)〉을 간행하게 했다.

문천상은 옥중에서 절개를 읊은 '정기가(正氣歌)'로도 유명했다.

32세 기묘년(1579년) 7월에는 정사(政事)를 논하고 풍속을 바로잡으며 관리의 비행을 밝혀 책임을 묻는 사헌부의 장령(정4품)에 올랐다.

내가 황해 도사로서 맡아보던 일과 흡사하여 지난 경험이 큰 도움이 되었다.

조선의 포청천 어리 이원익 때감

34세 신사년(1581년)에는 임금을 모시고 고위 관료들 앞에서 경전과 사서 등을 강론하는 경연강독관(經筵講讀官)이 되었다.

선조 임금은 '고려의 마지막 왕(공양왕)이 포은 정몽주를 시켜 〈정관정요〉를 강론하게 했다.'며 내게 '정몽주의 강론을 참작하여 우리 현실에 맞게 강론해 달라.'고 특별히 당부했다.

즉위한지 벌써 14년이나 되는 29세의 임금은 이미 주자의 성리학을 넘어서서 보다 다양한 분야로 관심 대상을 넓히고 있었다.

이황이 67세의 고령으로 막 즉위한 16세 선조 임금을 위해 심혈을 기울여 지은 〈성학십도(聖學十圖)〉는 물론이고, 이이(李珥)가 39세에 지어 올린 〈성학집요(聖學輯要)〉를 경연에서 자주 강론하게 할 정도로 굳이 중국의 고전만을 고집하지 않았다.

나는 〈정관정요〉를 강론하며 특히 당 태종에게 200여 차례 간언한 재상 위징(魏徵: 580-643)의 강직함을 충성스러움으로 보아준 당 태종의 남다른 포용성을 강조했다.

"듣는 귀가 있어야 비록 밥이나 퍼 넣는 입이라도 하늘의 이치, 땅의 이치, 사람들 살아가는 이치를 정연하게 하나로 꿰서 들려주게 됩니다. 당 태종은 일찍이 자신이 권모술수에 능하지 못하니, 관료들을 일일이 챙기고 등을 떠밀며 국정을 꼼꼼히 챙기기 어려울 것이라고 짐작했습니다. 52세의 아버지 이연이 머뭇거릴 때 비록 18세의 나이였지만 돌아가는 정세를 제대로 읽고 새 나라를 세울 하늘이 준 기회라고 설득하여 결국 새나라의 첫 임금이 되게 했지만, 임금으로서의 역할에 모자람이 많다는 것을 스스로 잘 알고 있었습니다. 아버지를 새 왕조의 첫 군주로 세우고도 전국의 귀족군벌들을 제압하려 동분서주하며 목숨을 내놓고 새 왕조의 기틀 확립에 앞장섰지만, 창업기의 혼란을 완전히 수습하는 데는 역부족이라는 사실을 깨닫고 일단 자신의 목숨을 뺏고자 하는 세자인 형부터 제거하게 됩니다. 11세 연상인 형이 동생에게 제거되자 아버지는 모든 책임을 세자인 형의 지나친 권력욕에 있다고 보고 환갑 나이에 20대 중반인 차남에게 왕위를 넘기고 상왕으로 9년을 지내다 칠순 직전에 별세합니다. 26세에 당나라 두 번째 임금이 된 이세민은 우선 중국이 왜 272년이나 남과 북으로 나뉘어 통일이 지연되었는지, 그리고 애써 통일을 이룬 수나라가 왜 37년 만에 망하게 되었는지를 알아보고자 했습니다. 자연히 새 왕조, 새 나라에 맞는 새 제도, 새 기초를 생각해야 했습니다. 그러다 보니 자연히 전국의 인재를 모으는 일, 새 왕조를 함께 세워나갈 인재를 양성하는 일, 새 왕조의 발판인 국민을 다독이고 살찌우고 편히 살게하는 일, 새 나라를 진(秦)나라, 수(隋)나라처럼 단명하게 하지 않고 한(漢)나라 이상으로 오래 이어지게 하는 일에 매달리게 되었습니다. 과거제도를 통한 인재 등용, 국자감을 통한 예비 인재 양성, 평범한 가문의 사람이 지휘하는 직업군인제 정착, 지방행정조직·재정·조세·토지사용 등 모든 방면의 제도를 재정비하여 3백여 년 이상 지속된 군웅할거의 대혼란시대를 완전히 끝내고 진정한 태평성대를 이룩하려 했습니다. 당 태종의 23년 통치가 그 뒤의 오랜 번영을 가져오게 된 것도 다 새 왕조의 기틀을 조기에 완성하고 새 인재와 새 제도를 잘 조화시킨 덕분입니다. 결국 당

㈜나라는 한㈜나라의 4백여 년 역사에 버금갈 정도로 3백여 년 가까이 지속되게 됩니다. 이 모든 것이 다 당 태종이 위징(魏徵) 같은 정략가, 경세가를 잘 쓴 덕분입니다. 임금이 관료들과 이심전심으로 잘 소통하고 그 소통으로 국가와 국민이 비단을 짜듯 하나로 모여들고 이어진 덕분입니다. 손뼉을 치듯 두 손이 모아지고 글씨를 쓰듯 붓과 종이가 만난 것입니다. 못 없이 집을 짓듯이 모든 게 저희들끼리 제 자리를 찾아 하나로 이어진 것입니다. 당 태종 사후 백여 년이 지나 오긍(吳兢)이 정리한 정관의 치가 바로 〈정관정요〉인데, 중국에서도 정치 교과서로 쓰였고 우리나라에서도 임금과 관료들 사이의 경연에서 중요한 경전이 되었습니다. 위징을 비롯한 당대 핵심 관료들의 주장은 국가와 국민이 참으로 중요하니 임금을 비롯하여 관료 모두가 하늘이 준 사명을 목숨 바쳐 다 해야 한다는 것입니다. 즉 임금과 관료들에게 하늘이 큰 사명을 주었는데 그것이 바로 나라를 튼튼히 잘 지켜 국민을 편안하게 하라는 것입니다. 하늘을 대신한 일이니 나라를 이끄는 일이나 국민을 보살피는 일이 모두 하늘과 직결되어 있다는 것입니다. 그래서 임금을 하늘의 뜻을 받드는 중심으로 보고 관료들을 그러한 임금을 돕는 하늘의 손발로 본 것입니다. 그래서 국민의 마음을 하늘의 마음과 같다고 보고 하늘은 허공에 있지 않고 바로 국민의 마음 속에 있다고 본 것입니다. 하늘이 하는 일은 참으로 오묘합니다. 임금과 관료들, 임금과 국민들, 관료들과 국민들 사이에서 부족하고 넘침이 없이 조화와 균형을 이루게 합니다. 그 사이에서 제대로 조화와 균형이 이뤄지지 않으면 때로는 내우(內憂), 때로는 외환(外患)을 통해 단근질을

합니다. 그러니 하늘이 내우외환(內憂外患)을 통해 단근질하기 전에 임금과 관료들 사이에 조화와 균형이 잘 이뤄져 국민 속에서 못 살겠다는 말이 나오지 않아야 합니다. 천여 년 전의 정관의 치를 끊임없이 거울로 삼고 경전으로 삼는 이유도 바로 여기에 있는 것입니다."

나는 또한 이황의 저서와 이이의 저서를 경전으로 사용할 때는 이황의 학문과 이이의 학문을 임금이 알아듣기 편하게 재해석하고 재정리하려 노력했다.

"이황의 생각은 하늘 끝에 닿았고 이이의 생각은 세상 끝에 닿았다는 말을 들은 적이 있습니다. 동굴에 앉아서도 동굴 밖의 풍경을 그려보며 스스로 동굴 밖으로 나올 수 있다는 것이 이황의 생각이라면, 이이는 우선 동굴 안을 잘 살피고 어떻게 나갈지를 잘 헤아려야만 비로소 동굴 밖으로 나올 수 있다는 것입니다. 이황은 사람이 타고난 심성을 잘 갈고 닦아 하늘의 뜻에 닿게 하면 만사가 순리를 좇게 된다는 쪽입니다. 이이는 사람이 아무리 심성을 반듯하게 세워도 세상이 조변석개하면 제 심성을 길잡이 삼아 오롯하게 살기 힘들다고 보았습니다. 이황은 천심과 인심, 천성과 인성이 따로 떨어진 채 제 할 일을 잘 하면, 하늘과 땅 사이에 온갖 조화와 변화가 일어나도 하늘과 땅이 영원 무변하듯이 큰 틀, 큰 판 자체는 요지부동이라고 보았습니다. 그러니 각자 스스로를 잘 지켜내는 일이 급선무요 최우선이라고 보았습니다. 이이는 세상 자체가 길을 스스로 닦지 않으면 아무리 하늘 길이 드넓고 반듯하더라도 세상에서 벌어지는 일, 사람들이 꾸미는 일이 결코 하늘 뜻, 하늘 길에 제대로 이어지기 어렵다고 보았습니다. 한 마디로 이황은 이상론에 더 가깝다면 이이는 철저한 현실론입니다. 그래서 이황은 스스로 물러나 스스로를 지키려 애를 썼고, 이이는 엉킨 실타래 같은 세상을 어떻게 해서든 다시 풀고자 했고 이 전투구가 반복되는 세상에서 뭔가 꼭 해야 할 일을 해야 한다고 보았습니다. 그러니 둘 사이를 잘 맞추는 것이 곧 나랏일입니다. 눈을 하늘로 두어야 한다는 이황의 생각과 눈을 세상 중심에 두어야 한다는 이이의 생각을 해와 달, 빛과 공기, 낮과 밤으로 삼아야 합니다. 손등과 손바닥이 함께 있어야 하듯이 이황의 생각과 이이의 생각은 조선왕국의 기틀 위에, 조선 관료들의 정신 속에, 조선 국민들의 마음 밭에 언제나 같이 있어야 합니다. 해는 빛을 발하며 이끌고 달은 밤을 밝히며 이끌어야 하듯이, 이황과 이이는 조선왕국의 해와 달이고 낮과 밤이고 아버지와 어머니입니다."

나는 경연 강독관 시절에 학문적 기틀과 사상적 정리를 할 수 있었다.

공자 말씀대로 나는 서른이 되어서야 '바로 설 수 있게 된 것'이다.

돌이켜보면 참으로 신기하다.

'15세에 학문에 뜻을 둔다. 30세에 뜻이 반듯하게 선다.'는 성현의 말씀이 나의 지난 시절을 보아도 너무도 맞는 말이다.

그렇게 놓고 보면 헛되이 산 건 아닌 셈이다.

학문을 통해 성현들의 가르침을 접할 수 있다는 일부터가 얼마나 큰 행운인지 모를 일이다.

적어 놓고 책으로 펴내 세상에 퍼뜨리는 일도 중요하지만 그 정점에 놓인 성현의 가르침, 성현의 생각이야말로 진귀한 보석이고 세상과 사람을 비추는 해와 달과 별인 셈이다.

어버이 없이 어떻게 생겨나며 성현의 안내 없이 어떻게 길을 찾겠는가!

그래서 어버이와 스승, 어버이와 성현을 해와 달, 낮과 밤, 들숨과 날숨, 씨줄과 날줄, 물과 공기처럼 여겨야 한다고 했을 것이다.

나는 서른에 들어서며 어버이와 스승에 대한 고마움과 성현들에 대한 흠모를 뼈저리게 실감했다.

어버이는 비로소 목숨일 수 있게 했고 스승은 비로소 금수(禽獸)를 벗어나게 했고 성현들은 비로소 길을 찾아 똑바로 걸을 수 있게 했다.

이제 남은 것은 그런 깨달음을 스스로 더욱 다지며 조선왕국의 앞날과 조선왕국 국민의 평안을 위해 몸 바쳐 일하고 목숨 바쳐 위하는 것뿐이리라!

35세 임오년(1582년)에는 임금을 모시며 국정 전반을 두루 살피는 승정원 동부승지(同副承旨)가 되어 6조 행정부 중 공방(工房)을 맡아보았다.

22세에 홍문관 정자(正字: 정9품)로 관료생활을 시작하여 13년 만에 당상관 품계에 이른 것이다.

나는 하늘과 어버이 앞에 다시 한 번 감사를 드렸다.

나는 천지신명과 조상들 앞에 다시 한 번 절했다.

급하게 서둘 필요 없으니 급한 마음은 추호도 없었지만, 그래도 세상의 눈이 있고 어차피 다 함께 임금과 국민과 국가를 위하는 일에 들어선 마당이니 당연히 앞서거니 뒤서거니 하는 일을 피할 수는 없는 일이다.

그저 맨 앞에 나가는 이보다 조금 뒤에 서고 맨 뒤에 따라오는 이보다 몇 걸음 앞서서 임금을 섬기고 국가와 국민을 위해 아낌없이 헌신하면 될 일이지만, 이런저런 시험과 경쟁이 있어야 걸러지고 가려질 것이기에 나는 그래도 서른 중반에 당상관에 이르러 임금을 가까이에서 모실 수 있다는 일에 큰 보람을 느꼈다.

피붙이, 살붙이의 기쁨을 벗어나 우선 동료, 선배, 후배들이 모두 자신의 일처럼 내 앞길을 축하해 주었다.

선조 임금은 임금과 승지로서 만나게 된 첫 날 내게 말했다.

"일찍부터 내가 마음에 두었던 사람을 내 가까이에 두게 되니 내가 참으로 복이 많다. 일찍부터 유성룡과 이이가 틈만 나면 이원익이 제일이다, 이원익을 꼭 중용해야 한다고 했는데 이제야 내가 두 충신의 말에 귀를 기울인 꼴이 되었다. 나는 이제부터 이원익을 믿고 두 다리 쭉 펴고 잘 테니 부디 임금에게는 길잡이가 되고 관료들에게는 귀감이 되며 국민에게는 따사로운 빛이 되기를 바란다. 조선왕국의 실질적 일등공신인 태종대왕의 직손이고 조선왕국 유교정신의 뿌리인 포은 정몽주의 후손을 평생의 반려자로 맞이한 사람이니, 부디 왕국을 튼튼히 하여 국민을 평안하고 행복하게 하는 일에 타고난 기량을 아낌없이 발휘하기를 빈다."

승정원은 내가 생각했던 것만큼이나 분주해야 했다.

평소에도 막중한 직책이라고 여겼는데 막상 직접 맡고 보니 그런 생각이 더욱 굳어졌다.

무엇보다도 전국 방방곡곡에서 올라오는 제안들을 성의 있게 다루는 일이 중요했다.

'언로가 트여야 나머지가 트인다.'는 신념으로 나는 전 현직 관료들의 제안과 선비들의 의견을 임금의 국정에 제대로 접목시키기 위해 진력했다.

그리고 임금이 6조의 행정을 잘 챙겨 현군, 성군이 되도록 하는 일에 혼신의 노력을 다했다.

어버이 은혜로 덧입게 된 타고난 건강이 그래도 잘 버텨주어 청년의 기력으로 불철주야 본분을 다할 수 있었다.

한데 어느 날 갑자기 먹구름이 끼기 시작했다.

'독초가 황소 잡듯이 상소가 사람 잡는다.'는 말처럼 결국 성균관 유생들의 과격한 상소 반복과 그런 분위기를 그냥 넘기지 못하는 관료사회의 개입으로 탄핵 바람이 불고 말았다.

왕자 사부(師傅) 하락(河洛)은 '정남(丁男)으로부터 군포(軍布)를 받아들이는 군정(軍政)에 대한 이이의 제안이 옳고 오히려 이이를 공격하는 삼사(사헌부, 사간원, 홍문관)나 도승지 박근원이 지나쳤다.'고 했다.

도승지 박근원과 그를 따르는 승지들은 '왕자 사부 하락의 상소는 교묘히 특정 파벌에 빌붙자는 수작'이라는 식으로 공격했다.

뒤이어 "도승지가 임금 모시는 막중한 책임을 소홀히 한 채 당파싸움에 앞장서서 제 잇속으로 임금과 나라를 가리고 있다."며 도승지 박근원의 이이(李珥) 탄핵을 다시 탄핵하는 일이 이어졌다.

성균관을 비롯하여 전국의 유생들이 한꺼번에 들고 일어났다.

"승정원이 임금을 잘 못 모셔 한창 학업에 열중해야 할 유생들마저 앞다퉈 나랏일에 '밤 놓아라, 대추 놓아라!' 하고 있는 것"이라며 상소를 올리는 일이 생겼다.

따지고 보면 첫째는 당파싸움에 대한 삿대질이고 둘째는 관료사회의 편협한 경직성에 대한 뭇매질이었다.

승정원을 탄핵하는 일은 곧 임금의 심기를 뒤흔드는 일이기에 자연히 그냥 넘어갈 수 없을 정도로 문제가 가파르게 악화되었다.

36세 계미년(1583년)은 내가 태어난 정미년(1547년)과 같은 양 띠 해다.

〈주역〉을 꿰고 있는 이들은 계미년을 두고 '생풀 대신 마른 풀을 먹어야 하는 겨울철 양'이라고 했다.

그만큼 계미년은 양 띠 해와 관련된 사람이나 일이 원하지 않는 일을 겪게 된다는 것이었다.

계미년 정월에 본 주역 괘에 '여름 하늘에 마른번개가 친다.'고 하더니 8월에 아주 난감한 일이 벌어지고 만 것이다.

내가 아무리 최선을 다해도 도저히 그냥 넘어갈 수 없는 상황이었다.

급기야 내가 우부승지로 있던 계미년(1583년) 8월 성균관 유생들이 연명

83

하여 도승지 박근원(朴謹元)과 영의정 박순(朴淳)이 대립하여 국정이 문란해지고 있다고 상소를 올리는 일이 벌어졌다.

임금이 이를 문제 삼자 동료 승지들은 일제히 도승지 편을 들어 '성균관 유생들이 선비의 도리를 잊고 나라의 최고 교육기관을 전쟁판처럼 만들며 저희끼리 편을 짜 무책임하게 상소나 올리고 있다.'고 했다.

'승정원이 공격 받을 하등 이유가 없다.'고 했다.

하나 나는 '승정원이 탄핵을 받은 이상 책임을 면할 수 없으니 모든 책임을 홀로 떠맡게 해 달라.'고 간청했다.

임금을 가장 가까이에서 모시는 승정원 승지들이 일제히 나서서 '우리 잘못이 아니다.'며 자리 지키기에 급급하다면 '장차 더 큰 일이 벌어지게 될 것'을 잘 알기에 나는 자원하여 '모든 책임을 홀로 떠맡고 깨끗이 물러나겠다.'고 간청한 것이다.

마침내 임금은 이이(李珥) 탄핵에 앞장 선 도승지 박근원이나 승지 김제갑, 성락(成洛)은 물론이고 탄핵과 무관한 승지들까지 모두 교체했다.

나와 함께 승지에서 물러난 41세 창녕 성씨 성락(成洛)은 사간원 사간으로 있을 때 홍여순, 유영경과 더불어 이이, 성혼, 박순을 공격한 일이 있었다.

나와 함께 물러난 우승지 58세 안동 김씨 김제갑(金悌甲)은 도승지 박근원과 함께 이이, 박순을 공격했다.

박근원은 나보다 22년이나 연상이니 58세의 적지 않은 나이에 날벼락을 만난 것이다.

결국 58세의 밀양 박씨 도승지와 60세의 충주 박씨 영의정이 자주 맞설 정도로 서로 마음이 안 맞아 임금을 모시는 일, 나랏일을 이끌어가는 일에 방해가 된다고 여긴 이들이 의외로 많아졌던 셈이다.

선조 임금의 20대, 30대 통치기간을 거의 떠맡으며 15여 년 가까이 영의정을 역임한 박순(朴淳)과 워낙 강직하고 일처리에 준엄하여 관료들 감찰을 책임 진 대사헌을 여덟 번이나 역임했던 박근원(朴謹元)은 결국 당파싸움에 희생된 것이다.

'나를 먼저 중벌에 처함으로써 군주의 위엄을 만천하에 보여 달라.'고 말하며 내가 자청하여 승정원에서 물러난 이듬해 갑신년(1584년)에 그런 양상이 적나라하게 드러났다.

이이(李珥)가 임종을 맞기 한 해 전에 '시무육조(時務六條)'를 올리며 10만 양병설을 주장하자, 이이(李珥)를 서인(西人)의 괴수로 몰아 동인(東人)들이 벌떼처럼 공격을 퍼붓기 시작했다.

일어나지도 않을 전쟁에 대비해야 한다며 임금을 혼란스럽게 하고 국민을 불안하게 한다는 것이 이유였다.

59세 박근원은 동인 편에서 서서 이이를 공격하고 61세 박순은 당쟁을 초월하여 이이를 적극 두둔했다.

결과는 한 차례 극심한 황사현상이었다.

이이를 탄핵하던 도승지 박근원, 대사간 송응개, 성균관 전적(정6품) 허봉이 유배형에 처해져 사방으로 흩어지자, 관료들이나 국민은 세 사람을 두고 '계미년(1583년)에 쫓겨난 세 사람'이라 하여 '계미삼찬(癸未三竄)'이라 불렀다.

악연의 연속인지 송응개의 동생 정언 송응형은 형보다 앞서서 기묘년(1579년)에 '뒤에서 당쟁을 조종한다.'며 이이를 탄핵하다 도리어 파직되어 40세 이후 수년 동안 야인 생활을 해야 했다.

계미년의 일은 그 이듬해 을유년(1585년)에 영의정 노수신이 상소하여 모두 풀려났지만 박근원은 그 해에 60세의 나이로 죽고 송응개와 허봉은 3년 뒤에 죽는다.

75세의 장수를 누리고 별세힐 광주 노씨 엉의정 노수신(盧守愼)이 칠순 나이에 33세 선조 임금을 설득하여 은전을 베푼 것이다.

마지막으로 임금과 국가와 국민을 위해 애국의 일념을 불태운 대학자 이이(李珥)를 공격하려다 도리어 자신들이 당하고만 어리석은 일을 제 자리로 돌려놓았던 것이다.

'공격을 당한 이이(李珥)도 갑신년(1584년) 정월 초에 죽고, 죄인들 또한 유배지에서 후회하고 있으니 이미 결자해지(結者解之)된 일'이라며 선조 임금을 설득했다.

나는 영의정 노수신(盧守愼)의 언행을 통해 하늘의 도리와 사람의 도리, 그리고 세상 이치를 꿰뚫고 있는 이인(異人)이기에 가능하다고 보았다.

내가 태어나기 두 해 전에 그는 이미 30세의 나이로 엄청난 화를 입었다.

28세에 장원 급제하여 30세에 이조좌랑(정6품)에 이른 것이 전부였다.

을사년(1545년) 명종 즉위로 인종 외척에 관련된 이들이 명종 외척에 관련된 세력에 의해 대대적으로 숙청되자, 그는 인종 외척에 관련된 인물로 점 찍혀 자그마치 52세에 선조 임금이 즉위할 때까지 유배지를 전전했다.

그래도 진도에서 18년여 긴 세월을 지내며 중국 고전에 주해를 달고 주석을 붙이는 일에 매달려 후일 선비들 사이에 유명해지게 되었다.

유배지에서도 14년 연상인 경상도의 이황, 5년 연상인 전라도의 김인후(金麟厚)와 서신을 교환하며 학문적 토론을 계속했다.

특히 병을 이유로 외척들 사이의 피바람을 피해 고향 장성에 내려와 학문에만 여념이 없던 김인후와의 학문적 토론이 잦았다.

진도와 장성을 오가는 서신을 통해 조선왕국 유학 담론의 핵심인 주리론, 주기론, 주정론 등이 쉼 없이 여물어갔던 것이다.

진도의 노수신이 '마음이 모든 걸 주관한다.'고 적어 보내면 장성의 김인후는 '마음이 모든 걸 주관하지만 기(氣)가 섞여 마음이 주관할 수 없게 되니 경(敬)으로써 이를 바르게 해야 다시 마음이 모든 걸 주관할 수 있게 된다.'고 적어 보냈다.

돌아가신 아버지에 대한 죄스러움에 여느 갓 모양 위에 베를 덧입혀 쓴 것이 후일 백포립(白布笠)으로 아예 제도화되어 조선왕국의 국상 때나 친상 때 쓰게 된 것도 다 노수신으로부터 시작되었다.

진도 등지의 강제혼이 예절혼으로 바뀌게 한 것도 그로부터 시작되었다.

그가 새롭게 파헤친 인심(人心)과 도심(道心)이 그의 유배지에서부터 빛을 발하기 시작하더니, 임금을 모신 경연에서 그 열매를 거둔 것이다.

그런 그도 정쟁의 소용돌이는 피해 갈 수 없었던지 죽기 한 해 전에 생긴 정여립의 모반 때 하필이면 정여립을 천거한 죄로 탄핵을 받아 파직됐다.

실로 개인이든 집안이든 나라든 오르막길, 내리막길을 되풀이하게 되어 있는 모양이다.

정말 중심을 지키며 올곧게 사는 것이 자신과 집안, 나아가서는 임금과 나라를 지키고 국민을 위해 희생 봉사할 수 있는 유일한 길일 것이다.

나머지 일이야 모두 하늘과 후세에 맡겨둬야 하는 것이 아니던가!

자신을 잘 간수하는 일, 그래서 언제나 반듯한 길을 걷는 일은 각자에게 달린 일이나, 나머지 일은 온전히 하늘과 후세에 맡겨야 할 일이다.

나는 36세 계미년(1583년) 8월에 불어 닥친 지독한 황사 바람으로 14년여 만에 관료생활을 기약 없이 접어야 했다.

선조 임금은 물러나는 이들을 따로 불러 그 동안의 노고를 치하하며 곧 다시 부르겠다고 약속했지만 물러나는 심정은 사실 막막하기만 했다.

나야 '스스로 물러나게 해 달라.'고 간청하여 물러나게 되었지만, 전후 사정이야 어찌 되었건 '승정원이 탄핵을 받아 모두 물러나게 되었다.'는 말이 퍼져 책보를 싸 떠날 채비를 서두르면서도 이만저만 착잡하지 않았다.

서른 중반에, 그것도 태어난 해와 같은 양 띠 해에 청운의 꿈을 기약

없이 접게 되다니…

새로 승지로 들어서는 83세의 전주 이씨 이식(李拭), 51세의 밀양 박씨 박숭원(朴崇元), 43세의 의성 김씨 김우옹(金宇顒) 등과 인사를 나누며 업무를 넘겼다.

이식은 이미 대사간, 대사헌 등 요직을 두루 거친 백전노장이었지만 '황해도 감사로 있을 때 근면하지 못했다.'는 말을 들은 적이 있다.

박숭원은 선조 임금이 '모두가 잇속을 좇아 꾀로 살지만 박숭원만은 겨울 산의 낙랑장송처럼, 한 마리 학처럼 항상 고고하다.'며 특별히 신임했다.

김우옹은 처 외조부인 조식(曺植)으로부터 학문을 익힌 인물로 이미 주요 관직을 두루 거친 강직한 사람이다.

4년 전 39세 때 사가독서(賜暇讀書) 혜택을 입었지만 스스로 사양하고 일본 사신 현소(玄蘇)를 접대하는 선위사(宣慰使)로 일하며 '사신 접대에 여악(女樂)을 금하는 게 좋겠다.'고 제안한 사람이다.

특히 이이(李珥)를 서인으로 몰아 공격하기 일쑤였던 동인에 속하면서도 자신보다 4년 연상인 이이(李珥)를 한결같이 존경했다.

하여튼 내 나이 36세 때인 계미년(1583년) 8월의 일이, 동분서주하느라 미처 돌아보지 못했던 나 자신의 학문을 위해서는 아주 다행스러운 일이었다.

하나, 궁궐에 머물러야 하는 임금과 관료들 걱정이 잠시 한가롭기를 바라는 마음을 가만히 놓아두지 않았다.

어디 그뿐인가!

아무리 성군을 만나 태평성대를 열고자 해도 나라 안팎과 민생이 절대적으로 안정되어야 하지 않는가!

촛불처럼 주위를 밝히며 타들어가야 할 처지에 겨울철 농부나 태풍 때 어부처럼 그저 표표히 떠나야 한다는 것이 첫째는 막심한 불효요 둘째는 용서 받지 못할 불충이었다.

나의 30대 후반은 그런대로 새로운 황금기였다.

관직을 벗어 홀가분한 것도 잠시, 나는 그 동안 덮어두었던 책들과 벼루를 다시 꺼내고 습기 안 차게 잘 간수했던 거문고까지 손이 닿는 곳에 두었다.

이왕 물러선 마당이니 작심하고 학문에 집중하며 관료생활에서 묻은 마음의 때를 조금씩 벗겨 보려 했다.

아침 저녁으로 선선해져 책 읽기가 정말 그만이었다.

나는 나태해지지 않기 위해 아무리 늦게 잠자리에 들더라도 반드시 해 뜨기 전에 일어나는 것을 규칙으로 삼았다.

몸을 씻고 옷을 갖춰 입은 뒤 궁궐을 향해 절을 올리며 간절히 기원했다.

'성군이 되소서! 국태민안을 꼭 이루소서!'

세상이 다 아는 이인(異人) 조충남(趙忠男)은 선조 임금을 두고 '유비 같은 성품을 지닌 덕에 천운이 닿아 조선왕국 최초의 방계혈통 임금에다 서자 출신 임금이 되었지만, 천성이 유약하고 우유부단한 탓에 태평성대에는 맞지만 격변기에는 맞지 않다.'고 했다.

내가 왜 그걸 몰랐겠는가!

그래서 나는 더욱 더 선조 임금에 대한 생각이 남달랐다.

'유희춘(柳希春)이 워낙 박학다식한 덕에 내가 15세에 등극해서도 학문하는 즐거움을 알게 되었다.'는 말을 자주했던 임금이다.

15세 선조 임금이 54세 유희춘을 스승으로 삼아 '학문에 본격적으로 들어서는 신고식을 정식으로 치른 셈'이라고나 할까, 하여튼 유희춘이 정축년(1577년)에 64세의 나이로 천수를 다하자 선조 임금은 '스승을 잃은 제자의 심정을 이제야 알겠다.'며 장례며 남은 식구들의 형편까지 세심히 살펴 주었다.

첫서리가 내리고 며칠 있으니 남루한 차림의 조충남이 불쑥 찾아와서는 '어서 외출 준비를 하라.'고 독촉했다.

'경오년(1570년) 섣달 초에 조선의 백룡이 승천했으니 이제 갑신년(1584년) 정월 초에는 조선왕국의 흑룡이 승천할 차례'라고 했다.

나는 경오년 섣달에 이황이 영면한 것을 떠올리며 '흑룡이라면 혹시 이이를 말하는 게 아니냐?'고 깜짝 놀라서 물었다.

조충남은 그저 너털웃음을 웃으며 내가 채 준비를 다 갖추기도 전에 마당에 내려섰다.

몸져누운 지가 벌써 오래 되어 그렇지 않아도 이이(李珥)와 절친한 영의정 박순이나 참판 성혼이 여간 걱정하지 않았었다.

나 또한 음으로 양으로 지극한 배려를 받은 처지라 이이의 병환은 전혀 예사롭지 않았다.

나는 내가 사는 천달방과 이이(李珥)의 집이 있는 종로 관인방이 지척이기에 약과 과일 등을 챙긴 보따리를 들 심부름꾼을 하나 앞세운 뒤 조충남과 같이 집을 나섰다.

나나 조충남이나 오가는 이들의 인사에 응대만 할 뿐 특별히 말이 필요하지 않았다.

조충남이 이황을 백룡에 견주고 이이를 흑룡에 견주며 둘의 죽음을 승천이라 했으니, 나는 이미 조충남의 마음을 읽고 있고 그 또한 내가 이황이나 이이를 얼마나 소중히 여기는지 익히 알고 있는 터였다.

그런 나를 두고 조충남은 시를 읊조리듯 운율을 넣어 익살스럽게 말했다.

'거북 등에 앉은 학이 백룡이 부럽겠는가, 흑룡이 부럽겠는가! 관운으로나 천운으로나 이미 백룡, 흑룡을 까마득히 앞질렀는데 공자왈맹자왈로 지새우는 먹물 풀린 냇물에 무엇 하러 새삼 발을 적시겠는가! 아하, 나는 그저 오리(梧里) 대감의 입신양명과 백 살을 넘보는 수명복이 너무도 부러울 뿐이네!'

조충남은 금천 오리동에서 따온 내 아호 오리(梧里)를 넣어 나를 꼭 '오리 대감'이라고 불렀다.

너무도 초라한 살림이었다.

천하가 다 우러르는 대학자로 평생을 나랏일에 몸 바쳤는데도 살림이 너무도 궁색해 보였다.

조선왕국의 가장 큰 자랑거리가 바로 청백리(淸白吏)를 기리는 것이지만 이이의 형편은 늘 검약을 강조하는 내가 보기에도 좀 지나칠 정도였다.

사는 집도 남의 집을 빌려 사는 터라 가장이 떠나면 남은 가족들의 처지가 더욱 어려워진다고 했다.

집에 들어서니 이미 며칠 전부터 가까이에 묵으며 조석으로 병문안하는 이들이 꽤 많았다.

스승의 병환을 걱정하여 모여든 제자들이 하도 많아 지나가는 이들마다 '무슨 큰일이라도 났나?' 하며 안을 기웃거렸다.

조충남과 내가 들어서자 박순과 성혼이 반갑게 맞았다.

세상 사람들은 이이(李珥), 박순(朴淳), 성혼(成渾)을 두고 '세 사람은 생김새는 달라도 마음은 하나'라고들 했다.

그렇게 떼려야 뗄 수 없을 만큼 가깝다는 말이었다.

'차도가 없어 걱정'이라고 했다.

나는 이미 조충남으로부터 '갑신년(1584년) 정월 초를 못 넘길 것'이라는 말을 들인지라, '차도가 없어 걱정'이라는 박순과 성혼의 말에 그저 긴 한숨으로만 답했다.

무슨 말이 굳이 더 필요하랴!

조선 팔도를 환히 비춰주던 한 줄기 신묘한 빛이 가물거리는 판인데 무얼 더 말하겠는가!

임금과 관료들을 위해서는 물론이고 조선 팔도에 흩어져 사는 국민을 위해서도 안타깝기 그지없는 일인데 굳이 구구한 사족을 달아 무엇 하겠는가!

이이는 비록 기력은 쇠했지만 나와 조충남을 보고 반색하며 갑자기 혈색이 돌아오는 듯했다.

'두 사람을 보니 내가 마치 지금 산바람, 강바람을 품 안에 가둬둔 듯하다.'며 내 손을 붙잡고 한동안 놓아주지 않았다.

이이는 나와 조충남을 산바람, 강바람에 견주며 '조선 산하를 가득 채운 고마운 바람'이라고 했다.

이이는 평소에도 조충남의 한 마디 한 마디에 귀 기울이며 여간 대단하게 여기지 않았다.

이이, 박순, 성혼이 모두 주류 학문뿐만 아니라 세상 돌아가는 이치, 사람들 살아가는 내막에 남다른 관심이 있는 지라 학문하는 자세가 아주 개방적이었다.

자연히 주역을 비롯하여 예부터 전해져 내려오는 민간풍속, 민간신앙 등에 대해서도 상당히 박학다식했다.

조충남이 이이의 안색을 살피며 두 눈을 지그시 감자, 이이는 말했다.

'내가 비록 의원은 아니지만 내 병만은 좀 안다.'고 했다.

그러면서 '전에 어떤 이인(異人)을 만났더니 갑신년(1584년) 첫 보름달을 보기 힘들다고 했다.'며 마른 침을 애써 삼켰다.

나는 이이가 말한 이인이 바로 조충남일 거라고 속으로만 짐작했다.

'이미 주위에 모든 채비를 갖추게 했다.'고 말하며 신해년(1551년)에 47세의 나이로 별세한 모친 신사임당을 그리워했다.

신유년(1561년)에 별세한 아버지 이원수, 무진년(1568년)에 별세한 장인 노경린을 떠올리며 자신의 천수가 그리 길지 않아 '못 다한 공부, 못 다한 일이 너무 많다.'고 못내 아쉬워했다.

나는 전라도 광양 백운산 밑으로 낙향하겠다는 박순과 경기도 파주로 낙향하겠다는 성혼에게 '잘 되었다. 서로 왕래하며 조선 팔도에 흩어져 사는 민초들 잘 살게 하는 길도 더 좀 공부하고, 사람 사는 도리에 대한 담론도 더 좀 자주 갖자.'고 인사한 후 자리를 떴다.

이인(異人) 조충남은 언제 다시 오겠다는 기약도 없이 '곧 된서리가 내릴 테니 채소나 미리 거둬 놓겠다.'며 바람처럼 사라졌다.

갑신년(1584년)이 되기 전에 부지런히 관인방 이이를 병문안했다.

'살아서 자주 만나는 것이 낫다.'는 생각에서였다.

마침 관료생활을 접고 오로지 책에만 파묻혀 지내는 덕에 자연히 이이의 고매한 자태와 높기만 한 학문이 한없이 그리웠다.

워낙 쇠약한 기운이라 자주 들르는 것 자체가 대현(大賢)의 명을 재촉하는 것이 될지 몰라 여간 조심스럽지 않았지만, 이이는 내가 들르지 않으면 굳이 긴 서신을 통해 토론을 이어가곤 했다.

붓을 들어 긴 글을 쓰는 일이 훨씬 더 수고스러울 것 같아 자연히 직접 들러 학문을 논하고 나랏일을 걱정하는 일이 잦게 마련이었다.

어쩌면 나는 조선이 자랑하는 큰 학자를 가까이 둔 덕에, 그리고 이인(異人) 조충남이 갑신년 정월 초라고 꼭 집어서 시한을 미리 귀띔해 준 덕에, 천지신명이 정해 놓은 시간과 싸우며 큰 학자의 가르침을 분에 넘치게 많이 받은 셈이다.

하지만 하늘이 정해준 천수를 누가 더 늘리고 줄이랴!

이이(李珥)는 갑신년 정월 초에 숨을 거두고 말았다.

한성 중심가가 온통 애도의 물결이었다.

전국 방방곡곡에서 모여든 선비들, 유생들이 눈으로 뒤덮인 겨울 산을 방불케 했다.

낮에는 물론이고 밤에도 온통 흰 물결뿐이었다.

오래 써서 홀쭉하게 닳은 낫 같은 생김새로 하늘 한 쪽에 힘없이 걸린 초승달이 부끄러워할 만큼 그렇게 한성 시내가 깜깜한 밤에도 밝기만 했다.

대현(大賢)의 남은 가족을 위해 십시일반으로 돕자며 성균관 유생들이 앞장섰다.

만석꾼 몇몇에서 모여 남몰래 도울 길을 찾고 있다는 말도 들렸다.

선조 임금이 직접 '돕도록 하라.'는 어명을 내렸다는 말도 들렸다.

'일찍 떠나 한스럽지만 가는 길이 편하게 궁색한 살림을 돕도록 하라.'고 특별 지시를 내렸다는 것이다.

종로 상조회에서 '관인방 흑룡이 승천했으니 나머지 일은 우리가 마저 하자.'며 추렴에 앞장서고 있다는 반가운 이야기도 들렸다.

아아, 그렇다고 어찌 하늘로 통하는 길을 내, 그의 가르침을 직접 받을 수 있다는 말인가!

오십도 채 못 넘긴 채 서둘러 떠난 대학자 뒤에 남겨진 것은 천심(天心)을 일깨워주는 마음 속 풍경소리뿐이리라!

14년 먼저 떠난 이황은 각자에게 거울 하나씩을 들려주었지만, 갑신년 정월에 표표히 떠난 이이는 각자의 마음 속에 풍경소리를 담아놓은 것이리라!

이제 뒤에 남겨진 이들 모두는 그 맑은 거울에 자신을 비추며 천심을 되찾고, 그 고고한 풍경소리에 귀 기울이며 천심을 되살릴 일뿐이리라!

아아, 앞서고 뒤서는 것은 하늘이 정할 뿐이니 원망도 투정도 다 쓸데 없지만, 마음 속을 호수 삼아 시도 때도 없이 노 젓는 이가 있어 때로는 그리움에 때로는 아쉬움에 잠시도 쉴 틈이 없어라!

혼자 공부하는 것이 너무 이기적인 것 같아 나는 사랑채를 비워 학당으로 고치고 모여드는 유생들을 가르쳤다.

반은 공부하러 오는 이들이고 반은 전 현직 관료들이나 성균관 유생들이나 전국에서 어렵게 찾아온 지방 선비들이었다.

나는 이이(李珥)의 개방적 학문 정신을 살려 굳이 주자, 정자의 성리학에 얽매이지 않고 다방면에 문호를 개방했다.

물론 풍수니 운수니 하는 따위에는 처음부터 관심이 없었기에 그런 사사로운 것들이 끼어들 틈은 전무했다.

성리학으로 마음과 행동을 다스릴 수는 있지만 다들 앞을 내다보며 살기를 원하면서 주역이나 천문 지리나 역사에 더 관심이 많았다.

'이제껏 입만 열면 중국에 대한 담론뿐이었으니 이제는 배운 학문을 바탕으로 우리 역사, 우리 지리, 우리 풍속, 우리 정신에 더 관심을 두자.'는 분위기가 대세였다.

'창과 칼과 방패와 말이 지배하던 시대에서 이제는 화약과 쇳덩어리와 바퀴 달린 것들이 지배하는 시대'라며 이이(李珥)의 10만 양병설이 묵살된 것이 두고두고 뼈아픈 후회가 될 것이라고 자못 도인(道人), 이인(異人)다운 이야기를 하는 이들도 의외로 많았다.

나는 자연히 병법서와 천문 지리와 경제에 관심을 갖게 되었다.

선비의 탁상공론을 경계하며 장수의 국방에 초점을 맞춰 공부하게 되었다.

이이는 임종을 앞둔 절박한 순간에도 내 손을 꼭 잡고 신신당부했다.

'이공(李公)이 앞장서서 신묘년(1591년)의 내우와 임진년(1592년)의 외환을 잘 넘어야 한다.'고 했다.

'어느 시대, 어느 왕조 때나 문약하면 반드시 외적이 침략하게 되니 지금이 바로 그런 위태로운 시기'라며 '중앙에서든 지방에서든 군사훈련, 성 수리, 군량과 무기 관리에 공무의 반 이상을 할애하라.'고 간절히 부탁했다.

'이공이 있고 서애(西厓)가 있고 순신(舜臣)이 있고, 그 위에 자애로운 임금이 있으니 나는 그저 그것만 믿고 눈을 감고자 한다.'고 유언처럼 비장한 어조로 말했다.

이이(李珥)는 나와 유성룡과 이순신을 특별히 내우외환을 가로막을 나라와 백성의 보루라고 했다.

'이공의 자애로운 성정으로 유성룡과 이순신을 임금 곁에 단단히 묶어두면 외환이 아무리 길어도 나라와 백성을 보존할 수 있다.'고 예언했다.

이이는 나를 가리켜 '학 같고 거북 같으면서도 위태로운 것을 보면 몸을 사리지 않는 백호(白虎) 같은 사람'이라고 했다.

유성룡을 두고는 '담아도, 담아도 넓기만 한 하늘이 낸 큰 그릇'이라고 했다.

이순신을 두고는 '호랑이든 용이든 일단 등에 올라타기만 하면 초인 같은 힘을 발휘할 타고난 의인(義人)이요 경인(敬人)'이라고 했다.

임신년(1572년)에 71세 나이로 별세한 남명(南冥) 조식(曺植)의 말을 인용하며 '이순신은 마음이 밝고 행동에 과단성이 있어 이미 스스로 의(義)와 경(敬)을 터득한 사람'이라고 했다.

'산과 들은 방방곡곡의 의병이 지켜낼 테고 바다는 이순신이 지켜낼 테니 이공은 부디 임금의 뜻이 늘 바로 서게 하라.'고 마치 먼 길 떠나는 자애로운 맏형처럼 말했다.

사실 나는 11세 연상인 이이(李珥)를 때로는 친근한 동료, 때로는 엄한 스승, 때로는 자애로운 맏형으로 생각했다.

내가 유생들을 가르치며 나랏일 맡을 경우에 반드시 지켜야 할 도리를 책으로 정리하고 있을 때 예조판서 유성룡이 사람을 보내 조용히 나를 불렀다.

해 저물녘에 그의 사랑채에 다다르니 관복을 입은 채 나를 맞았다.

나보다 5년 연상이라 나는 늘 예를 갖춰 그를 대했다.

먼저 학문하며 교육하는 나의 근황을 물은 후 아산 선산에 내려가 시묘 중인 이순신을 두고 상의했다.

이순신은 계미년(1583년) 말에 부친상을 당하여 관복을 벗고 부친 묘 곁에 묘막을 짓고 3년 시묘 중이라고 했다.

물론 나도 이순신을 친형처럼 생각하며 특별히 친밀한 고상안(高尙顔)으로부터 이순신의 근황을 듣고는 있었다.

고상안은 내 사랑채에 묵어갈 때면 곧잘 관상학에 대해 말하곤 했다.

지방 목민관을 두루 거친 탓에 민초들 살아가는 일이며 농사 전반에 대해 농부 이상으로 잘 알고 있는 특이한 사람이었다.

워낙 박학다식하고 문장력이 출중해 책을 여러 권 썼는데 풍속, 전설은 물론이고 농민들의 애환이 담긴 노래까지 자세히 파악하고 있었다.

손수 노래를 지어 사람을 키우듯 농사에도 근면과 열성이 필요하다는 것을 세상에 널리 알리고 있다고도 했다.

'이인(異人)들이 이구동성으로 말해 이미 기정사실처럼 된 임진년 외환에 방비하기 위해 육지와 바다를 지킬 백호와 청룡이 필요하다.'며 신립과 권율과 이순신과 이억기를 지목했다.

그리고 '이공과 함께 외환을 수습하며 임금을 보필할 사람'이라며 이덕형, 이항복을 거명했다.

국사를 돌보는 일이라면, 그리고 학문이 웬만큼 원숙해졌다면 굳이 이인, 기인이 아니더라도 섬나라 일본의 극심한 내전 상황을 모를 리 없었기에 자연스레 임진년 왜란 설을 경계하는 편이었다.

관료들 사이에서도 임진년 외환 설이 파다했다.

꼭 집어서 임진년이라고는 안 해도 다들 '왜국의 상황이 점점 더 심상치 않다.'고 근심했다.

현직 관료들 중 주역 풀이에 능하다는 이들 또한 한결같이 남쪽으로부터 피바람이 불게 될 것이라고 우려했다.

유성룡의 요점은 '부친 묘소에서 시묘 중인 이순신을 서신으로든 만나서든 이공이 가르치며 잘 이끌어 달라.'는 것이었다.

따지고 보면 이순신은 나보다 2년 연상이고 더욱이나 무관이라 아무래도 좀 거리가 있었지만 이이, 유성룡이 워낙 '출중한 사람이다. 장차 나라를 구할 보배다.'라고 칭찬하여, 직접 만나 우정도 나누고 그를 통해 이순신의 사람 됨됨이나 역량을 어느 정도 잘 알고 있는 터였다.

더욱이나 내 어머니와 같은 동래 정씨이자 나보다 20년 연상인 문신 정언신(鄭彦信)이 함경도 도순찰사로 나가 계미년(1583년) 5월의 큰 전쟁(이탕개의 1만여 군사가 함경도를 침략)을 승리로 이끈 뒤, 승지로 있던 나를 찾아와 귀띔해 준 적이 있었다.

'북방을 경계하며 직접 겪어 보니 신립, 이순신, 이억기, 김시민은 실로 대단한 인물이더라.'고 침이 마르도록 칭찬했었다.

56세의 노구로 비록 문신이었지만 37세 신립(온성 부사), 38세 이순신, 29세 김시민, 21세 이억기 덕분에 외적을 거뜬히 물리치고 북쪽 국경을 지켜낼 수 있었다고 했다.

임인년(1542년) 생인 42세 유성룡은 계유년(1573년)에 부친상을 치렀는데 그의 선친은 부임하는 지역마다 후학들을 위한 교육에 공헌하여 '교육 목민관'으로 유명했다.

58세에 영면한 그의 부친 유중영(柳仲郢)은 30대에 의주목사, 황해도 관찰사를 지내며 '어진 목민관'의 대명사로 통했다.

선조 임금은 '배울 점이 너무 많은 승지이고 경연관이었다.'며 유성룡의 선친을 그리워했다.

나는 이항복의 처조부이자 권율의 부친인 영의정 권철(權轍) 대감과 유성룡의 외조부 송은(松隱) 김광수(金光粹) 대감을 '모든 면에서 귀감이 될 분들'이라고 생각했다.

권철 대감은 자타가 인정하는 '복상(福相)'이었고 김광수 대감은 자타가 인정하는 '효성과 우애의 표상'이었다.

더욱이나 하늘이 장수의 복을 주어 권철 대감은 75세, 김광수 대감은 85세를 기록했다.

환갑만 넘겨도 장수했다고 하는 세상에서 팔순을 내다보고 구순을 내다보았다면 진실로 특별한 장수의 복이 아닐 수 없다.

나는 권율에 대한 이렇다 할 소감이 많지 않았지만 유성룡은 달랐다.

'비록 학문하기를 즐기며 45세 지긋한 나이에 과거 급제했지만 이순신을 청룡에 견준다면 그에 맞먹는 백호는 바로 권율'이라고 했다.

'하늘이 뒤늦게 둘을 불러내 조선왕국의 일꾼으로 쓰게 한 일은 장차 닥칠 외환에서 나라와 백성을 반드시 구하라는 하늘의 명령'이라고 했다.

유성룡은 내게 말하지 않은 그 뭔가를 지니고 있는 듯했다.

스승 이황이나 그 주위에 모여드는 기라성 같은 학자들, 이인(異人)들을 통해 이미 조선왕국의 앞날을 훤히 꿰뚫고 있는 듯한 인상을 받았지만 굳이 더 묻지 않았다.

이심전심이란 말처럼 나는 유성룡의 마음 속에 무엇이 들어있는지, 그의 머릿속에 무엇이 들어있는지 다 말하지 않아도 웬만큼 알아차릴 수 있었다.

내가 20대에 공직에 첫 발을 들였을 때부터 유성룡이나 이이는 그런 나의 일면을 높이 사 '임금 곁에서 나랏일을 해야 할 사람이지' 지방 목민관으로 전전할 사람이 아니라고 했었다.

칭찬에 인색하기 마련인 관료들 사이에서 틈만 나면 나를 지목하여 '남다른 안목과 덕성을 지닌 사람이라, 태평성대에는 물론이고 난세에도 중심을 지키며 시대를 바꿔 놓을 사람'이라고 했다.

'이원익이 중심이 되면 안정기에는 그 안정이 더욱 안정되고, 혼란기에는 그 혼란을 틈타 해를 입기 마련인 생목숨을 많이 구하게 될 것'이라고 했다.

그러니 조충남이 말한 신묘년(1591년) 내우와 임진년(1592년) 외환을 헤쳐 나가는 일에 가장 적임자라는 것이었다.

물론 나는 그런 말을 들을 때마다 '그렇지 않아도 과분한 대접을 받아 꼭 죄인이 된 심정인데 왜 자꾸 더 큰 죄를 짓게 하느냐?'고 말했다.

'무엇이든 지나치면 곧 화가 되고 죄가 되고 흉이 된다.'는 것이 평소의 내 생각이었다.

그래서 나는 신중하고 과묵하다는 말을 자주 듣곤 했다.

겉치레나 예절이나 수양으로 그렇게 한 것이 아니었다.

내 나름대로 성현들의 가르침 속에서 깨달은 것이 있었기 때문이다.

'활시위를 놓기 직전의 짧은 숨 멈춤'이 일상의 버릇이 되어야 지나치기 쉬운 성정을 잘 다스릴 수 있다고 보았다.

나는 아산 선산을 지키는 이순신과 자주 서신 연락을 하며 소식도 전하고 학문도 논했다.

가끔은 이순신보다 8년 연하이지만 그와 아주 가까이 지내는 고상안 (高尙顔)을 만나 부탁하기도 했다.

그가 내려가는 편에 약간의 예물과 서찰을 보내기도 하고 내가 지은 글이나 필사한 경전을 보내기도 했다.

고상안은 세상이 다 아는 만물박사에 대단한 문장가라 이순신을 만나면 이순신은 듣는 쪽이고 고상안이 주로 말하게 된다고 했다.

이순신은 본래 한성에서 태어나 자란 사람이라 고상안이 농사에 대한 이야기, 지방 곳곳의 풍속과 전설에 대한 이야기를 들려주면 그렇게 솔깃하게 들을 수 없다고 했다.

완전 서당 분위기가 된다고 했다.

말하는 고상안이 스승이 되고 듣는 이순신이 학동이 된다는 것이다.

이순신은 고상안을 통해 유성룡, 이덕형 등과 생각을 주고받고 있었다.

이순신은 언제든 서찰과 함께 소박한 예물을 보내왔다.

주로 농촌에서 철따라 얻어지는 과일이나 말린 채소들이 주였지만 그 정성이 여간 고맙지 않았다.

나는 이순신의 서찰 속에서 참으로 많은 것을 새롭게 깨닫게 되었다.

나는 이순신의 의견 속에 나라와 백성에 대한 남다른 생각과 열정이 봇물처럼 넘쳐나고 있다고 확신했다.

'무인으로 발을 들여놓은 이상 나라 지키는 일에 생각과 정성을 모아야 한다.'며 주로 병법에 대한 의견을 서찰 속에 담았다.

"육군과 수군은 여러 모로 다릅니다. 육군은 늑대에 비유하고 수군은 수달에 견줄 수 있습니다. 늑대는 서열이 정확하고 상부상조하는 단결력이 대단하면서도 쇠를 다루는 병사처럼 잔혹하고 냉정합니다. 배부를 때일수록 분업이 철저합니다. 새끼를 함께 돌보며 앞날에 대비하는 능력도 참으로 놀랍습니다. 먹은 걸 다시 뱉어 새끼를 먹이거나 병약한 동료를 먹이는 것을 자주 보았습니다. 사냥에 임해서는 절대로 놓치는 법이 없습니다. 실패해도 전진을 위한 후퇴처럼 꼭 사냥감 주위에 머뭅니다. 노는 것이나 먹는 것이나 어울리는 것이 모두 사냥으로 이어집니다. 늑대가 철저한 사냥꾼이듯이 육군은 한 치의 땅이라도 절대 양보해서는 안 될 것입니다. 잠시 물러서더라도 더 위력적인 반격을 가하기 위해서 물러서야 합니다. 목숨을 아끼려는 늑대가 필요 없듯이 목숨을 아끼고자 하는 군대는 필요 없습니다. 늑대 무리가 제 무리를 지키며 사냥에 성공하기 위해 모든 걸 바치듯이, 육군 또한 나라와 백성 지키는 일에 모든 걸 바쳐야 마땅합니다. 수달이 실개천을 커다란 웅덩이로 만드는 것을 오래 지켜본 적이 있습니다. 아름드리나무를 오래도록 갉아서 거의 쓰러질 지경이 되면 슬그머니 뒤로 물러나 바람이 불기를 기다립니다. 아직 채 부러지지 않았는데도 수달은 이미 그 부러지는 굉장한 소리를 듣고 있는 것이나 마찬가지입니다. 물을 막아 웅덩이를 만들 때도 웅덩이가 얼어 움직이기 어렵게 될 때를 미리 생각합니다. 그래서 물고기가 모여들게 잎이 많은 잔가지를 주로 물 속 진흙바닥에 빼곡히 꽂아 놓습니다. 일종의 겨울 곳간입니다. 둑이 견고한가를 귀로 늘 점검하며 혹시라도 물이 흐르는 소리가 나면 서둘러 나뭇가지와 진흙으로 막습니다. 수달의 철저한 대비와 준비성이 바로 수군의 전선 만들기와 바다 지키기를 쏙 빼 닮았습니다. 이처럼 육군은 사냥 전문가 늑대의 전법을 익히면 되고 수군은 둑 쌓기의 전문가 수달의 전법을 터득하면 그리 큰 실책이 없을 것입니다."

이순신의 서찰은 무인다운 기질이 철철 넘치면서도 학문적 열의 또한 가득해서 여러 번 다시 읽어도 늘 새롭게 깨닫는 것이 많았다.

무엇보다도 그의 생각 곳곳에는 엄숙함과 비장함이 넘쳐났다.

일신의 영달을 바라는 여느 관료들이나 허장성세하기 쉬운 여느 무인들과 전적으로 달랐다.

나보다 겨우 2년 연상인데도 '죽고 사는 일에 대한 결연함이나 초연함'이 이인, 도인, 초인에게서나 볼 정도여서 그의 서찰을 대하면 숙연한 마음이 들기 일쑤였다.

나는 '영웅호걸의 기질이란 바로 이런 것인지도 모르겠다.'고 생각했다.

나는 그를 '항우보다는 아무래도 한신에 더 가까운 사람'이라고 여겼다.

영웅의 기질을 타고났으면서도 인간적 매력이 많이 부족했던 항우보다는, 영웅의 모습 속에 인간적 고뇌를 감추고 있던 한신에 더 가깝다고 본 것이다.

고상안은 이순신을 두고 '복(福)이 없어 걱정'이라고 했다.

더 이상 자세한 이야기를 안 해서 그 속이야 알 수 없지만 '고생 끝에 낙'이어야 세상에서 말하는 복인데 이순신에게는 그런 복이 좀 부족하다는 것으로 이해했다.

나는 '그거야 한낱 필부(匹夫)의 복(福)일 뿐이지 영웅호걸의 경우에야 좀 다르지 않겠는가?'라고 생각했다.

살아생전에 모든 걸 다 누리고 다 보겠다면 그거야 말로 필부의 삶일 거라고 생각했다.

나는 이순신의 서찰 곳곳에서 영웅호걸다운 사생관을 발견했다.

"나무처럼 생명력이 대단한 것은 없습니다. 물 속이든 땅 속이든 바위

위에서든 기어코 뿌리를 내립니다. 어느 정도 뿌리를 뻗어야 하는지, 어느 정도 가지를 펼쳐야 하는지를 너무도 잘 압니다. 메마르고 가파른 곳이면 인색할 정도로 몸을 사리지만 그래도 쉬지 않고 뿌리를 내리며 덩치를 키웁니다. 가을이 가까우면 모든 영양분을 가지와 뿌리로 보내며 잎을 포기할 준비를 합니다. 봄이 가까우면 한 방울의 물까지 빨아올려 달을 가리고 하늘을 가릴 정도로 자그마한 잎들을 성큼성큼 키워냅니다. 뿌리가 어디까지 뻗어 있는지 아무도 모르지만 나무가 서있는 것은 다들 압니다. 사람들은 철이 바뀐 것을 울긋불긋한 꽃에서 찾고 열매에서 찾지만 나무는 뿌리의 깊이와 길이, 줄기의 굵기와 길이로 제 한 철 삶, 제 한 해 삶을 잽니다. 사람들은 건성으로 바라보며 그저 고개만 끄덕이지만 나무는 한 자리에 서있으면서도 하늘과 땅 사이에서 벌어지는 일들과 생겨나는 현상들을 모조리 꿰고 있습니다. 나무의 놀라운 생명력에 비하면 나머지 생명들은 참으로 작고 가벼울 뿐입니다. 나무의 눈부신 변신과 성장에 견주면 나머지 삶이나 움직임은 한 철 바람에 이리저리 흔들리다 떨어져 구르는 가랑잎에 지나지 않습니다."

나는 이순신의 생각 속에서 도학적인 면을 발견하고 문득 토정 이지함을 떠올렸다.

무인년(1578년)에 61세의 나이로 별세했지만 성혼(成渾)이 워낙 가까이 했던 사람이라 나 또한 그에 대한 그리움이 많은 편이다.

성혼을 따라 그가 기거하는 한성 강변의 자그마한 흙집을 몇 차례 가

본 적이 있다.

성혼은 18세 연상인 이지함을 만나면 주로 서경덕이 닦아놓은 학문 세계와 서경덕이 찾고자 했던 미지의 세계에 대한 담론을 즐겼다.

포천 현감 시절 임진강 범람을 예견하여 많은 목숨을 구한 일, 아산 현감 시절 걸인청(乞人廳)을 만들어 빈민 구제에 앞장섰던 일, 전국 방방곡곡을 다니며 '난리를 피할 곳'을 가려놓은 일 등이 이리저리 부풀려져 떠돌았다.

난리 피하는 방법이 그가 지은 〈농아집(聾啞集)〉에 있다지만 나는 아직 직접 본 적은 없다.

하여튼 보기 드문 이인(異人)이었다는 사실만은 부인하기 어려울 것이다.

이이, 이황과 견줘지는 조식(曺植)마저도 그의 한성 강변 흙집을 찾아 며칠씩 묵어가곤 했다지 않은가!

남명 조식은 이지함을 두고 '도연명이 다시 살아난 듯하다.'고 했단다.

16년 연상인 조식은 이지함을 '서경덕의 몇 안 되는 분신'이라고 했단다.

일찍이 서경덕으로부터 유학은 물론이고 의학, 천문 지리, 주역 등을 공부하여 서경덕이 미처 드러내지 못한 부분까지 세상 가득히 펼쳐 보였다는 뜻일 것이다.

서경덕이 세상과 달 사이를 오가며 홀로 즐겼다면 이지함은 달에 가서 본 것을 곧바로 세상에 알려준 셈이라고나 할까!

이순신의 비장하기까지 한 사생관을 엿보며 나는 새삼스레 병오년(1546년)에 57세를 일기로 생을 마감한 토정(土亭) 이지함(李之菡)의 스승 화담(花潭) 서경덕(徐敬德)을 떠올렸다.

나는 하늘과 통하는 사람들, 하늘에서 잠시 소풍 나온 듯한 사람들이 분명히 있다고 여겼다.

땅보다 하늘에 대해 더 잘 알고, 사람들의 먼지구덩이 삶보다 공중을 나는 새들을 더 가까이하는 이들이 틀림없이 있다고 보았다.

05

조선왕국과 나의 40대

05 조선왕국과 나의 40대

드디어 정해년(1587년) 새해가 밝았다.

성혼과 이정형은 '정월 대보름을 함께 감상하자.'며 집에서 특별히 담은 술과 안주를 잔뜩 싸들고 찾아왔다.

해가 바뀌어 이제 나는 40세, 성혼은 52세, 이정형은 38세가 되어 있었다.

성혼은 경주 이씨 집안의 보기 드문 호걸들인 이정암, 이정형 형제와 아주 친해서 나이 차이에 매이지 않고 마치 친동기간처럼 지냈다.

이정암, 이정형 형제는 8살 차이에도 불구하고 그렇게 우애가 좋았다.

술이 몇 잔 돌아가자 성혼이 먼저 말문을 열었다.

"금년이 돼지해이니 사나운 기세가 많이 꺾여 이공처럼 자애로운 이들이 다시 일어설 겁니다. 계미년(1583년)에 무거운 관복을 벗고 가벼운 평상복으로 갈아입어 갑신년(1584년), 을유년(1585년), 병술년(1586년)을 홀로 독야

청청할 수 있었지만, 이제 다시 일하실 때가 되었습니다."

성혼의 그 말을 받아 이정형이 거들었다.

"퇴계 선생이 하신 말씀이 생각나는 군요. '강물이든 개울물이든 근본 성질이 같기에 흐르는 모습이나 가는 곳이 같듯이 세상도 처음에는 무리, 역리가 잠시 통하는 듯해도 결국에는 순리, 공리대로 돌아가는 것'이라는 말씀을 자주 하셨지요. 계미년(1583년)에는 역리가 승했다면 이제 정해년 (1587년)에는 순리가 승하게 되겠지요. 이제 이공도 다시 분주해져야 할 것 같습니다."

나는 성혼과 이정형이 모두 조충남, 이지함, 강서, 오억령처럼 '정세를 정확하게 읽는 대단한 통찰력을 갖고 있다.'고 여기고 있었다.

고맙게도 그들 모두와 나는 허물없이 의견을 주고받는 사이였다.

승지로 있을 때 선조 임금으로부터 '이원익이 본 것이 실상(實像)이니 다들 허상(虛像)만 쫓지 말고 이원익이 바라보는 곳을 함께 바라보도록 하라.'는 말을 자주 들었다.

조선왕국의 이인(異人)들이라는 이들과 가까이 사귀면서 알게 모르게 배워 얻은 바가 많았기 때문에, 학문이 높은 임금으로부터 '예견력이 있다. 통찰력이 남다르다.'는 말을 자주 들을 수 있었을 것이다.

정해년(1587년) 봄이 되기 전에 봄볕과 더불어 내게도 새로운 전기가 마련되었다.

계미년(1583년) 초에 탄핵을 받았다가 8월에 경상 감사로 나갔던 권극례

(權克禮)가 이조참판으로 있으면서 나를 평안도 안주 목사로 천거했다.

권극례는 충청 도사로 나가 선정을 많이 베풀고 중앙관직으로 복귀한 권극지(權克智)의 7년 연상 친형이었다.

형제가 모두 강직하기로 소문이 나있었다.

공과 사를 엄격히 구분한다는 평가를 받고 있었다.

선조 임금은 나를 보자 대뜸 '유비는 허벅지에 살이 너무 붙었다며 눈물까지 흘렸다는데, 이원익은 그래 그 동안 얼마나 많은 눈물을 흘렸는가?'라고 물었다.

나는 '품은 큰 뜻을 잊고 안이해질까 두려워했던 유비의 고사'를 떠올리며 '죄인이 무슨 할 말이 있겠느냐?'는 식으로 말했다.

우선 유비와 견줘지는 것이 부담스러웠다.

임금을 섬기며 나라와 국민을 위해 헌신하는 것이 관료의 책무인데, 감히 개인의 포부나 뜻을 들먹일 일이 아니었다.

나보다 16년이나 연상인 이조 참판 권극례를 찾아 인사했더니 '사실은 임금께서 넌지시 시키신 일을 대신 꺼냈을 뿐'이라고 했다.

'전에 황해 도사로 나가 선정을 많이 베풀어 그 쪽 백성들로부터 크게 흠모 받고 있으니, 이 극심한 흉년기에 이원익을 평안도로 내보내야겠다.'고 임금이 먼저 운을 뗐다고 했다.

선조 임금은 결국 명종 임금 때의 대표적 '직언(直言) 신하'였던 이조 참판 권극례를 통해 자신의 의중을 드러낸 것이다.

30대 초반에 사헌부 정언(정6품)을 지내며 서슬이 퍼렇던 명종 임금 대의 외척들과 그 외척들을 등에 업고 독단을 자행하던 권신들을 향해 하도 심하게 탄핵하는 통에, 다들 '직언 신하'라고 부르며 '대단한 사람'이라고 했었다는 것이다.

　툭하면 사화가 일어나 피바람이 불곤 하던 명종 임금 대(1545~1567) 초기에 권극례 같은 '직언 신하'가 있었다는 것이 바로 조선왕국의 복일 것이다.

　흉년이 너무 심했다.

　농사철이 다가오는데도 종자가 없어 발만 동동 구르고 있었다.

　나는 중앙에 장문의 글을 올렸다.

　"백성이 죽어가고 있습니다. 나라의 근본인 농사가 망쳐지고 있습니다. 조선왕국의 곡창지대 중 하나인 평안도의 농사를 망치면 장차 왕국의 곳간도 비게 됩니다. 일단 밥 지을 곡식이 있어야 허리를 펴고 농사를 지을 것입니다. 일단 논밭에 뿌릴 씨앗이 있어야 가을걷이가 풍성할 것입니다. 속히 나라의 곳간을 열어 배를 채울 곡식과 가을걷이를 준비할 곡식을 주십시오. 나라의 근본인 백성이 왕국의 생명줄인 농사에 다들 손을 놓고 있습니다."

　13년 전 갑술년(1574년)에 황해 도사로 내려와서는 병적(兵籍)을 일체 정비하여 당시 정계의 거물이고 학계의 중심이던 이이(李珥)로부터 크게 칭

찬을 들었는데, 꼭 13년 만에 다시 같은 서북지방인 평안도로 내려와 이
번에는 '곡식 좀 달라.'고 아우성치게 된 것이다.

다행히 선조 임금이 양곡 1만 석 이상을 보내도록 허락하여 먹고 뿌릴
곡식이 생겼다.

먹을 것이 있어야 산다는 것은 모든 생명의 공통점이다.

나라에서 거둬들이기만 하고 정작 백성이 굶주릴 때 나 몰라라 한다면
그것은 백성에게 산적이 되거나 역적이 되라는 말과 같은 것이다.

서북지방에 전부터 도적이 많았던 것도 다 이유가 있을 것이다.

곡장지대라서 곡식은 많이 나도 굶주리는 백성이 늘 생기기 마련이라
자연히 도적이 들끓게 됐을 것이다.

봄에 찔끔 꾸어주었다가 가을에 온갖 구실을 붙여 자그마치 10배를 받
아내는 수가 허다하다니 언제 곳간을 채우고 종자를 마련하겠는가!

다행히 선조 임금 같은 자애로운 임금을 만나 춘궁기를 무사히 넘기며
농사를 짓게 되었다.

나는 병인년(1506년)에 끝난 연산군 폭정 12년간을 떠올리며 꼭 80여 년
전으로 되돌아가 생각해 보았다.

어떤 임금을 만나느냐 하는 것이 과연 하늘이 정하는 일인가, 아니면
백성이나 관료들의 운수란 말인가!

나는 선조 임금이 내려 보낸 곡식을 풀며 임금과 백성 사이의 도리에
대해 다시 생각해 보았다.

'임금은 곧 태양이니 어차피 백성과는 거리가 멀다.'라며 제 수양에나

매달리는 이들도 많이 만나 보았다.

'임금은 어버이와 같으니 부모 자식 사이처럼 그저 무조건 잘 섬겨야 한다.'는 말을 하며 정작 자신은 책에나 파묻혀 사는 이들도 많이 보았다.

나는 연산군에서 중종 임금으로 넘어오던 병인년(1506년) 9월 2일 무인(戊寅) 일, 그 격변의 시기를 떠올리며 '글공부하는 이들이 뭐라 말하든 옥석은 분명히 가려지게 마련'이라고 생각했다.

병인년(1506년) 9월 2일의 역사 기록은 너무도 간단했다.

"중종반정을 일으키다. 연산군의 죄상을 열거했다. 연산군의 총희(寵姬) 장녹수(張綠水) 등을 참수하고 폐주 연산군의 금인(金印), 화압(花押), 승명패(承命牌)를 철폐했다. 반정 공신들에게 숙직을 명했다. 홍(洪) 숙의(淑儀: 내명부 종2품), 박숭질(朴崇質)을 복권하고 폐주 연산군의 동서(東西) 금표(禁標)를 폐했다. 폐주 연산군을 강화도 교동도에 위리안치했다."

성종 임금의 후궁 홍 숙의에게 가해졌던 동쪽과 서쪽의 일정 거리를 경계로 하는 접근금지 표지판을 없앴다는 것이다.

홍 숙의는 성종 임금과의 사이에 7남 3녀를 둔 전형적인 다산(多産)의 후궁이었다.

그리고 중종반정 직전에 좌의정을 지낸 반남 박씨 박숭질의 삭탈관작을 다시 원상태로 회복시켜 준다는 것이다.

박숭질은 연산군의 폭정이 극심해지자 일부러 말에서 떨어져 3개월여 동안 출근하지 않다가 속셈이 드러나 신문을 받고 면직된 상태였다.

덕분에 중종반정 이후 제2의 전성기를 맞아 중추부 영사가 되었다.

폐주 연산군은 교동도에 위리안치 된지 2개월여 만인 11월에 30세를 일기로 자신이 일으킨 여러 차례의 피바람과 함께 쓸쓸히 사라졌다.

18세 되던 12월에 왕위에 올라 12년여 동안, 건국된 지 꼭 1백여 년 되는 조선왕국을 뿌리 채 흔들어놓고 수의(囚衣)이자 수의(壽衣)인 거친 삼베옷만 달랑 걸친 채 사라졌다.

나는 그가 그토록 아꼈다는 장녹수를 다시 생각해 보았다.

원래 세조에 이어 임금에 오른 예종의 치남 제안대군(齊安大君: 예종의 장남으로 왕세자였으나, 성종의 장인인 한명회의 개입으로 덕종의 차남이 성종으로 즉위하자 철저히 소외됨)의 노비로, 같은 신분의 사내와 결혼하여 이미 자식 하나까지 둔 30대 여자였는데도 어떻게 연산군의 눈에 들게 되었는지…

연산군은 아마도 장녹수를 누이처럼, 어머니처럼, 여인처럼 그렇게 다양한 감정으로 대했던 모양이다.

그러기에 그 포악한 연산군을 마치 천진난만한 아이처럼 다루며 한 나라의 국정 전반을 손아귀에 넣고 쥐락펴락할 수 있었을 것이다.

벼슬이야 숙원(종4품)에서 시작하여 숙용(종3품)으로 오른 정도였지만 자기 집 주변 민가들을 모두 철거하여 나라의 선공감(繕工監)으로 하여금 새로 짓게 하고, 오라비 장복수(張福壽)와 조카들을 모두 양인 신분으로 올려, 관선(官船)을 이용, 평안도 미곡 7천 석을 무역하게 할 정도로 세력이 대단했다.

폭군 연산군도 그녀의 교태 한 번이면 어떤 잘못이라도 눈감아주었단다.

나는 중국 은(殷)나라의 마지막 임금인 주왕(紂王)의 총희 달기(妲己)와 하나라의 마지막 임금인 걸왕(桀王)의 총희 말희(末喜)를 떠올리며 '나라가 기울거나 망할 때 있기 마련인 폭군과 총희의 타락된 모습'을 곱씹어 보았다.

폭군과 총희 사이에서 그 수많은 관료들, 유생들은 대체 어떤 역할을 했다는 것인지 — 돌아볼수록 씁쓸하고 어지럽기만 했다.

공맹을 비롯한 그 많은 성현들의 그 좋은 가르침들이 그토록 오래오래 무력할 수밖에 없었다는 것이 — 진정 놀라울 따름이었다.

한데 어째서 격변의 시기를 지나 새 시대를 만나도 여전히 관료들, 선비들 사이의 대립은 여전하고 민초들의 삶 또한 고달프기만 한가!

나는 다시 한 번 관료들의 막중한 책임을 확신했다.

임금이 성군, 현군이 되게 하는 일도 관료들에게 달려 있고 백성의 삶을 평안하게 하는 일도 오로지 관료들 두 어깨에 달려 있다고 확신했다.

나는 '붕당의 폐해'를 예견했던 이준경(李浚慶), 백인걸(白仁傑), 이이(李珥)를 떠올렸다.

이준경은 임신년(1572년)에 73세로, 백인걸은 기묘년(1579년)에 82세로, 이이는 갑신년(1584년)에 48세를 일기로 별세했으니, 결국 임신년(1572년)부터 붕당의 조짐, 붕당의 폐해가 조금씩 머리를 들기 시작했던 셈이다.

이준경, 백인걸은 붕당의 초기 증세를 보고 경고했고 이이는 붕당의 초기를 지나 뿌리를 깊게 박으며 가지를 본격적으로 뻗을 때 걱정했다.

'누가 당을 지었다는 말이냐? 공연히 평지풍파를 일으켜 임금과 관료들 사이를 이간질하는 속셈이 뭐냐?'는 비난을 받으면서도 '장차 당을 짓고 그 당을 발판으로 이합집산을 거듭하게 되면 임금도 눈이 멀게 되고 나라도 결딴나게 된다.'고 뜻을 굽히지 않았다.

나는 시대마다 있기 마련인 외척들, 권신들에게 목숨 걸고 저항했던 헤아릴 수 없이 많은 이들을 떠올렸다.

힘 있는 자, 힘자랑하는 자에게 덤비면 분명히 해를 입게 될 텐데도 오로지 임금과 나라를 위해 불의(不義)에 분연히 맞섰다.

송인수(宋麟壽) 같은 이는 22세로 갓 과거 급제했음에도 당시 내로라하는 권신인 김안로(金安老)의 편파인사를 탄핵했다.

그는 권신 김안로 일파가 몰락한 38세 이후에나 그들 일파의 위협으로부터 벗어날 수 있었다.

하지만 그것도 잠시 그는 다시 명종 임금 대의 외척이자 권신인 윤원형(尹元衡)의 전횡을 탄핵하다 48세의 나이에 사사(賜死)되고 말았다.

명종 임금을 대신해 수렴청정하던 문정왕후의 동생을 탄핵했으니 어찌 살기를 바랐겠는가!

조선왕국의 중심학문인 성리학에서 배운 대로 한 일이다.

목민관으로 선정을 베풀며 제자들을 가르친 대로 한 일이다.

성현들이 가르친 대로 살았다.

일신의 안녕을 돌보지 않고 오로지 조선왕국 관료의 길을 걷고자 했다.

성리학에 기초한 조선왕국이고 조선왕국 관료들이니 마땅히 성리학의 이념대로 살고자 했던 것이다.

나는 위에서 특별히 배려해 준 곡식으로 가을 농사가 웬만큼 풍년이 되자 본격적인 개혁에 나섰다.

일 년에 3개월씩인 병사들의 훈련 근무를 일 년에 2개월씩으로 줄이기 위해 4차 입번제(入番制)를 6차 입번제로 고쳤다.

한창 농사일에 매달려야 하는 입장에서 세 달씩 자리를 비우느냐, 두 달만 비우느냐는 실로 하늘과 땅 차이였다.

내가 평안도 안주에서 시범을 보여 어느 정도 실효를 거두고 주민들의 반응도 좋아지자, 순찰사로 내려온 윤두수(尹斗壽)는 즉시 중앙에 건의하여 전국적인 제도로 굳어지게 했다.

그는 이미 신사년(1581년)에 목민관으로 선정을 베풀었다 하여 임금으로부터 옷 한 벌을 하사 받은 일이 있다.

48세의 나이로 황해도 연안 부사로 일했는데 황해도 재령 군수 42세 최립(崔岦)과 함께 백성들을 배곯지 않게 잘 다스린다 하여 임금의 표창을 받은 것이다.

윤근수(尹根壽)의 친형인 윤두수는 정해년(1587년)에 전라도에 왜구가 침범하자 전라도 관찰사로서 왜구를 물리침은 물론 민심 수습을 위해 개혁에 앞장섰던 사람이다.

기축년(1589년)에는 평안 감사를 지내고 환갑을 내다보는 나이에 명나라에 가서 '조선왕국의 태조 이성계와 고려의 권신 이인임과는 하등 관계가 없는데도 명나라 기록에는 버젓이 부자지간처럼 잘못 적어놓고, 거기에다 또 네 명의 왕들을 죽인 것으로 해놓았으니 이를 반드시 바로잡아야 한다.'고 하여 결국 완전 해결을 보고 돌아왔다.

조선왕국의 2백여 년에 걸친 큰 고민이 완전 해결되었다는 증거로 〈대명회전〉 수정본 전체를 들고 왔던 것이다.

조선왕국 개국 2년 뒤인 1394년에 명나라 사신을 통해 우연히 알게 된 이후 '고쳐 달라.'며 여러 차례에 걸쳐 숱한 사신들이 오고갔지만 그 결실은 윤두수가 거둔 것이다.

조선왕국 2백 년 숙원이 해결되자 선조 임금은 경인년(1590년)에 광국공신(光國功臣)으로 그 동안 고생한 19명의 관료들을 표창했는데, 동생 윤근수는 1등 공신, 형 윤두수는 2등 공신에 올랐다.

사람들은 이를 두고 '종계변무(宗系辨誣)가 잘 마무리 된 경인년(1590년)에 가장 큰 복을 받은 형제'라고 했다.

내가 평안도 안주에서 시범을 보인 6차 입번제가 윤두수의 건의로 전국으로 확대되고 누에 칠 줄 모르던 주민들에게 누에를 쳐 비단옷을 입게 한 일이 웬만큼 결실을 맺을 때쯤 '중앙으로 올라오라.'는 어명이 당도했다.

내가 한성으로 떠나게 되었다고 하자 주민들은 일제히 '더 붙들 수는 없지만 너무 고맙고 아쉽다.'고 했다.

그러면서 하나같이 내가 가르친 누에치기를 '이공상(李公桑)'이라고 부르며 '오리(梧里) 이원익 목사(牧使) 덕분에 비단옷을 입게 되었다.'고 했다.

얼마나 고마운 일인가!

어떤 목민관, 어느 임금이든 '쌀밥에 고깃국 먹게 하겠다.'며 팔을 걷어붙여도 떠난 자리에는 기껏 오명만 남거나 한 줌 재만 흩날리지 않던가!

뽕나무를 볼 때마다, 누에를 칠 때마다, 명주실을 뽑을 때마다, 비단옷을 입을 때마다 '이공상'이라며 나를 기억해 준다는 것만 해도 그 얼마나 고마운 일인가!

나라 곳간에서 곡식을 얻어 배를 곯지 않게 해 주고 누에를 쳐 옷을 입게 했으니 의식주 세 가지 중 둘은 웬만큼 해결이 된 것이다.

그리고 세 달씩 집과 농토를 떠나 나랏일에 헌신하던 백성들로 하여금 두 달만 비우고 나머지 열 달은 집안일을 하도록 했으니, 그 또한 백성의 여원 등에서 짐 하나를 덜어준 것이다.

나는 사각사각 소리를 내며 열심히 뽕잎을 갉아먹는 누에를 볼 때마다 농번기의 분주한 백성들을 생각했다.

그리고 새하얀 고치 속에 웅크린 채 새로운 계절을 기다리는 누에를 생각하며 풍년 뒤의 편안한 민생을 그려 보았다.

경인년(1590년) 12월에 특이한 일이 생겼다.

47세 늦깎이 과거 급제자 전주 이씨 이희득(李希得)이 안주 목사로 임명되고 가선대부(종2품) 품계를 받게 되자, 사간원이 나서서 '어리석고 용렬

하고 인망이 없었으니 서쪽 요해지에 적합하지 않다.'고 반대했다.

사간원 사간(종3품)에서 가선대부(종2품)로 올라선 것부터 문제 삼았다.

임지로 부임하기도 전에 품계를 올려 공로도 없는데 표창부터 한 것이 대체 무슨 영문이냐는 항의였다.

결국 65세 노년에 안주 목사로 임명된 이희득은 내 후임으로 못 오게 되고 말았다.

나는 물 묻은 뽕잎을 그대로 주면 누에가 설사하게 된다며 한 잎, 한 잎 정성스레 닦고 있던 평안도 안주 주민들을 생각했다.

작은 벌레 한 마리도 여차하면 배탈이 나고 설사병에 걸리게 되는데, 성리학의 엄격한 잣대와 성리학에 근거한 명명백백한 전례 앞에서 여차하면 탈이 나는 거야 너무도 당연하지 않은가!

사필귀정(事必歸正)이란 말, 뿌린 대로 거둔다는 말은 남에게 들이대기 전에 먼저 자기 자신에게 들이대야 할 것이다.

경인년(1590년)에 중앙으로 올라와 형조참판(종2품)으로 일했다.

정해년(1587년)에는 목민관으로 나갈 운세였고 경인년에는 중앙관직으로 복귀할 운세였던 모양이다.

성혼, 이정형, 조충남, 강서는 굳이 '운세'라는 말을 주로 사용했다.

나는 그저 '소임이 바뀌었다. 소임을 맡게 되었다.'고 하는데도 굳이 '운세가 폈다. 운세가 바뀌고 있다.'는 말을 했다.

고지식한 학자들이야 주자의 성리학에서 한 글자만 달라져도 마치 벼랑을 향해 걷는 것처럼 위태롭게 여겼지만, 나를 비롯하여 나와 가까이 지내는 이들은 고루하기 쉬운 분위기 속에서도 여간 개방적이지 않았다.

"열려 있어야 채워지고 받아들여야 새로워진다. 닫혀도 열어야 사는데 스스로 닫는다면 그거야 말로 스스로 말라 죽는 일이 아니냐! 시간과 공간은 서로 달라도 몸과 마음은 대동소이하니 그 공통점을 기초로 서로 오가고 서로 가까이 하고 서로 받아들여야 한다. 그렇게 하는 것이 함께 살라는 하늘의 명령에도 맞고 함께 이겨내라는 땅의 명령에도 맞는 것이다."

사람들은 내가 사귀는 이들을 두고 '이원익의 거북 등에 실린 사람들'이라고 했다.

말재주가 없어 생각을 다 전하지도 못하는데도 다들 이상하게도 조선 팔도의 이인(異人)들이 나를 중심으로 모이고 흩어진다고 했다.

나는 원리원칙대로 살기를 바라며 그리고 그렇게 하는 것이 천성에도 맞기에 주자학은 물론이고 다방면에 박학다식한 사람들을 즐겨 사귄다.

복이니 운수니 팔자니 하는 말에는 거의 관심이 없기도 하고 또한 마음 지키고 닦는 일에 오히려 해가 된다고 여겨 특히 멀리하고 있지만, 생각이 열려 있고 마음이 도리에 묶여 있는 소위 이인(異人)들이야 실로 시대의 보배가 아닌가!

나는 비록 우공이산(愚公移山)의 비유처럼 묵묵히 소임만 다하면 그것이 곧 천명을 받드는 것이라고 믿고 있지만, 누군가는 반드시 앞서나가야 길이 열리고 넓어지기에 특히 내가 사귀는 이인들을 귀하게 여긴다.

그 너른 하늘에 희미한 별들만 잔뜩 있으면 어찌 하는가!

군데군데 큰 별이 돋보이고 멀고 가까운 곳에 눈부신 별들이 촘촘히 박혀 있어야 비로소 땅 위의 온갖 볼 것들을 잠시 잊고 고개를 뒤로 젖힌 채 하늘 한 번 휘휘 둘러보지 않겠는가!

지방은 물론이고 중앙에서도 기생 이야기가 나오기 마련이다.

나는 본래 주리론이니 주기론이니 주정론이니 하며 왈가왈부하는 것 자체에 별 관심이 없었다.

그저 성현들의 가르침과 타고난 본성을 지기며 인성이 덕성으로 이어지게 노력하는 것이 현실적이고 실용적이라고 생각했다.

남녀 사이의 일도 성현들의 가르침과 본성을 따라 도리에 어긋나지 않아야 한다고 보았다.

임금을 모신 대소 행사에서 악기를 다루는 일도 '어렸을 때부터 일찍 가르쳐 국가의 공식 행사에서 연주하게 해야 한다.'고 주장했다.

악기 하나 다룰 줄 안다고 나이든 여성들을 경솔히 동원하는 것보다는 일찍부터 법도와 필요에 맞춰 잘 가르쳐 국격(國格)에 맞게 해야 한다고 보았다.

그런 나를 두고 조충남은 '목석같다.'고 했다.

이정형은 '봄눈처럼 자신을 녹여 봄을 재촉하면서도 굳이 해를 보고 눈이 부시다고 한다.'고 했다.

성혼은 '타고난 심성이 하도 반듯하니 곁길도 마다하고 곁불도 멀리하려 하는 사람'이라고 했다.

마침 이정형, 성혼이 함께 집에 와서 '목민관으로 고생했다.'며 술잔을
나눈 적이 있는데, 나는 달빛도 밝고 바람도 스산해서 가슴에 묻어둔 이
야기를 꺼냈다.

'부임하고 얼마 있다가 일이 있어 황해도 황주에 간 적이 있었다.'며 말
문을 열었다.

내 말이 떨어지자마자 두 사람은 '무슨 말인지 알 것 같다.'는 투로 빙
그레 웃었다.

율곡 이이가 30대 후반에 황해 감사로 있을 때부터 이야기가 시작된다.

이름이 유지(柳枝)라는 어린 기생이 있었는데 마침 감사의 침실을 드나
들게 되었다고 한다.

감사는 그저 '가엾고 귀여운 아이'로 생각하여 쓰다듬기는 했으나 욕정
은 전혀 없었다고 한다.

한데 이이가 임종을 예견했는지 계미년(1583) 초가을에 황해도 황주에
사는 누이 댁을 인사차 방문하게 되었다.

오랜만에 누이를 만나 이런저런 이야기를 나누며 모처럼 한가한 시간
을 보내고 있는데 하루는 한 여인이 찾아와 '감사 어른'을 찾았다.

바로 10여 년 전에 귀여워했던 바로 그 유지였다.

이이는 이승 생활이 얼마 안 남은 것을 알기에 반갑게 맞아 같이 지내
며 술잔을 기울였다.

며칠 후 아쉽지만 '이제 돌아갈 때가 되었다.'며 해주를 거쳐 상경하려 인사를 했다.

한데 강 마을에서 하룻밤 묵어가고자 들렀을 때 누가 문을 두드리는 것이 아닌가!

열어보니 작별 인사를 하며 눈물을 뿌리던 유지가 아닌가!

'웬 일이냐?'고 물으니 성큼 방으로 들어서며 '모두들 보고 싶어 하는 대감님을 한 번 더 뵈려고 일부러 찾았다.'고 했다.

이이는 강물에 비친 달빛을 등잔 삼아 '먼 데서 귀한 손님이 오셨으니 주안상 잘 차려오라.'고 시켰다.

그렇게 이른 아침이 될 때까지 이야기꽃을 피운 뒤 이이는 봇짐에서 종이와 붓과 벼루를 꺼내 손수 먹을 갈았다.

그리고 마지막 혼불을 지펴 긴 시를 써 내려갔다.

'나는 이 여인의 순수한 아름다움만 보았습니다. 나는 그저 도리를 아는 사람이고 천성이 향기로워 가까이만 했습니다. 혹시 손은 잡은 적이 있겠지만 나머지는 전혀 생각조차 못했습니다. 그래서 이 글을 적어 남깁니다. 이 여인이 얼마나 고운가는 다들 쉽게 알겠지만 이 여인이 얼마나 도리에 밝았는지는 일찍부터 만났던 내가 가장 잘 알기에 굳이 이 글을 적습니다. 나와의 솔향 가득한 만남을 혹시라도 잘못 생각하는 이가 있을까 걱정스러웠습니다.

나와 나눈 이야기가 선비들 사이의 이야기와 같고 나와 사귄 것이 신선들끼리의 사귐과 같은데도 혹시 누가 손가락질할 것 같아 조심스러웠

습니다. 부디 이 글을 보거든 이 여인을 소중히 여기십시오. 이 글이 헛소
문을 잠재우고 있는 사실만을 알리게 되거든 아직도 꽃답다고 여기십시
오. 그리고 글을 적어 남긴 이는 까맣게 잊더라도 글에 담긴 주인공은 꼭
기억하십시오. 유지(柳枝)라는 특별한 이름이 기억하기 어렵거든 그저 봄
버들처럼 아름다운 자태만은 꼭 기억하십시오.'

나는 '황주에 아직도 살고 있기에 잘 보살펴주려 애썼고 떠나면서도
일부러 단단히 부탁했다.'고 했다.

두 사람은 내 말이 떨어지기가 무섭게 기다렸다는 듯이 한 목소리로
말했다.

'일부러 찾아와 도리를 다 한 후 홀로 3년상을 치렀다는 이야기를 전해
들었다.'고 했다.

그 밤은 온전히 율곡을 기리는 밤이 되었다.

남긴 자취가 이토록 향기롭다니, 조선왕국을 대표할 만한 성현이 분명
하다.

내 마음 속에 이토록 진한 그리움이 남다니, 그 또한 겉으로 드러내진
않았지만 이인(異人)이었음이 틀림없다.

성혼은 특히 율곡을 그리워했다.

한 살 차이의 또래인데다 낙향하면 으레 파주였으니 하늘이 낸 벗들
이다.

어디 그뿐인가!

성혼은 한사코 숨으려고만 하고 율곡은 한사코 밖으로 끌어내려고만
했다.

그 또한 해와 달 사이 같지 않은가!

달이 자꾸 달아나도 해가 붙잡고 안 놓아주니 해는 큰 빛이고 달은 작
은 빛이지만 결국 빛을 주고받는 사이로 영영 굳어지지 않았는가!

성혼은 정철(鄭澈)의 생일잔치에서 있었던 일화를 다시 꺼냈다.

이이와 정철은 동갑내기인데다 박학다식한 점으로나 풍류를 아는 점
에서나 마치 손등과 손바닥 같았다.

한 마디로 세상이 나 아는 벗 사이였다.

생일잔치에 기생들이 섞이자 성혼은 '흥이 오히려 깨진다.'며 자리에서
일어서려 했다.

이이는 그런 성혼을 넌지시 붙잡으며 한 마디 했다.

'분 냄새 좀 난다고 세월을 되돌릴 수 있나? 분 냄새 좀 맡는다고 흰 머
리를 숯처럼 물들일 수 있나? 그저 세상 한 모습을 수박 자르듯 잘라다
한 상 잘 차려 놓았다고 여기세. 그저 서둘러야 하는 길 잠시 멈춰 서서
뜨거운 해도 물 속에 처넣어 보고 공중에 나는 새도 품속에 슬그머니 숨
겨 본다고 여기세.'

결국 성혼은 함께 술잔을 기울이며 노랫소리와 춤과 웃음소리에 한껏
취하기로 했단다.

나는 그런 율곡의 일면이 더 그리웠다.

퇴계를 하도 사모하여 아호를 지퇴당(知退堂)으로 지은 이정형은 '율곡이

없으니 아무리 마셔도 취하지 않아 돈만 더 든다.'며 너털웃음을 웃었다.

나는 율곡을 사모하여 아호를 후율(後栗)로 짓고 자신의 거처를 후율당(後栗堂)으로 지은 나보다 3년 연상인 백천(白川) 조씨 조헌(趙憲)을 떠올렸다.

이이, 성혼의 학맥을 이어받은 문신임에도 어찌나 의인(義人)다운지!

이이는 그런 조헌을 두고 '불의를 보면 언제라도 장비가 되는 사람이지만 평소에는 관우처럼 한 손에는 긴 창, 한 손에는 두툼한 책을 든다.'고 했다.

성혼은 조헌을 두고 '조선왕국의 명실상부한 파수꾼'이라고 했다.

의에 목말라하고 불의에 불같이 화를 내는 사람이라는 뜻이리라!

성혼은 '어릴 때부터 강한 기운이 몸에 밴 사람'이라고 했다.

궁핍한 살림 속에서도 오로지 학문의 길로 정진한 그의 남다른 이력을 두고 하는 말이리라.

조헌은 '받아들이지 않으려면 머리를 쳐 달라.'는 뜻으로 도끼를 지니고 올리는 상소인 지부상소(持斧上疏)의 대명사였다.

45세의 나이로 기축년(1589년)에 지부 상소하다가 길주로 유배가게 된 이후 다들 도끼를 보면 '조헌의 도끼'라고 했다.

자격에 못 미치는 불충한 관리가 있다고 여기면 여러 차례에 걸쳐 극렬한 내용의 상소를 올리는 것으로도 아주 유명했다.

28세 때는 공직에 갓 들어선 처지임에도 궁궐에서 불교(佛敎) 행사를 치르는 것에 반대하다 선조 임금의 노여움을 사기도 했다.

이이, 성혼을 닮아 앞을 내다보는 안목이 있는지 조헌은 정여립의 모반이 드러나기 2년 전인 정해년(1587년)에 벌써 정여립의 흑심을 알아채고 만언소(萬言疏)를 올렸다.

같은 해 '영의정 이산해(李山海)가 나라를 망치고 있다.'며 대궐문 앞에 나아가 상소하여 다시 한 번 선조 임금의 노여움을 샀다.

30대에 궁노비가 횡포를 부린다는 이유로 죄를 다스리다 죽여 3년 동안 귀양살이를 하기도 했지만, 보은 현감으로 나가 충청도 제일의 목민관이라는 칭송을 들었다.

계모를 보신다며 자청하여 보은 현감에 나가 일등 목민관 소리를 들었지만 표창을 받기는커녕 도리어 탄핵 받고 파직 당해야 했다.

성현 소리를 들은 율곡(栗谷)마저도 숱하게 탄핵을 받았는데 후율(後栗)이야 어찌 그 괴로움을 피할 수 있었겠는가!

나는 3년 연상인 조헌을 생각할 때마다 마음을 밝히는 경(敬)도 어렵지만 불의에 맞서 결연한 모습을 보이는 의(義)는 더더욱 어렵다고 생각했다.

한 가지 일로 다섯 차례나 상소하여 임금의 노여움을 사는 일이나, 도끼를 지고 목을 쳐달라는 지부상소는 필부에게는 감히 상상조차도 힘들 일이다.

옹달샘이 냇물이 되고 강물이 되듯이 이이, 성혼의 남다른 가르침은 결국 조헌 같은 '불멸의 지사(志士)'를 세워 조선왕국을 지키게 한 것이다.

신묘년(1591년)에 접어들자 정국이 급변했다.

기축년(1589년) 10월부터 시작된 대옥사로 이이, 정철 등에 대립하던 관료들이 대거 해를 입었다.

세상에서는 이를 두고 '서인이 동인을 내쫓았다.'고 했다.

정여립의 모반에 대한 후폭풍이 '정적(政敵) 색출'로 이어져 중앙은 물론이고 지방 구석구석까지 분위기가 아주 험악했다.

그 결과 정여립의 근거지였던 호남에서 많은 희생자가 나왔다.

호남을 기반으로 수백 명 제자들을 길러낸 정개청(鄭介淸) 같은 이는 환갑을 넘긴 노구를 이끌고 유배지를 전전하다 죽었다.

최영경(崔永慶) 같은 이는 유령 인물 길삼봉(吉三峯)으로 무고되어 61세 나이로 옥사했다.

신묘년(1591년)에 '최영경은 억울하게 죽었다.'는 것이 밝혀져 신원되었지만 '서인(西人) 정철(鄭澈)이 개인적 원한으로 생목숨을 빼앗았다.'는 말이 오랫동안 정가를 지배했다.

벼슬도 마다한 채 초야에 묻혀 제자 양성에만 몰두했던 정개청 같은 이는 '억울하게 희생된 스승의 한을 풀어야 한다.'고 생각한 제자들이 버티고 있기에 그의 생전보다 오히려 사후에 두고두고 태풍의 눈이 되었다.

정개청과 최영경에서 보듯이 정여립 모반의 후폭풍으로 생긴 기축 대옥사(1589년)는 단순한 당쟁을 넘어서서 조선왕국 관료사회에 일대 위기를 불러왔다.

임금을 중심으로 국정을 이끌어가는 관료사회가 겉으로는 주자의 성리학을 내세웠지만 실제로는 당리당략을 앞세워 정적을 색출하고 정적을 제거하고 정적을 핍박하는 일에 더 골몰했던 셈이다.

기축 대옥사는 호남 학맥을 쑥대밭으로 만들었을 뿐만 아니라, 성리학이 내세우는 왕도정치 즉 도덕정치의 근간을 허물어 놓았다.

한 가지 예로 정개청의 억울한 죽음을 놓고는 '서경덕, 박순의 학맥을 제거하려는 음모'라고 했다.

최영경의 죽음을 두고는 '남명 조식의 학맥을 끊어 놓으려는 흉계'라고 했다.

한 마디로 기축 대옥사는 한 시대의 폭풍으로 끝나지 않고 이후 두고두고 당쟁의 양상을 더 험악하게 만들었던 것이다.

자연히 조선왕국이 내세운 '유교에 근거한 통치'라는 기본이 점점 더 훼손될 수밖에 없었다.

참 선비는 점차 세상을 등지고 학문에만 빠져들고, 반쪽 선비만 입신양명을 바라며 재주 이상으로 욕심을 내고 분수 이상으로 전횡하게 마련이었다.

청백리와 탐관오리를 가려내는 그 중요한 잣대마저 점점 더 흐려지고만 것이다.

뭉친 세력에만 빌붙으면 한 평생 호의호식하고 입신양명하는데, 그깟 학문은 무엇 하려 하며 그깟 공자왈맹자왈은 또 무엇 때문에 하느냐는 식이었다.

그런 와중에 관료사회를 감찰하는 사헌부 수장이 되었지만 혼탁해진 관료사회를 바로잡는 일은 몇 사람의 부릅뜬 눈으로는 아무래도 역부족이었다.

나는 '내 역량이 부족한 모양'이라며 신묘년(1591년) 6월에 사의를 표했다.

하나 선조 임금은 그 해 7월에 호조판서에 임명했다.

9월에는 이조판서가 되었다.

신묘년 한 해에 대사헌, 호조판서, 이조판서로 차례로 옮겨 앉은 것이다.

나와 함께 국정의 요직에서 일했던 이들이 모두 출중한 사람들이라, 호흡을 맞추며 국정을 이끌어가기 수월하여 스스로 큰 복이라 생각했다.

한응인, 홍여순, 신담, 정창연, 이덕형, 권극지, 이증 등인데 관료사회뿐만 아니라 백성들 사이에서도 평판이 좋았다.

나보다 7년 연하인 한응인(韓應寅)은 중국말에 능통하여 중국통으로 알려졌다.

자연히 명나라에 오가는 일이 잦았다.

경인년(1590년)에는 조선왕국 건국에 관한 명나라의 잘못된 기록을 고치는 일에 공을 세워 광국공신 2등이 되었다.

기축년(1589년)에 정여립 모반을 밝힌 공로로 경인년에 평난공신 1등에 올랐다.

신묘년(1591년)에는 진주사로 명나라에 가서 '일본국 관백 풍신수길이 명나라 침략을 위해 조선왕국에 길을 빌려달라고 한다.'고 알려 '일본국과 조선왕국이 합쳐 명나라를 침략하려 한다.'는 오해를 풀었다.

나보다 28년이나 연상인 신담(申湛)은 임오년(1582년)에 경주 부윤으로 있을 때 복잡한 송사를 잘 해결하여 유명해진 사람이다.

나보다 14년 연하인 광주 이씨 이덕형(李德馨)은 19세에 관료생활을 시작하여 21세인 임오년(1582년)에는 중국 사신 왕경민(王敬民)이 특별 면담을 청할 정도로 이미 대단한 젊은이로 통했다.

21세의 젊은 나이인데도 그는 '사사로이 만나는 것은 도리에 어긋난다.'고 사양했다.

결국 명나라 조사(詔使) 왕경민은 '훌륭한 사람을 못 만나고 가서 섭섭하기 이를 데 없지만 출중한 인품만은 가슴에 담아 간다.'는 글을 남겼다.

갑신년(1584년) 임금의 조명(詔命)을 받들어 지은 응제시(應製詩)에 수석한 뒤 여러 차례 수석을 할 정도로 문장력이 대단했다.

무자년(1588년)에는 이조정랑으로 일본국 사신 현소(玄蘇) 일행을 접대하며 그들의 존경을 받은 것으로도 유명했다.

나보다 9년 연상인 권극지는 기축년(1589년)에 대사헌으로 사은사가 되어 명나라를 다녀왔다.

천성이 강직하여 공사 구별이 엄격하다는 평을 듣고 있었다.

나보다 22년 연상인 한산 이씨 이증(李增)은 천성이 올곧고 순수하여 아첨을 전혀 모르는 사람이었다.

효도와 우애가 지극하여 칭송이 자자했다.

워낙 청렴하여 일반 서민들보다도 궁핍하게 살 정도였다.

이름은 '늘린다.'는 뜻이지만 실제로는 도리에만 밝고 가산에는 아예 관심조차 기울이지 않았다.

임진년(1592) 내 나이 45세에 7년 대전란의 먹구름이 드리우기 시작했다. 이미 작고(作故)한 토정 이지함 등이 예고했다.

재야에 묻혀 학문에 골몰한 도인, 이인들이 '임진년에 피바람이 불 테니 죽을 곳을 피하고 살 곳에 들어가라.'고 했다.

조충남 같은 이인들, 강서, 성혼, 이정형, 오억령 같은 주역에 능통한 학자들이 이미 수년 전부터 '기축년(1589년)부터 흉사가 겹쳐 임진년(1592년)에 피바람이 조선팔도를 뒤덮게 된다.'고 경고했다.

고려왕국 때는 물론이고 조선왕국 건국초기부터도 수십 차례에 걸쳐 크고 작은 고통을 주던 왜구(倭寇)였다.

경오년(1510년) 4월 중종 임금 초에는 소위 삼포왜란이 일어나 한 차례 피바람이 불었었다.

'조선왕국은 일본국의 상국(上國)이니 도리로써 다스려야 한다.'며 무역항을 열어주고 거주하며 농사도 짓고 고기도 잡게 했는데 60호로 한정한다는 맹약을 깨고 점차 늘려 급기야 4백여 호 2천여 명에 이르는 도시를 이루게 되었다.

조선왕국은 그래도 '덕으로 대해야 한다.'며 미온적으로만 대했는데 대마도주는 제 관할권이니 세금을 거둬간다며 꼬박꼬박 세금을 거둬갔고, 세금을 내야 하는 왜인들은 땅으로나 바다로나 경계를 넘어 계속 넓혀가며 대마도주를 중심으로 독자적인 관료체제, 군사체제까지 갖췄다.

연산군 12년 동안의 폭정을 수습하기 위해 중종 임금이 '무질서를 엄한 질서로 고쳐 놓아야 한다.'며 거주 왜인들을 단속하고 성행하던 밀무역을 금지하자, 마침내 독자적인 행정, 군사 조직을 앞세워 왜란을 일으켰다.

거주 왜인들은 대마도주와 연합하여 5천여 명으로 불어나자 폭도로 돌변하여 '이참에 아예 조선팔도를 차지하자.'며 덤볐다.

부산포에서 시작된 노략질은 웅천, 동래에 이르렀다.

군민 272명이 죽고 민가 796채가 불탔다는 조선왕국의 피해가 경오년(1510년) 왜란의 규모를 짐작케 한다.

조선왕국은 왜선 5척을 격침하고 295명을 죽이거나 사로잡았다.

참수된 왜인들의 무덤을 높이 쌓아올려 왜인들에게는 엄히 경고하고 조선팔도에는 경각심을 불러일으켰다.

경오년(1510년)의 왜란으로 왜인 거주촌 자체가 폐쇄되었지만 2년 뒤 임신년(1512년)에 관계를 회복하고 세 곳 대신 한 곳(제포)만 열어놓았다.

하나 왜인들의 음흉한 속은 어찌할 도리가 없었기에 잦은 침범에 골치가 아픈 조선왕국은 이후 30여 년 동안 무역과 왕래를 아예 금지했다.

하지만 왜인들은 삼포왜란 이후 꼭 45년이 지나 을묘년(1555년) 명종 임금 때 대규모의 침략을 감행했다.

소위 을묘왜란이다.

을묘년 5월 11일 70여 척의 선박을 이끌고 먼저 전라도 일대를 침략하더니, 6월 27일에는 60여 척의 선박에 천여 명을 태우고 제주도를 침략했다.

대마도 왜인들을 중심으로 한 동일 세력이 두 차례에 걸쳐 조선왕국

변경을 유린했던 것이다.

단순한 노략질 차원이 아니었다.

처음부터 제주도를 대마도의 속주로 삼아 제주도 본거지를 발판으로 조선왕국은 물론이고 중국과 그 주변 나라들까지 침략하려 했다.

제주 목사 고성 김씨 김수문(金秀文)이 중심이 되어 제주 주민 모두가 나서서 제주성을 근거지로 사흘 이상 싸웠다.

을묘년(1555년)의 왜란은 결국 왜인들을 격퇴시키는 것으로 끝났지만 임진년(1592년) 이전에 벌써 '조선을 유린하고 중국을 침략한다.'는 흉계를 드러냈던 것이다.

조선왕국은 뼈아픈 경험을 딛고 비변사를 확대하여 외환에 대비했다.

나는 37년 전의 을묘왜란(1555년)을 떠올리며 임진년(1592년) 한 해를 생각했다.

37년이란 긴 세월 동안 조선왕국은 대체 무엇을 했던가!

율곡 이이의 10만 양병 주장이 꼭 10여 년 전이었다.

일본국에 통신사로 가서 풍신수길을 직접 만나고 와서도 조선왕국의 앞날을 놓고, 일본국의 침략 의도를 놓고 동인, 서인으로 나뉘었던 것이 꼭 한 해 전이었다.

여러 달 묵으며 직접 보고 듣고 와서도 당파에 따라 의견이 갈리고 예측이 달라 임금과 관료들로 하여금 갈피를 못 잡게 한 것이 겨우 한 해 전이었다.

통신정사 일행과 동행하여 조선 땅을 밟고 조선왕국 임금과 관료들을 만난 일본국 사신들이 풍신수길의 친서라며 임금 앞에 내놓았던 것이 꼭 한 해 전이었다.

'중국을 침략해야겠으니 조선왕국은 길이나 빌려 달라.'는 풍신수길의 황당무계하고 오만불손한 제안은 분명히 흉계이고 야심인데도 조선왕국에서는 그 누구도 '곧 대전란이 닥친다. 곧 조선팔도에 피바람이 분다.'고 여기지 않았다.

나는 '모두가 백성한테 죽을 죄를 지었다.'고 생각한다.

경인년(1590년)에 2백여 명 이상이 통신징사 황윤길, 통신부시 김성일, 서장관 허성을 앞세우고 일본국에 가서 당시 최고의 실세였던 풍신수길을 만나고 이듬해 신묘년(1591년) 봄에 귀국하여 임금과 관료들 앞에서 자세히 보고하고 설명하고 경고했는데도 임진년 왜란을 짐작하거나 대비하지 못했다.

통신정사 황윤길이 일본국의 비밀병기인 조총 두 자루를 가져와 바쳤지만 촌음을 아껴 조총을 독자적 비밀 무기로 만드는데 적극적으로 나서지 않았다.

나는 '나를 비롯하여 모두가 임금과 백성과 종묘사직에 큰 죄를 저질렀다.'고 생각한다.

유비무환(有備無患)인데 무비유환(無備有患)이 되고 만 것이다.

왜국은 이미 온갖 신무기와 수많은 병선으로 단단히 무장한 채 무자년(1588년)부터 현소(玄蘇) 등을 고정적으로 보내 정탐에 골몰하지 않았던가!

임진년 4월 13일 임인(壬寅) 일에 왜적이 침략하여 나라가 풍전등화의 위기에 처하자 임금부터 후회했다.

'왜 내가 황윤길(黃允吉)의 말 대신 김성일(金誠一)의 말만 믿었던가! 모든 게 내 탓이다.'라며 비통해 했다.

위계서열로 보아도 정사(正使) 황윤길의 말에 더 무게를 실어주어야 하는데 동인이 주축을 이루고 있던 중앙관료집단은 동인인 부사 김성일의 말에 더 무게를 두었다.

'풍신수길을 보니 호전적인 분위기가 넘쳐났다. 조선 침략, 더 나아가 중국 침략까지 감행하려는 흉계는 물론이고 곳곳에서 침략할 준비가 거의 다 갖춰져 있었다. 그러니 숨 가쁘게 대비하지 않으면 반드시 감당 못할 외환을 겪게 될 것'이라며 경고한 황윤길의 말은 경고나 예견으로 받아들여지지 않았다.

'풍신수길을 직접 보니 완전 기대 이하였다. 침략전쟁을 감행할 위인도 못 될 뿐만 아니라 전쟁을 치를 마음도 아예 없고 준비도 안 돼 있었다. 그러니 공연히 소동 피우지 말고 태평성대를 누리는 게 상책'이라는 식으로 말한 김성일은 '동감이다.'라는 반응을 얻었다.

황윤길은 '공연히 공포심을 일으켜 임금과 관료들, 더 나아가 백성을 혼란스럽게 하려는 지극히 위험한 문제 인물'로 낙인 찍혔다.

임진년(1592년) 4월 13일부터 6월 30일까지의 긴박했던 상황을 날짜별로 따라가 보면 조선왕국의 외환 대처 역량을 속속들이 알 수 있을 것이다.

특히 임금의 피난에 얽힌 일들이 후세에 좋은 교훈이 될 것이다.

끼니 잇는 일 같은 작은 일에서부터 전국 도처에 별궁(別宮)과 행궁(行宮)을 준비해 두는 일까지 — 얼마나 외환 대비에 소홀했던가를 통렬하게 되돌아볼 수 있을 것이다.

4월 13일 왜구가 쳐들어 와, 동래 부사 송상현 등이 죽다

4월 17일 변보가 서울에 도착하자 이일을 순변사로 보냈으나 패배하다/신립을 삼도 순변사에 제수하다/적이 상주에 이르러 통사 경응순을 보내 화친을 청하다/신립이 충주에서 패배하다/병조 참의 심충겸이 각도의 군사를 징발하여 도성을 수비하자고 청했으나 따르지 않다/유성룡 · 이양원 · 박충간 · 이성중 · 정윤복 등에게 관직을 제수하다

4월 28일 충주의 패전 보고가 이르자 파천을 의논하다/대신 이하 파천을 반대했으나 영상 이산해는 파천의 전례가 있다고 말하다/인심이 위구해 하자 전교를 내려 안심시키다/징병 체찰사 이원익 등을 인견하고 격려한 뒤, 광해군을 세자로 정하다

4월 29일 광해군을 세자로 세우다/김명원을 도원수로, 신각을 부원수로 삼아 한강에 주둔하게 하다/파천에 대한 논의가 있자 종실 해풍군 이기 등이 통곡하다/윤두수에게는 어가의 호종을 명하고 각 왕자의 호종 담당자를 정하다/밤에 호위 군사가 달아나고 궁문에는 자물쇠가 채워지지 않고 금루도 시간을 알리지 않다

4월 30일 새벽에 서울을 떠나다/황정욱과 그 아들 황혁이 순화군을 받들다/저녁에 임진강 나루에 닿아 배에 오르다/13일 밤부터 새가 궁중에서 이상하게 울고 자라가 죽고 물빛이 변하는 변괴가 있었다 하다/왜구가 상륙한 후 임금의 침전에서 이상한 기운이 생겼다고 하다/승려 무학이 지은 도참기에 나오는 구절과 도성의 동요가 유행하자 거기에 해석이 나돌다

5월 1일 상이 판문에서 점심을 들다/저녁에 개성에 도착하다/호위병 중에 서로 다투는 일이 생기다/평안도 토병의 말을 빼앗은 호위병을 베다

5월 2일 상이 개성부에 유숙하다/함경남도 병사 신길이 친병을 거느리고 호위하다/백성에 대한 효유와 방어책을 논의하다/파천을 주장한 영상 이산해를 삭탈관작하는 일과 전세를 옮기는 일을 논의하다

5월 3일 상이 개성부에 있다/언관을 비난한 병조 좌랑 구성을 파직하다/이충원·이곽·이정형 등에게 관직을 제수하다/유홍과 이항복으로 하여금 왕자 신성군과 정원군을 평안도에 가게 하다/황해도에서 정병 6천여 명을 징병하다/난동 부린 수복들을 베어 효시하다/도승지 이충원 등을 가자하고 적의 형세, 민심의 동향 등을 묻다/보덕 심대를 보내 양남의 근왕병을 징발해 오게 하였는데 이르지 않다/직접 교서를 써서 경성 사민을 깨우치라고 주었는데 경성이 함락되었다는 보고가 오다/경성이 함락되자 도검찰사 이양원 등이 도망하다/양사가 이산해를 논박하자 삭직을 명하다/최흥원을 좌의정에, 윤두수를 우의정에 제수하다/승지가 청대하자 옮길 일을 묻다/신잡이 돌아오자, 적의 형세와 평양으로 옮길 일을 논의하다/삼사가 김공량의 효시를 청하다/개성부를 떠나 밤에 금교역에 도착하다

5월 4일 상이 저녁에 보산관에 이르다/승지 및 비변사 당상과 평양으로 옮기는 일을 논의하다

5월 5일 저녁에 봉산에 이르다/적이 서울에 있어 방물을 가져갈 수 없다고 중국 예부에 전하다/병조 판서 김응남 등을 인견하고 무기 제조, 호종 군대 등을 논의하다

5월 6일 오후에 황주에 이르다/유숙하라고 명하다/가마를 따른 사람들을 가자하다/황해 감사 조인득 등을 인견하고 군량 이송, 황해도의 인심 등을 논의하다/최흥원과 윤두수를 인견하고 지방군의 징병, 병사의 제수 등을 논의하다/개성 도사 조희철이 황제가 준 상품을 가지고 오니 가자하다/조인득 · 윤자신 · 박숭원 등에게 관직을 제수하다

5월 7일 평양으로 들어가다/뒤쳐진 간원들의 체직을 명하다/지평 이경기 등이 김공량을 가두라는 명을 태만히 한 의금부 당상 이하의 추고를 청하다

5월 8일 상이 평양에 있다/서얼 출신 금군을 허통시켜 부장에 제수하라는 전교를 내리다/예조가 영승전에 제사하고 고유하자고 청하다/비변사가 군사를 해산시킨 강원 감사 유영길의 추고를 청하다/옥당이 김공량의 처벌을 청하다/양사가 김공량을 죄 줄 것을 청하자 급히 논의하지 말라고 답하다/어선을 풍족히 하라는 전교를 내리다/정빈 홍씨 · 민씨 등에게 하루 세 끼니를, 시녀 이하에게는 두 끼니를 지급하다/대신들이 세자 책봉의 반포, 공물의 감면, 사면령의 시행, 인재의 서용 등을 아뢰다

5월 9일 상이 평양에 있다/행 대사간 이헌국 등이 상이 자책하며 경연을 열고 성지를 안정할 것을 아뢰다/비변사가 도관찰사는 정사가 일관되지 않을 염려

가 있으니 창설하지 말 것을 청하다/시강원이 서연 상견의에 필요한 의물 등이 없다며 궁료들이 주강 · 석강만 열기를 청하다/이조가 뒤쳐진 형조 판서 이증의 체차를 청하다/신잡을 이조 참의에 제수하다

5월 10일 상이 평양에 있다/존호를 삭제하라고 전교하다/본도에 과거를 보이라고 전교하다/대신과 2품 이상이 존호를 삭제하라는 명을 거두기를 청하다/대신이 과거는 조금 안정된 뒤에 보일 것을 청하다/선전관 민종신 등을 인견하고 징병 상황, 적의 형세 등을 묻다/도순찰사 한응인 등을 인견하고 병력의 상황을 묻다/종묘사직의 신주를 영숭전 협실에 봉안하다/옥당이 전란의 참상을 언급하면서 경연을 비우지 말 것을 청하다/양사가 상의 편지를 유도대신에게 전하지 않은 승지 신잡의 파직을 청하다

5월 11일 상이 평양에 있다/약방 도제조 윤두수가 문안하다/비변사가 도원수의 군대가 움직이지 않는다며 유극량에게 군사를 주어 적을 치게 하자고 청하다/양사가 이조 참판 신잡의 파직을 청하다/이조가 박성립을 가자하는 데 이조의 관인이 없어 정원의 도장을 쓰자고 청하다

5월 12일 상이 평양에 있다/사옹원이 태묘에 천신할 봉상시 관원이 없다며 처분을 청하다/승문원이 자문에 왜변으로 의물이 빠졌다는 말이 있으니 성절사 편 주문은 보내지 말기를 청하다/양사가 파천을 주장한 급제 이산해의 중벌을 청하다/충청 감사의 상황 보고가 선전과의 보고와 다르자 정원이 원수에게 하문할 것을 청하다

5월 13일 상이 평양에 있다/옥당이 급제 이산해의 정죄를 청하고 강변에서 징발한 토병을 임진강에 보내다/비변사가 도피한 수령들에게 복귀하라는 명

을 내리라고 청하다/비변사가 이옥 등에게 한성으로 달려가게 하고 아산창의 조운을 해로로 보내게 하라고 청하다

5월 14일 상이 평양에 있다/파천 중이라 의물이 없어 삭망제나 절제도 지내지 못하다/양사가 이산해의 정죄를 아뢰고, 한음 도정 현이 전란을 맞아 자책하라는 상소를 올리다

5월 15일 상이 평양에 있다/비변사가 유격장 이사명에게 실직을 제수하도록 청하다/비변사가 패전 장수와 병사, 피난한 사람들은 자발적으로 공을 세우라는 방을 내리도록 청하다/비변사가 평양의 전세를 감면하고 활쏘기 시험을 보아 상을 줄 것을 칭하다/비변시기 고을을 용감히 지킨 용궁 헌감 우복룡에게 가자할 것을 청하다/양사가 이산해를 율에 따라 정죄할 것을 청하다

5월 16일 상이 평양에 있다/양사가 이산해를 정죄할 것을 청하다/양사가 적병이 임진강에 이르렀다며 대비할 것을 청하다/비변사가 임진강 수비에 대해 아뢰다/정원이 본원의 서리와 사령이 겨우 공무를 보는데 이들을 종량하고 군직을 주기를 청하다/이조가 호종한 백관의 수가 적으니 관직을 제수할 때 삼망(三望) 대신 이망(二望)만 하기를 청하다

5월 17일 상이 평양에 있다/약방 도제조 윤두수 등이 진찰을 청하다/비변사가 전 부사 김치의 처사가 훌륭하다며 관직을 제수하라고 청하다/양사가 병조 낭관을 파견하여 도순검사 이하의 군대를 독려하자고 청하다/양사가 이산해를 율에 따라 정죄할 것을 청하다/사대부(문무 양반)의 처자가 피난 도중 굶어 죽지 않도록 진휼하라고 유시하다

5월 18일 상이 평양에 있다/병조가 정병 4백 명을 뽑다/호종하던 신하 중 부

모의 생존을 몰라 사직을 청하는 일이 많자 허락하지 않기로 하다/비변사가 부원수 신각을 명령불복종으로 군법에 회부할 것을 청하다

5월 19일 상이 평양에 있다/양사가 군기에 관한 일도 대간에게 통고하고, 전교 등은 사관의 배석 하에 할 것을 청하다/비변사가 충청 감사 윤선각이 완만하게 처신한다고 급히 서울을 수복하도록 하서(下書)하기를 청하다/임진강의 군사를 여강(驪江) 하류 대탄(大灘)에 나누어 보내는 일을 대신과 논의하다

5월 20일 상이 평양에 있다/비변사가 경기 양주 해유령 싸움에서 힘껏 싸운 인천 부사 이시언을 당상관에 가자하기를 청하다/상이 대신 이하를 인견하여 적의 형세 등을 논의하다

5월 21일 상이 평양에 있다/양사가 진상(進上)의 감면과 이성임의 파직을 청하다

5월 22일 상이 평양에 있다/비변사가 이탈한 고을 수령을 불문에 붙이고 체직하지 말 것을 청하다/비변사가 강원도 조방장 원호가 여주 싸움에서 승리한 일로 보고하니 가자하다/비변사가 행궁의 시위에 지장이 많음을 아뢰고 낙후되었다가 돌아온 신료를 거두어 쓰기를 청하다

5월 23일 상이 평양에 있다/비변사가 도검찰사 관하에 장수에게 군사가 없으니 남군 중에 나누어 보내도록 청하다/이양원이 이일 등과 임진강에 있었는데 5월 18일에 만나기로 한 약속이 이루어지지 않아 패배하다/비변사가 임진강에서 패배한 군사들이 공을 감추자 작은 공로라도 기록하도록 유시하기를 청하다/전라 수사 이순신이 적선을 격파하니 가자하다/상이 대신 이하를 인견하고 임진 전투의 패배 상황, 군량의 조달, 각도의 전투 상황을 논의하다/비변사

가 임진강에 있는 군사들을 위로할 일을 황해 감사에게 하서하기를 청하다/개천 부자(富者) 이춘란이 모두 곡식 4천 석을 부치다

5월 24일 상이 평양에 있다/좌부승지 유근이 경기·강원이 소모사를 어사로 바꿀 것, 세금과 부역을 감면할 것을 청하다/비변사가 남쪽 근왕병을 고대하고 있다는 뜻을 어사 윤승훈 편에 전하기를 청하다/양사가 임진강에서 상의 명을 폐기한 도총 도사 김계현과 선전관 이호의의 정죄를 청하다/헌납 이정신이 아비 이몽상이 군중에 와있다며 근친하기를 청하니 보류하다

5월 25일 상이 평양에 있다/도순찰사 이원익이 징발군이 굶주리고 있으니 호조의 전세나 칭고 곡식을 지급해 달라고 청하다/비변사가 왜적의 지도를 보고 남군이 한강을 건널 때 이 지도를 보고 지키기를 청하다

5월 26일 상이 평양에 있다/비변사가 여주에 원호(元豪)를 제수할 것, 음죽(陰竹)에는 원색(元穡)을 임명할 것 등을 청하다/예조가 문소전과 연은전 상공의 전액 감면 등을 청하다/무과 초시를 거행하라고 정원에 전교하다/이조가 영위사 유근을 2품에 가함으로 파견하기를 청하다

5월 27일 상이 평양에 있다/병사의 수가 줄어드니 다시 조처하라는 전교에 비변사가 총 군사수를 아뢰다/강원 순무어사 허성이 하직 인사하다

5월 28일 상이 평양에 있다/약방제조 윤두수 등이 의관과 함께 입시하기를 청하다/비변사가 대탄(大灘) 경비가 중요하니 강원 감사는 검찰사 있는 곳에서 지킬 것을 하유하라고 청하다/대신이 대탄 방비에 대해 아뢰다

5월 29일 상이 평양에 있다/대신과 약방, 정원이 문안하다/약방이 동궁에게 상의 안부를 묻다/양사가 출납을 제대로 못하는 승지를 신문할 일과, 도망한

전 판서 박충간의 국문을 청하다/비변사가 애통해 하는 전교를 내리기를 청하다/병조가 토병을 시사(試射)할 일을 논의하여 아뢰다/비변사가 경강(京江: 뚝섬에서 양화나루까지의 한강)의 배 중에서 장정을 모집할 일 등을 아뢰다/양사가 유근이 영위사로 갔을 때 중국 사신을 잘못 대한 일로 시신의 파견을 청하다

6월 1일 상이 평양에 있다/풍원부원군 유성룡이 재신의 반열에서 교체시켜 주기를 청하다/예조 판서 윤근수가 중국의 차관 접견을 자청하며 현직에서 교체해주기를 청하다

6월 2일 상이 평양에 있다/양사가 강변 토병이 패배하여 흩어졌으니 선전관을 보내 불러 모으기를 청하다/우부승지 이곽이 개성에 가서 호군하고 돌아오다/대신과 양사 및 이희득·이원익 등을 인견하고 의주 등 옮길 곳을 논의하다/상이 평양성 함구문(含毬門)에 거동하여 성을 사수하겠다는 뜻을 유시하고 시험을 보아 김진을 급제시키다

6월 3일 상이 평양에 있다

6월 4일 상이 평양에 있다/왕자를 호종한 배행관 김귀영 등이 함경도 병사들에게 말을 지급하고 생민을 위로할 것을 청하다

6월 5일 상이 평양에 있다/중국 차관 최세신 등이 적정 탐지를 위해 평양에 도착하니 검은 색 흑단령(黑團領) 차림으로 접견하다

6월 6일 상이 평양에 있다/양사가 선전관 이책이 시급한 유지를 전달하지 않고 돌아왔다고 죄를 청하다

6월 7일 상이 평양에 있다/순변사 이일이 대탄(大灘)의 수비 상황과 평양의 방어 대책을 아뢰다/이일이 평안도 삼등의 수비가 중요함을 아뢰고 흩어진 병사

149

를 수합하자고 청하다/청평군 한응인이 강동에 도착하여 백성을 불러 모으고 무기 및 병사의 보강을 청하다

6월 8일 상이 평양에 있다/임진강에서 패한 뒤 적군이 황해도 군현을 마구 침입하고 선봉대가 대동강 가에 주둔하다

6월 9일 상이 평양에 있다/왜적이 강화를 요청하자 이덕형 등과 논의하다

6월 10일 평양의 인심이 흉흉하여 다시 이동할 일을 논의하다

6월 11일 평양을 떠나 영변으로 향하다/윤두수 · 이원익은 평양성을 지키기로 하였는데 이원익이 밤에 왜적을 쳐서 전과를 거두다/중전이 함경도 함흥으로 먼저 가서 상이 도착하기를 기다리기로 하다/세자를 거느리고 평양성 대동문 앞에서 부로(父老)를 위유하고 교서를 내리다/좌의정 윤두수의 말에 따라 중국에 가까운 의주 용만(龍灣)으로 향하다/평안도 숙천(肅川)에서 유숙하다/의주 목사 황진이 중국 사신 동양정이 도착했다며 파발 놓기를 청하다/유성룡이 중국의 차인과 왜적 상황을 살피고 출병을 앞당기도록 할 계획임을 아뢰다

6월 12일 아전과 백성을 통솔하지 못한 안주 목사 이민각(李民覺: 57세 광주 이씨)을 곤장 치다/좌의정 윤두수가 강가에서 우림위 민여호 등이 왜적을 쏘아 죽였다고 보고하다/우의정 유홍 등이 평양을 지키라는 것이 상책이라고 치계하다/서울에서부터 배종한 사람을 가자하라고 이조에 전교를 내리다/안주에서 유숙하다/양사가 나와서 접대하지 않은 안주 목사 이민각을 국문하라고 청하다

6월 13일 영변부로 들어가다/음식을 올리자 배종한 신하들에게 나누어 주다/세자는 영변에 머물고 대가(大駕)는 정주로 갈 것이니 준비하라고 전교하다/좌의정 윤두수가 경기도 안성 내강을 방어하고 있는 상황을 보고하다/영변 행궁

에서 신하를 인견하고 이어(移御)할 곳을 논의하다/양사가 머무르면서 왜적의 형세를 보아 피하기를 청하다/저녁에 신하들을 인견하고 대가의 이어에 대해 논의하다/세자에게 임시로 국사를 다스리게 한다고 전교하다

6월 14일 상이 영변에 있다/영의정 최흥원이 알현하여 세자에게 국사를 내선 (內禪)하겠다는 왕명에 순종할 수 없다고 아뢰다/양사가 평안도 태천(泰川)으로 가자고 청하다/요동으로 건너갈 계획을 결정하고 선전관을 보내 중전을 맞도 록 하다/대신들에게 중국에 들어가기 위해 자문을 발송하도록 명하다/박천에 도착하여 일에 힘쓴 좌수 김우서에게 사옹원 참봉을 제수하다/윤근수가 중국 창인 유괴가 동양정의 패문을 가지고 왔음을 아뢰다/유성룡에게 받은 은 2만 냥에 대해 감사의 뜻을 표하라고 하유하다/좌의정 윤두수에게 강을 지키는 데 힘쓰고 군기와 화약을 조치하라고 하유하다

6월 15일 상이 평안도 박천에 있다/유성룡을 만나 청천강의 부교 설치, 군량 조달, 대가의 이동 등을 논의하다/도승지 김응남이 어미의 부음을 듣고도 분 상(奔喪: 먼 곳에서 부모가 돌아가신 소식을 듣고 급히 집으로 돌아감)하지 못한 일로 사직하 다/대신들에게 중국 총병관을 영접하는 일을 묻다/내전의 행차가 박천에 도착 하다/평양 강여울의 방어가 무너지자 이호민에게 상황을 보고하게 하다/대신 들이 평안도 가산(嘉山)으로 이동하기를 청하다/우의정 유홍이 세자에게로 보 내주기를 청하다/비변사가 중국 병사를 호군하는 방안을 아뢰다/1만 명의 병 사에게 공급할 군수 물자를 준비하라고 전교하다/박천에서 출발할 때 도적들 이 신하들의 우마(牛馬)에 실은 짐바리를 노략질하다

6월 16일 가산에서 유성룡·정철 등과 군량 조달, 중국에 보낼 자문 등을 논

의하다/정주에 도착하다/윤근수가 심희수가 구원병을 요청할 일로 다녀와 중국 군대의 출동 상황을 보고하자 장계를 올리다/박숭원 · 윤우신 · 유영경 등에게 관직을 제수하다

6월 17일 상이 정주에 있다/대신에게 요동 자문을 속히 지어 통사가 가지고 가도록 하라고 전교하다/청원사 이덕형이 의주에 도착하여 중국 군대의 출동 상황을 보고하다/예조 판서 윤근수 등이 중국 군대의 이동 상황을 보고하다

6월 18일 상이 선천에 도착하였는데, 곽산 군수 이경준이 호종을 청하니 따르다/도원수 김명원이 중국 군대가 강을 건넜으나 향도할 사람이 없음을 보고하다/정철 · 유성룡을 불러 중국 군내를 접대할 대책을 논의하다/중국 군대가 도착하자 임반관에서 맞이하다/대가가 선천에서 유숙하였는데 중국이 조선을 의심한 일을 풀어 주다/순검사 한응인이 평양 전투 상황을 보고하다/예조 판서 윤근수 등이 왜적이 대동강을 건넜다고 보고하다

6월 19일 상이 선천을 떠나 철산 거련관(車輦館)에 도착하다/좌의정 윤두수가 평양을 사수하지 못한 일로 군율에 따라 처벌 받기를 청하다/선천 군수 이형이 일을 잘 처리하지 못하자 무장 송강으로 교체하다/예조 판서 윤근수 등이 중국 군대가 또 강을 건넜다고 보고하다

6월 20일 상이 용천군에 도착하다/우부승지 이곽이 중국 군대가 군량이 마련되는 대로 기동한다고 보고하다/윤두수가 대가가 요동으로 가지 않는다는 뜻을 알리라고 청하다/조도사 홍세공이 뒤에 온 중국 군대의 기율이 엄하지 않다고 보고하다

6월 21일 상이 용천에 있다/삼남의 감사가 수원에 진을 치고 조정의 지휘를

청하다/영의정 최흥원이 동궁을 호위하고 시강원 관원의 차송(借送)을 청하다/원균과 이순신이 한산도·당포에서 승전하다/의주에서 유성룡 등에게 명의 군사를 접대할 계책을 세우도록 명하다/유근·조정·오억령·이유중·김신원·윤형·이원익 등에게 관직을 제수하다

6월 22일 의주에 도착하여 목사(牧使)의 관사에 좌정하다/대신들에게 요동에 들어갈 일을 미리 중국 측에 전하라고 명하다/윤두수가 평양에서 잘 싸운 사람을 논상하라 청하다

6월 23일 요동으로 가는 일을 준비하라고 전교하다/도원수 김명원이 평양의 왜적은 아직 출몰하는 기색이 없다고 전하다/김명원이 이일·이천 등 장수들이 간 곳을 모른다며 전투에 소극적이라고 보고하다

6월 24일 요동으로 가는 일을 대신들과 논의하다/명 황제가 하사한 은 2만 냥이 도착하다/황제가 준 은을 신하들에게 조금씩 나누어 주다/이성중을 호조 판서에 제수하다

6월 25일 좌의정 윤두수가 평안도 창성으로 이동하는 것이 좋겠다고 아뢰자 대신들과 논의하다/정주 판관 김의일이 관곡을 훔치자 유성룡이 장살하다/심우승을 호조 정랑으로, 박동량을 병조 좌랑으로 삼다

6월 26일 대신들에게 남쪽으로 갈 것을 대비하여 배를 준비하라고 명하다/전 평안 감사가 평양이 함락될 당시의 상황을 보고하다/양사가 평양이 함락된 뒤 숨은 감사 송언신과 대가를 소홀히 한 현감 김호수의 국문을 청하다/윤두수가 바닷길로 남행하기를 청하자 대신들과 논의하다/의주가 안정되자 이희삼을 의금부 도사로 삼다/윤두수 등이 무과를 설치할 것을 청하여 전제안 등을 급

제시키다/명나라의 소식을 듣고 의주에 오래 머물 계획을 세우다/왜란이 일어
나기 전 명나라가 조선, 유구 등과 연합하여 일본을 치려한 적이 있다는 기록
을 찾다/김억추를 안주 목사로, 윤안성을 숙천 부사로 삼다

6월 27일 예조판서 윤근수가 중국 총병 조승훈을 만난 일을 보고하다/청원사
이덕형이 요동에 들어가는 일을 중국에서 허락했다고 보고하다

6월 28일 동지(同知: 동지중추부사) 윤우신이 수상(隨喪: 장사 지내는 데 따라감)에서 와서
입조하다/어떤 난민이 숙천 관아에 대가의 행선지를 적어 놓다/도원수 김명원
이 중흥사의 승려가 평양 적진을 탐지한 일을 아뢰다/경상우도 초유사 김성일
이 의병이 일어난 일과 경상도 지역의 전투 상황을 보고하나/경상우도 도순찰
사 김수가 장수로써 생명을 아낀 우도 병사의 체차를 청하다/김수가 홀로 싸
운 거제 군수 김준민의 일과 각 수영의 상황, 성주 사각의 상태를 보고하다/김
수가 경상좌·우도의 전쟁 상황을 아뢰다/조대곤이 고령에서 왜적을 무찌른
일을 아뢰다/경상도 방어사 조경이 부상을 입어서 소속 군관을 김수에게 이속
시켰다고 보고하다/전라도 절도사 최원이 옥포 앞바다의 승전을 보고하다/충
청 감사 윤선각이 경기에 도착하여 한성을 구원하겠다고 보고하다/충청 감사
윤선각이 수원부에서의 전투를 보고하다/김수가 의병을 모집 지휘하고 있다
고 보고하다/전사한 백광언·이지시 등에게 증직(追贈)을 명하다

6월 29일 의주에서 호종한 재신이나 조관 중 가자를 받지 못한 사람을 승급
하라고 명하다/유성룡이 병으로 중국 장수를 접대하는 일을 사양하다/의주에
저장된 면포를 호종한 인원에게 나누어 주다/간원이 사관으로써 도망한 임취
정 등의 삭거사판(削去仕版)을 청하고 조관에 내린 상(賞)의 개정을 청하다/양사

가 송언신의 일을 아뢰다/왜적의 기세가 강해지자 중국은 심유경을 파견하여 강화를 꾀하다/비변사가 경상우도 병사 조대곤 등의 유임을 청하다/비변사가 의병을 모아 싸운 정인홍·김면·박성·곽재우 등에게 관직을 제수하자고 청하다/비변사가 충청 병사 신익의 교체를 청하고, 김천일 등 의병장에게 관직을 내리다/호종한 재신들에게 추가로 상가를 내리다

아아, 임진년 4월이여!

4월 13일에 부산 앞바다를 까맣게 메운 왜선들은 이튿날부터 조선 땅을 유린하기 시작하여 이틀 만에 부산을 쑥대밭으로 만들었다.

상륙한 대군이 한성을 향해 여러 갈래로 나뉘어 전공을 다투며 북상 중이라고 했다.

신묘년(1591년) 정월에 귀국한 통신정사 일행이 3월에 입경하여 바친 풍신수길의 답서에 이미 '가도입명(假道入明)'이라며 길이나 빌려달라는 발칙한 말이 분명 있었는데도 대비하지 못한 것이다.

정해년(1587년)부터 해마다 풍신수길의 지시를 받은 대마도주 종의조(宗義調)가 가신 율강광(橘康廣)과 승려 현소(玄蘇)를 보내 줄기차게 '통신사를 보내 달라.'며 조선왕국의 속을 떠보았는데도 전혀 흉계를 눈치 채지 못했다.

신묘년(1591년) 4월에 대마도주 종의조의 가신 율강광과 승려 현소가 다시 와서 풍신수길의 명령이라며 '일 년 후에 명나라를 칠 때 조선으로부

터 길을 빌리겠다.'고 했는데도 제대로 대비하지 못했다.

'명나라에 알리느냐, 마느냐?'를 놓고 옥신각신하다가 '결국 알게 될 테니 서둘러 통고하자.'고 정하는데도 여러 날이 걸렸다.

'성을 수리하고 녹슨 무기를 다시 두드려 대비해야 한다.'며 서두르자 '아직 쳐들어오지도 않은 왜인들을 왜 겁내며 지레 소란을 피워 고달프게 하느냐?'고 도처의 수령들이 원망했다.

통역이 필요 없이도 어느 정도 의사가 통하는 승려 현소의 귀띔에 의하면, 왜인들은 이미 신묘년(1591년) 8월부터 '임진년(1592년) 3월 1일'을 침략 개시일로 정해 놓고 선봉대를 5만여 명 이상으로 징해 놓았다고 했다.

소서행장을 필두로 가등청정과 흑전장정(黑田長政)이 각각 둘째, 셋째가 되어 총 5만 명 이상의 대병력이 침공을 개시하기로 했다는 것이다.

조선왕국은 결국 기축년(1589년) 6월에 승려 현소가 대마도주 종의조의 가신 율강광을 앞세우고 다시 입궐하여 공작(孔雀)과 조총을 바쳤을 때도 조총보다 공작에 더 눈이 팔렸던 셈이다.

부산에 수천 명 왜인들이 둥지를 틀고 멋대로 밀무역하며 우리 땅을 야금야금 삼킬 때도 공작과 조총이 있었을 것이다.

나는 기축년(1589년)에 현소가 바친 조총과 신묘년(1591년)에 황윤길이 바친 조총을 떠올리며 비분강개하지 않을 수 없었다.

선조 임금은 나와 최흥원(崔興源)을 조용히 불렀다.

최흥원은 나보다 18년이나 연상이었다.

'이원익은 평안도 안주 목사로 나가 선정을 많이 베풀어 그 지방 주민들로부터 존경을 받았으니 평안도로 나가 징병체찰사로 일하며 임금의 피난길을 미리 생각해 놓으라.'고 했다.

'최흥원은 황해도로 가서 징병체찰사로 일하며 여러 임금들로부터 특별한 사랑을 받은 황해도 주민들이니 동요하지 말고 목숨 바쳐 임금과 나라를 지켜야 한다고 설득하라.'고 했다.

최흥원이 절한 후 서둘러 나가자 임금은 나를 따로 불러 가까이 앉게 했다.

"지금 내 마음이 어떤지는 굳이 말하지 않아도 알 것이다. 왜적이 미친 말처럼 날뛰며 북진에 광분하고 있으니 반드시 한성을 비워야 할 것이다. 임금이 한성을 비우고 피난을 가게 되면 필히 서쪽 밖에는 없을 테니 미리 가서 민심을 안정시켜야 할 것이다. 내가 다 말하지 않아도 내 마음을 다 아는 사람이니 소임을 다해 달라."

가슴이 미어지고 금방이라도 눈물이 왈칵 쏟아질 것 같아 나는 아무 말 없이 절만 하고 서둘러 자리를 떴다.

아아, 얼마나 통탄스러운 일인가!

임금이 미처 내다보지 못했다면 그 많은 관료들이라도 미리 내다보았어야 하지 않은가!

조선팔도에 학문하는 이들, 도 닦는 이들, 하늘에 정성 들이고 기원하는 이들이 그렇게 많고, 우리 바다 가득히 고기잡이배들이 떠있는데도 어째서 아무 기척도 몰랐다는 것인가!

'통신정사 보내 달라, 무역을 시작하자.'는 말 뒤에 '명나라 침공은 나

157

중 일이고 우선 조선부터 침공하겠다.'는 흉계가 있는 것을 왜 아무도 몰랐다는 것인가!

일본국 천하통일이 이미 십여 년 전에 절반 이상 끝나고 수 년 전에 거의 다 완료되었다는 사실을 왜 그리 몰랐다는 말인가!

살육전에 앞장섰던 악귀 같은 무사들로 들끓는 위태로운 형편을 벗어나려 외부로 피 묻은 칼날을 들이댈 것을 어째서 그토록 오랫동안 몰랐다는 것인가!

서둘러 평양으로 향하며 너무 괴로웠다.

임금은 마흔이고 나는 마흔 다섯이다.

나는 평양으로 향하면서도 시시각각으로 변하는 전쟁 상황을 파악했다.

소서행장의 제 1진이 이미 부산을 함락하고 북상 중이라고 했다.

수에서나 무기에서나 왜군에 한참 밀리는 조선군은 왜병의 조총 앞에 전사자, 전상자가 속출할 뿐 전세를 바꿀 기미가 전혀 보이지 않는다고 했다.

왜병이 속속 상륙하는 통에 수를 세는 것조차 무의미할 정도라고 했다.

조선의 바다나 땅이 왜선들, 왜병들로 이미 가득하다고 했다.

해주에 도착하니 이미 왜병이 조령으로 집결 중이라고 했다.

경기도로 북진 중인 왜병은 이미 추풍령을 넘었다고 했다.

평양에 도착하니 세 방향으로 올라오는 왜병에 맞서기 위해 세 방향으로 내려간 이일(李鎰), 성응길(成應吉), 조경(趙儆)이 중과부적이라 왜병의 가

공할 기세를 꺾지 못하고 있다고 했다.

'싸우기도 전에 줄행랑치는 관군' 때문에 '스스로 지킨다.'며 일어선 의병들이 관군을 대신하여 싸우고 있다고 했다.

4월 24일 충주로 집결한 왜병이 신립이 지휘하는 조선군을 이기고 한성으로 올라오는 중이라고 했다.

선조 임금은 '충주가 함락되었다면 한성이 그 다음 아니냐?'며 피난길 떠날 채비를 서두르라고 했단다.

4월 30일 새벽 임금과 세자 광해군은 평양을 향해 나서고, 임해군, 순화군은 함경도와 강원도로 향했다.

임금이 한성을 떠난다는 소문이 퍼지자 한성 주민들은 우르르 궁궐로 모여들었다.

처음에는 목청껏 욕을 하던 이들이 급기야 닥치는 대로 부수고 태우기 시작했다.

심지어는 임금 행렬이 개성에 이르자 비록 멀리서이지만 돌을 던지는 일까지 생겼다.

중국 고전 그 어디에도 '임금 행차에 돌을 던진 백성이 안 나오던데' 조선왕국은 유학에 뿌리를 둔 나라인데도 난리가 나자 임금 행차에 돌을 던지는 백성까지 생겨나고만 것이다.

기가 막혔다.

혼절할 지경이 되어 기둥에 잠시 기대서서 숨을 고를 수밖에 없었다.

그 많은 조선의 이인들이 '곧 난리가 터져 피바람이 분다.'고 했을 때도 그렇게 통탄스럽지 않았다.

2백 년 된 조선왕국의 기초가 그렇게 쉽게 무너질 수 없다고 믿고 있었다.

한성을 지키던 이양원, 김명원마저 한성을 비우고 북으로 이동했다.

5월 2일 왜병의 부산 상륙 이후 겨우 보름이 좀 넘어서 2백 년 조선왕국의 수도가 왜병의 피 묻은 발에 짓밟히고 말았다.

임금과 관료들이 비운 도성은 이제 성난 백성과 물밀 듯이 밀려든 왜병들로 가득 찬 것이다.

왜병은 곧 이어 나머지 절빈의 땅을 유린하기 위해 소서행장은 평안도로, 가등청정은 함경도로, 흑전장정은 황해도로 진격하며 남은 왜병으로 한성과 한강 이남을 지키게 했다.

5월 12일 평양에서 짐을 푼 조선왕국 사령탑은 '임진강 사수마저 불가능하다.'는 말에 '명나라에 원병을 청하는 길 밖에 없다.'고 결정했다.

이덕형을 청원사로 명나라에 파견하기로 했다.

'평양 사수냐, 평양 포기냐?'를 놓고 격론을 벌이던 관료들은 '평양 사수'를 주장한 윤두수, 유성룡을 따라 포기 대신 사수하기로 했다.

나를 비롯하여 윤두수, 김명원이 책임지고 평양 사수를 관철시키기로 결정이 났다.

윤두수(尹斗壽)를 비롯하여 몇몇 관료들은 '왜 명나라 원병에 기대려 하느냐? 조선팔도의 군사를 다 모으면 충분히 물리칠 수 있다.'며 이덕형을 명나라에 보내는 일조차 반대했다.

나는 '상황을 모르고 하는 말'이라며 크게 나무랐다.

'4월 중순 이후 무슨 일이 벌어지고 있는지 전혀 모르느냐?'고 꾸짖었다.

'피할 길이 막혀 제 터전에 버티고 살며 왜적의 난도질, 노략질에 당하는 백성을 벌써 잊었느냐?'고 언성을 높였다.

5월 15일 한성을 내주고 북상하던 김명원은 평안도에서 모은 3천 군사로 임진강을 지켰지만 소서행장의 대군에 패했다.

5월 27일 왜병은 임진강 북쪽으로 진격하기 시작했다.

북쪽으로 피난 중인 임금마저 위태로운 지경이 되었다.

왜병이 대동강에 이르렀다는 말이 나오자 임금의 평양 행재소는 다시 북상할 수밖에 없었다.

임금이 '평양을 떠난다.'는 말이 돌자 평양 주민들은 격분했다.

6월 11일 마침내 임금은 평양을 떠나 북으로, 북으로 더 올라갈 수밖에 없었다.

평안도 북쪽 박천을 지나 영변에 이르자 평양 행재소(行在所: 임금이 궁을 떠나 나들이하거나 전시 변란 등의 사유로 임시로 머무르는 별궁)에서 부랴부랴 세자로 책봉된 광해군에게 선조 임금은 만약의 사태에 대비해 세자 분조(分朝)를 설치하게 하고 국사권섭(國事權攝)의 권한을 위임했다.

같은 공빈 김씨 소생인 한 살 위의 임해군이 포악하다고 하여 차남인 광해군이 세자가 된 것이다.

후일 명나라는 '장남이 있는데도 차남을 세자로 세웠다.'며 애를 이만저만 먹이지 않았다.

윤근수 등이 직접 찾아가서 허락을 받으려 해도 한사코 반대하는 것은 물론이고 현장 확인한답시고 사신을 파견하기까지 했다.

임금은 군권(軍權)마저 17세 세자에게 넘기고 평안도 끝 의주로 향했다.

6월 14일 평양마저 왜병의 손에 넘어갔다.

부산이 유린된 지 꼭 두 달만이다.

한성이 함락된 지 꼭 한 달 열흘만이다.

6월 17일 가등청정은 강원도에 이어 함경도를 유린하며 임해군과 순화군을 포로로 삼았다.

왜병은 부산 상륙 두 달여 만에 조선팔도를 다 삼킨 것이다.

왜병이 함경도에 침입하자 회령에 유배되었다가 풀려나 회령부 아전으로 있던 국경인(鞠景仁)이 모반을 일으켰다.

경성부 아전으로 있던 숙부 국세필(鞠世弼), 명천아전 정말수(鄭末守) 등과 함께 주민을 선동, 반란을 일으켰다.

근왕병(勤王兵) 모집 차 함경도 회령에 머무르고 있던 임해군(臨海君) 이진(李珒)과 순화군(順和君) 이보(李珤)를 붙잡았다.

두 왕자를 호종 중인 김귀영(金貴榮), 윤탁연(尹卓然), 황정욱(黃廷彧), 황혁

(黃赫) 등과 함께 남병사(南兵使) 이영(李瑛), 부사 문몽헌(文夢軒), 온성부사 이수(李銖) 등을 가족과 함께 붙잡아 왜적에게 넘겼다.

가등청정은 국경인에게 판형사제북로(判刑使制北路)라는 직함을 주고 회령을 다스리게 했다.

국경인은 이언우(李彦祐), 전언국(田彦國) 등과 함께 횡포를 자행하다가 북평사(北評事) 정문부(鄭文孚)의 격문을 받은 회령유생 신세준(申世俊)과 오윤적(吳允迪)의 유인에 걸려들어 붙잡혀 참살되었다.

계사년(1593년) 8월이 되어서야 풀려났다.

부산 앞바다 왜선에 가둬 일본국으로 보내려 할 때 명나라 강화협상 책임자 심유경이 소서행장과 담판하여 풀려날 수 있었다.

승지 황혁은 12세 순화군의 장인으로 판서 황정욱의 아들인데 두 왕자와 함께 모병을 위해 강원도, 함경도를 다니다 역적 무리에게 붙들려 왜적에게 넘겨졌으니 참으로 기구하다 아니할 수 없을 것이다.

더욱이나 부자가 모두 가등청정의 술수에 넘어가 선조 임금에게 보내는 '항복권유문'을 썼으니 진의가 아닌 거야 세상이 다 알지만 잣대가 다 다르기 마련인데 어찌 화를 피할 수 있었겠는가!

심유경과 소서행장의 담판으로 두 왕자와 함께 일 년여 만에 풀려났지만 부자가 함께 유배형을 당해야 했다.

역적 국경인과 왜적이 저지른 일이 크게는 조선왕국 전체에, 작게는 장수 황씨 집안에 큰 화를 부른 것이다.

163

나는 선조 임금을 아버지로 하여 한 어머니 공빈 김씨 소생인 임해군과 광해군의 성정이 너무 다른 것에 놀랐다.

그리고 어머니는 다르나 다 같은 선조 임금의 아들인 순화군은 어째서 십대 초반에 불과한데도 강원도, 함경도를 오가며 난리 중인 백성의 원성을 그리도 많이 샀는지 정말 이해하기 힘들었다.

임해군은 결국 한 살 아래 동생에게 세자 자리를 뺏겼고, 순화군은 관료들의 탄핵을 받고 21세에 순화군 군호(君號)마저 박탈당했다가 27세의 나이로 요절하고 난 뒤에야 복구되었다.

순화군과 함께 잡혀 갔다가 풀려난 장인 황혁(黃赫)은 순화군이 요절하고 난 뒤 5년이 지나, 권신 이이첨(李爾瞻)과의 악연이 실마리가 되어 역모를 꾸몄다는 무고로 61세의 나이로 옥사했다.

황혁의 부친 황정욱은 종계변무의 공로로 경인년(1590년)에 광국공신 1등에 오른 사람이었지만 '임금에게 항복을 권유하는 글을 썼다.'는 죄로 관료들의 탄핵을 받았다.

선조 임금의 특명으로 65세에야 4년여 유배에서 풀렸지만 다시는 공직에 오르지 못하고 75세의 나이로 별세했다.

나라가 풍전등화의 위기에 빠진 상황에서도 사람들의 성정은 여전히 강퍅해서 빈사상태의 조선 정신을 사정없이 갉아먹고 있었다.

한성을 비롯하여 조선팔도 전체를 왜적의 손에 넘긴 채 임금의 행재소가 북쪽 국경선 가까이 의주 목사 관사에 차려졌어도 조선왕국의 사령탑은 뾰족한 수가 별로 없었다.

'세자 책봉한 지가 오래 됐어도 모르는 이들이 많으니 어찌 하면 조선 팔도에 널리 알릴 수 있겠는가? 조세 부담을 줄이고 대신 나라에 곡식을 바치는 이에게는 벼슬을 줄 수 있는 길이 없겠는가? 역적만 빼고 다 풀어 주라는 대사령을 내린지 오래인데 어째서 모르는 이들이 그리 많은가?'

'평안도 순찰사 이원익은 오래 되어 지역 사정을 잘 아니 바꿔서는 안 된다.'

'왕실 종친 이섬(李銛)이 벼 2백 섬을 나라에 바쳤으니 표창하는 것이 좋을 것이다.'

나는 현황 파악은 늦고 말만 앞서는 일들이 난리 중에도 여전한 것을 도처에서 발견했다.

난리 중에도 공평은 멀고 탐욕만 앞세우는 일들이 비일비재했다.

가장 시급한 평양 탈환을 위해 병사들을 많이 모아 훈련을 시키다 보니 여기저기서 불평이 터져 나왔다.

주요 강을 지키는 일이 급선무라 자연히 강변에 머무는 병사들에게는 보급이 좀 나은 편이었다.

하지만 성을 탈환할 시기를 기다리며 성 주위에 머무는 병사들에게는 보급이 너무 부실했다.

자연히 곡식과 술과 고기와 무명을 놓고 불평하는 소리가 높아졌다.

나는 '나라 곳간에 쌓인 쌀과 콩이라도 우선 나눠줘야 한다.'고 주장했다.

매일 병사들을 점검하며 훈련시켜야 하는 입장에서는 끼니를 잇고 몸을 가리고 잠을 재우는 일이 가장 급한 일일 수밖에 없었다.

임진년(1592년) 전반기는 '조선왕국이 마침내 망하는구나!'라는 탄식이 절로 나올 정도로 참담했다.

4월 중순부터 6월 중순 사이에 조선왕국의 수도 한성을 비롯하여 조선왕국의 북쪽 거점이라 할 평양마저 왜적의 손에 넘어갔다.

임금이 떠난 한성이 불타고 백성은 왜적의 발 아래 내팽개쳐진 상태였다.

한강, 임진강, 대동강이 차례로 왜적의 칼과 소총에 피로 물들고 말았다.

한성에 있어야 할 조선왕국 임금은 한성을 버린 채 북으로, 북으로 옮기다 마침내 평양을 거쳐 의주 목사 관사에 머물게 되었다.

'평양성에서만 버텨내면 명나라 도움 안 받고도 조선왕국을 구해낼 수 있다.'며 기세등등하던 좌의정 윤두수는 평양성을 내준 후 평안도 감사 겸 순찰사인 나와 함께 '어떻게 해서든 다시 빼앗아야 한다.'며 평양 북쪽 순안에 머물러야 했다.

그래도 5월에 접어들며 남쪽 바다에서 승전보가 간간이 들렸다.

이순신(李舜臣), 이억기(李億祺), 원균(元均)이 승전보 속에 단골로 오르내린 이름들이다.

5월 중순에는 경기도 양주에서 첫 승전보가 들렸다.

왜란 발발 이후 한 달여 만에 듣는 반가운 승전보였다.

유도대장 이양원(李陽元), 부원수 신각(申恪), 함경도 병사 이혼(李渾)이 왜적 70여 명의 머리를 베며 육전에서 첫 승리를 거뒀다.

호사다마인지 한강을 지키다 임진강으로 옮겨간 도원수 김명원의 부원수 평산(平山) 신씨 신각(申恪)은 첫 승리를 거두고도 '도망쳤다.'는 그릇된 장계 때문에 우의정 68세 기계(杞溪) 유씨 유홍(兪泓)이 진노하며 참형에 처하도록 했다는 것이다.

'부원수 신각이 승리의 가장 큰 공로자'라는 두 번째 장계가 올라와 선조 임금이 부랴부랴 선전관을 급파했지만 신각의 목은 이미 달아난 뒤였다.

장례를 치른 신각의 부인 정씨(鄭氏)마저 자결하여 남편의 뒤를 따랐다고 했다.

나는 이 모든 일들이 어리석은 이들의 사소한 잘못에서 기인한다고 생각하며 '개미가 집을 헐고 바구미가 곳간을 비운다.'는 성현의 말을 떠올렸다.

6월 초에는 낙동강 무계(茂溪) 보루에서 의병장 김면(金沔)과 정인홍(鄭仁弘)이 첨사 손인갑(孫仁甲)과 합세하여 왜적 백여 명을 죽이고 왜장에게 중상을 입혔다는 승전보가 들렸다.

손인갑은 그 후에 낙동강을 지키다 6월 말 초계(草溪) 마진전투(馬津戰鬪)에서 20대의 젊은 나이로 전사했다.

크고 작은 승전보가 울릴 때마다 평양성 주위에 포진한 조선군영이나 의주의 임금 행재소에서는 저절로 환호성이 터져 나왔다.

경상도는 그나마 다행이었다.

50대의 의병장 김면, 정인홍, 40대의 의병장 곽재우 등이 타고난 선비들임에도 풍전등화의 위기에 처한 나라와 백성을 앞장서서 구하고 있는 것이다.

임진년(1592년) 여름 드디어 명나라 원군 3천여 명이 요동 부총병 조승훈(祖承訓)을 앞세우고 조선군 총집결지 순안에 도착했다.

도원수 김명원이 한강과 임진강에서 패하고 돌아와 의기소침한 상태인데다 장수들이나 병사들마저 패장이라며 고개를 숙이지 않았다.

나는 '총사령관인 김명원의 영(令)이 살아야 전쟁을 치를 수 있다.'는 생각에서 내가 먼저 김명원을 깍듯이 섬겼다.

처음에는 시큰둥하던 장수들이나 병사들이 '이원익 대감이 패장인 김명원을 상관으로 받들며 상명하복의 모범을 보이고 있다.'는 말이 퍼지자 서서히 변하기 시작했다.

나는 춘추시대 오(吳)나라 왕 합려(闔閭)를 돕던 병법가 손무(孫武)를 생각했다.

'궁녀들을 군사로 바꿀 수도 있느냐?'는 합려의 장난기어린 제안에 합려가 가장 총애하는 후궁을 대장으로 세워 궁녀들을 훈련시켜도 잘 안 되자 후궁을 죽임으로써 병법가의 진면목을 보였던 손무를 떠올렸다.

나는 군대의 생명인 상명하복을 되살리려면 총사령관인 김명원의 위상을 바로 세워야 한다고 생각했던 것이다.

나는 군사 훈련과 군량 마련을 위해 동분서주하며 조명연합군의 평양성 탈환을 준비했다.

7월 중순 마침내 조명연합군의 평양성 공격이 개시되었다.

나는 '왜적이 이미 성 주위에 매복한 상태이니 우선 매복군부터 제거한 후 성을 공격해야 한다.'고 주장했다.

내가 야음을 틈타 수시로 공격을 가해 이미 성문을 몰래 드나드는 왜적의 수가 많이 줄었다는 사실을 다들 알고 있었다.

내가 오랫동안 평양성과 그 주변을 샅샅이 돌아보고 평양과 평안도 주민들의 민심 수습과 자발적 협력에 웬만큼 성공하고 있다는 사실 또한 선조 임금 이하 모든 관료들이 익히 알고 있었다.

한데도 명나라 병사들을 앞세운 부총병 조승훈은 '전쟁은 장수가 하는 것이지 책상머리나 지키던 서생이 하는 것이 아니다.'라며 제 고집만 앞세웠다.

58세 팔도도원수 김명원도 패전을 거듭한 입장인데다 문신이라 조승훈의 편협한 독단에 속수무책이었다.

6월 중순에 빼앗긴 평양성은 결국 7월 중순 조명연합군의 공격에도 무너지지 않았다.

조승훈은 매복에 걸리고 기습에 무너져 겨우 수십 기의 기병과 천여 명도 채 안 되는 부상병만 거느린 채 다시 순안으로 물러나야 했다.

임진년(1592년) 4월 중순에 시작된 전쟁을 7월 중순에 거의 끝낼 수 있었는데도 명장 조승훈의 경솔함이 조선왕국의 비극적 상황만 연장시킨 것이다.

의주 행재소의 선조 임금은 혹시나 하며 목을 빼고 기다리다가 패했다
는 말에 식음을 전폐하고 괴로워했다.

"명나라 군사가 그렇게도 허약했다는 말이냐? 조선군이야 패전을 거
듭했으니 그렇다 치더라도 명나라 원군은 제 역할을 했어야 하지 않느
냐? 왜적이 그렇게도 강하다는 말이냐? 저들의 조총이 그렇게도 위력이
대단하다는 말이냐? 평양성에 들어앉은 소서행장의 전쟁술이 그렇게도
용하다는 말이냐?"

나는 거의 비명에 가까운 임금의 탄식을 듣고 있기가 너무 민망했다.

그렇다고 '죽여 달라.'며 모든 책임을 홀로 떠안을 수도 없었다.

조선왕국의 임금이 조선 땅 끝머리 의주에 있는 통에 조선팔도에는 이
미 '임금이 조선 땅, 조선 백성을 버리고 요동으로 떠난다더라.'는 헛소문
이 파다하게 퍼져 있어 민심이 걷잡을 수 없을 정도였다.

목소리 큰 자를 앞세워 '이씨 왕조가 무너지면 다음에는 무슨 성씨가
왕조를 다시 세우느냐?'는 말까지 공공연히 퍼뜨릴 정도였다.

"군량은 물론이고 땔감과 마초가 모자라 명 원군의 불만이 이만저만
이 아닙니다. 조선 관료들이나 장수들이 명나라 장수들이나 장교들에게
얻어맞는 경우도 비일비재합니다. 땔감이 모자라 밥을 지을 수 없게 되
면 상하고하를 막론하고 민가나 관청에 달려들어 땔감 될 만한 것을 모조
리 거둬가는 실정입니다. 명나라 말들은 짚이나 풀 대신 콩을 먹여야 한

다며 어찌나 들들볶는지, 잃어버린 조선 땅과 조선 백성을 찾는 일은 점점 뒷전이 되고 오히려 명나라 군사들 뒤치다꺼리에 혼이 다 빠질 지경입니다. 죽고 다쳐 병사가 모자란다며 조선 정예병 수천 명을 가려내 명나라 지휘관 아래 속하게 하라는 말을 듣고 다들 하늘만 쳐다보고 있는 형편입니다. 군량을 나르는 일에 다 동원해도 못 먹고 굶주려 더디고 늦기만 한데 무슨 수로 수천 정예병을 가려내 명나라 군사 옷을 입혀 명나라 장수 손에 맡기겠느냐고 아무리 하소연해도 말로는 알았다고 하지만 속으로는 우이독경이 따로 없습니다. 그나마 평안도 주민들의 기질이 본래 충성스럽고 단순하여 피난보다는 전투를 더 자원하는 분위기라서 천만다행입니다. 다들 이원익이 신망을 얻은 덕이라 하지만 사실은 평안도 주민들의 타고난 천성입니다. 책임 맡은 입장에서 모여든 병사들의 끼니나 옷이나 무기는 제대로 대줘야 한다는 생각으로 최선을 다하지만 아직도 헐벗고 굶주려 싸움은 고사하고 제 몸 하나 건사하기도 어려운 이들이 부지기수입니다. 관료들이나 군사들이나 주민들 모두 눈물은 이미 다 말라 더울 수도 없지만, 그래도 눈물 없는 마른 통곡으로 지새우고 있습니다."

나는 '의주 행재소에 올 때마다 죄스러워 감히 고개를 들 수조차 없다.'며 보고를 마쳤다.

초췌한 임금은 자리에서 일어나 몇 걸음 걸어와 내 손을 꼭 잡으며 눈시울을 붉혔다.

금방이라도 통곡할 것 같은 분위기였다.

나는 분위기를 바꾸려 말수 적은 천성인데도 무슨 말인가를 보태야 했다.

"곳곳에서 승전보가 올라오는 중입니다. 흩어졌던 관군들도 모여들어 진용을 갖추고 있습니다. 전국에서 모여든 열혈남아들로 근왕병이 나날이 늘어나고 있습니다. 남쪽 바다를 잘 지켜 군량을 댈 들판이 아직은 온전합니다. 선비들이 붓 대신 칼을 들고 의병을 일으켜 조선의 기운이 되살아나고 있습니다.

산사의 승려들이 목탁 대신 활과 창을 들고 일어나 관군, 의병, 승병이 속속 결집하고 있습니다. 경상도에서부터 뺏긴 성을 되찾았다는 승전보가 앞 다퉈 올라오고 있습니다."

나는 '이원익만 믿는다.'는 임금의 말을 가슴에 묻고 순안으로 내려와 평양성 탈환을 위한 공격을 준비했다.

전라도 바다를 넘보는 왜선들이 이순신, 이억기, 원균이 지휘하는 조선 수군에 격침되었다는 승전보가 평양성 주위의 조선 병영에 도착하자 '우리도 기운을 되찾아 평양성을 되찾자.'는 다짐으로 이어졌다.

'왜선 66척이 격침되고 수백 명 왜병을 수장시켰다.'는 승전보는 바로 7월 8일 한산도의 대승이었다.

의주 행재소에서는 용기백배하여 이순신에게는 정헌대부(정2품 상계), 이억기와 원균에게는 가의대부(종2품 상계)로 표창하여 격려했다.

천우신조로 그나마 바다의 왜선과 육지의 왜병이 전라도, 충청도를 유린하는 일은 막게 된 것이다.

정예병이 겨우 몇 백에 불과했지만 나는 김명원과 명나라 군대의 힘을 빌리지 않고 8월 1일 평양성 탈환을 시도했다.

'평양의 왜병이 기진하여 북진이 불가능하다.'는 보고를 들은 도원수 김명원이 평양성 공격을 명령한 것이 원인이었지만 나는 나보다 10년 연상인 전주 이씨 무인 이빈(李薲 평안도병마절도사)을 돌격대장으로 세워 세 갈래로 공격했다.

평양성 보통문을 뚫기 직전에 왜적의 대대적인 반격으로 물러나야 했지만 '북진이 불가능할 정도로 왜병이 쇠약해졌다.'는 도원수 김명원의 판단이 착오였음이 드러난 것이다.

새벽을 틈타 윤두수의 지휘로 고언백(高彦伯)이 용감히 싸웠음에도 6월 중순에 싱겁게 빼앗긴 평양성이다.

밤을 틈타 조명연합군으로 7월 중순에 대대적인 공격을 가했지만 명나라 장수 대조변(戴朝弁)과 사유(史儒)를 비롯하여 다수의 조명연합군이 희생당한 채 또 다시 물러나야 했던 평양성이다.

중과부적인데다 성내의 왜병이 그렇게 녹록치 않다는 사실을 익히 알고 있었지만 김명원의 낙관에도 불구하고 탈환에 성공하지는 못했다.

나는 또 한 번 실망한 임금에게 '조선군 단독으로는 탈환이 불가능하니 명나라의 대규모 원군을 기다렸다가 조명연합군을 다시 편성하여 탈환하는 길밖에 없다.'고 말했다.

다행히 임금은 '김명원의 낙관론은 처음부터 허황된 것이었고 이원익이 꿰뚫어본 왜적의 현황이 현실적이었다.'며 오히려 나를 추켜세웠다.

임금은 '연전연패한 패장 밖에는 맡길 자가 없으니 어디서 인재를 찾는다는 말이냐?'며 한탄했다.

정해년(1587년)에 53세의 나이로 도순찰사가 되어 충청도 녹도(鹿島)를 함락한 왜구를 물리친 이후 이렇다 할 승리를 못 거둔 김명원을 두고, 한 편으로는 딱하게 여기면서도 초조한 심정을 토로한 것이다.

생각보다 허약한 조선왕국의 국방력을 일찌감치 알아챈 소서행장은 '속전속결로 조선팔도를 단숨에 집어삼킨다.'고 생각, 신립을 무너뜨린 직후부터 '한 편으로는 강화를 내세우고 다른 한 편으로는 완전 점령하여 명나라의 목을 죈다.'는 전략을 구사했다.

왜병의 승승장구에 도취한 그는 충주에서 이덕형을 불렀다.

말 한 필에 몸을 맡기고 이덕형이 용감히 찾아갔지만 허사였다.

그는 대동강에 이르러 평양을 넘보며 또 다시 이덕형을 불렀다.

이번에도 이덕형은 대동강에 이른 왜병 진영을 찾았다.

소서행장은 승려 현소를 내세워 이덕형을 응대하게 했다.

이덕형은 비분강개하여 '그 동안 베푼 조선의 은공을 이런 식으로 되갚느냐?'며 호통을 쳤다.

'금수라도 이보다는 낫겠다.'며 호통 치자 현소는 '위에서 하는 일인데 어찌 막을 수 있으며 무슨 수로 피할 수 있느냐?'며 사죄했단다.

임진년(1592년) 6월에 '강화' 운운하더니 명나라 장수 심유경(沈惟敬)이 앞장서서 8월부터 말뿐이던 '강화'가 차츰 윤곽을 드러냈다.

'평양 북쪽에 휴전선을 긋자.'고 했다.

의주 행재소 관료들은 한결같이 '곧 왜적이 물러갈 테니 곧 평화가 다시 올 것'이라고 낙관했다.

나는 '그럴 리 없다. 그렇게 싱겁게 끝날 전쟁이었다면 처음부터 대군을 이끌고 침략하지도 않았을 것'이라며 왜인들의 흉계를 제대로 알아야 한다고 몇 번이고 강조했다.

임금이 다시 묻고 또 되물어도 나는 한결같았다.

"저 놈들은 절대 안 물러갑니다. 강화 운운하는 것부터가 속임수입니다. 왜놈들의 음흉한 속을 몰라서 강화를 찾고 평화를 바라는 겁니다. 평양과 한성을 버리고 경상도 남쪽으로 내려갔다가 배가 준비되면 모두 돌아가겠다고 하지만 현재의 움직임으로 보면 새빨간 거짓말입니다. 심지어는 관백 풍신수길이 빨리 돌아오라고 명령했다고 말합니다. 일부러 헛소문을 퍼뜨려 첫째는 명나라와 조선을 이간질하고 둘째는 이제 막 정신을 차려 무장하기 시작한 조선의 관군과 의병들을 해이하게 하려는 수작입니다. 저 놈들은 얻을 걸 다 얻고 뺏을 걸 다 뺏고 망칠 걸 다 망치기 전에는 결코 물러나지 않을 겁니다."

임금은 다행히도 낙관론이 절대 다수임에도 나를 두둔했다.

"이원익만이 제대로 보고 있다. 내가 신묘년(1591년)에만 제대로 했더라도 이 지경에 이르지는 않았다. 그 때도 풍신수길과 왜국을 우습게보더니 이렇게 당하고서도 여태 스스로 물러날 것이라고 하느냐? 이원익만이 똑바로 보고 있는 것이다. 저 놈들은 그리 쉽게 물러나지 않는다. 조승훈이 명군 몇 천을 앞세워 싸웠다지만 완전 초전박살이었지 않느냐? 걱정이다. 못난 장수가 일을 그르쳐 패전했는데도 저희 목숨을 부지하려 조선을 버리자고 할까 그게 걱정이다. 풍신수길의 속마음을 가장 잘 안다는 그의 심복 소서행장이 여름부터 강화를 내세우는 이유가 무엇이냐? 이길 수 있는 전쟁이라고 판명이 난 마당에 왜 굳이 강화하자고 하겠느냐? 저 놈들의 음흉한 속을 이원익의 눈으로라도 바라보아야 한다. 저 놈들은 그리 쉽게 물러나지 않는다."

임금이 상황을 정확히 보고 있어 다행이지만 그렇다고 무슨 뾰족한 수가 있는 것도 아니었다.

임금이나 관료들이나 백성이나 명나라 대부대가 오기를 손꼽아 기다릴 수밖에 없었다.

나는 '지금 섣불리 강화하자는 말에 속아 넘어가면 명나라는 몰라도 조선은 큰일이다.'라고 생각하여 강화에 절대 반대였다.

하지만, 명나라 강화 사신을 자처하는 심유경은 입만 열면 '명나라 황실의 명령이고 명나라 병부상서 석성의 지시'라며 소서행장과 단 둘이 만나는 것은 물론이고 아예 왜병 진영에서 머무는 일이 잦아졌다.

임금과 관료들은 '무슨 꿍꿍이속인지 모르겠다.'며 고개만 갸우뚱했지 달리 막을 방법이 없었다.

임금은 나만 보면 '저 놈들이 물러날 것 같으냐?'고 물었다.

그리고 '심유경은 왜병 진영에 들어가 대체 무엇을 하고 있느냐?'고 물었다.

조선 땅에서 일어나는 일이고 조선의 운명이 좌우되는 일인데도 임금과 관료들이 깜깜무소식이라는 것 자체가 큰일이었지만 달리 방도가 없었다.

나는 궁금해 하는 임금과 관료들에게 '있는 그대로, 들은 그대로, 본 그대로' 최대한 정확하게 알렸다.

하지만 명나라 장수들에게 당하는 일, 명나라 군대를 뒤따라 들어온 상인들과 밀수꾼들과 친인척들 때문에 겪는 일을 '있는 그대로, 겪고 있는 그대로' 전할 수는 없었다.

"군대를 뒤따라온 장사꾼들이 수천 명이나 되느냐? 제 식구 어찌 됐는지 알아보려 돌아다니는 이들이 그렇게 많으냐? 그렇다면 당연히 그들은 저희 필요를 스스로 해결해야 하는 것 아니냐? 그들조차도 조선에 기대려 하느냐?"

임금은 답답하고 궁금하고 화가 나서 꼬치꼬치 캐물었지만 나는 그저 '군량과 마초만 웬만큼 공급되어도 괜찮겠다.'고 말해야 했다.

'저희끼리 해결하는 수도 있다.'며 안심시킬 수밖에 없었다.

'현재 있는 것으로는 한두 달 밖에 못 버틸 것이니 조세를 거두고 군량을 나르는 쪽이 더 분발해야 할 것 같다.'고만 말했다.

명나라 장수에게 얻어맞은 조선 관료들이 많다는 말, 명나라 장수들에게 모욕당한 조선 장수들이 많다는 말, 명나라 병사들에게 유린당한 조선 부녀자들이 많다는 말, 명나라 군대를 뒤따라온 친인척들이나 장사꾼들의 횡포가 극심하다는 말을 일일이 전할 수는 없었다.

　임진년(1592년) 6월 중순에 평양성을 차지한 소서행장은 '의주 함락도 금방'이라고 큰소리쳤다.

　그러다 보니 자연히 '임금이 요동으로 간단다. 임금이 압록강을 건넜다더라.'는 식의 유언비어가 바람을 타고 퍼져 민심이 더 흉흉해져만 갔다.

　평양성의 소서행장은 교활하기 이를 데 없었다.

　수십 명 조선인을 선발하여 소, 말, 베, 비단, 은 등으로 환심을 사며 첩자로 활용했다.

　순안, 안주, 의주 등 조선군과 조선 임금이 있는 곳을 중심으로 밤낮없이 정탐하여 보고하게 했다.

　소서행장은 '명나라 대군이 곧 온다.'는 말을 실제로 확인하기 위해 압록강 양안은 물론이고 요동 쪽에도 첩자를 심어 놓고 있었다.

　함경도 쪽으로 올라간 가등청정과 달리 소서행장은 '조선에 온 일본군의 실질적 책임자는 바로 나다.'라는 식으로 행동했다.

　가장 치열할 줄 알았던 한성을 거의 피 한 방울 안 흘리고 차지한 이후 소서행장은 한 손에는 협상, 한 손에는 무력이라는 식의 양면전략을 구사했다.

　풍신수길과 소서행장의 사이에서 줄다리기하던 심유경은 '내 덕에 대동강 이북이 휴전에 들어가 의주 행재소가 안전하게 된 것'이라며 입만 열면 자화자찬이었다.

6월 말에 협상을 시작하여 8월에 '대동강 이북은 휴전지대로 삼는다.'는 협상을 이끌어낸 뒤로 수십 일이 지나도 심유경이 중국에서 좀처럼 나오지 않자 초조해진 소서행장은 다시 협박하기 시작했다.

'내년(1593년) 1월 1일 압록강에서 말에 물 먹이겠다.'며 실제로 평양성 내의 공성기구들을 대대적으로 수리했다.

온갖 유언비어로 의주 행재소는 물론이고 순안의 조선군 본부나 주민들 모두 '이제는 더 물러설 곳도 없지 않느냐?'며 불안해했다.

소서행장의 간교한 술수가 즉시 먹혀들고 있는 것 같아 참으로 한심하고 속상했지만, 현실이 현실인 만큼 그저 가슴을 치며 당할 수밖에 없었다.

임진년(1592) 9월에 들어서자 희망이 보이기 시작했다.

중국에서 사람이 나와 임금을 만난 자리에서 '조선이 지난 2백 년간 중국을 상국(上國)으로 공손히 섬겼기에 지원군 출병이 다시 결정되었다. 수만 대군이 산해관을 출발했다.'고 했다.

심유경이 압록강을 건너왔다.

'대군이 곧 당도할 것'이라는 병부상서 석성(石星)의 공문서를 갖고 왔다고 했다.

'명나라 대군이 언제 오느냐?'에만 관심이 있던 터라 다들 기운을 되찾기 시작했다.

심유경은 느긋하게 말했다.

'8월에 휴전을 서두른 것은 명나라 대군이 출병할 시간을 벌기 위한 것’이었다고 했다.

9월 8일 심유경은 평양성의 소서행장을 만나 그 동안 뜸했던 강화협상을 계속했다.

“명나라 조정에서는 조선을 되찾은 후 일본 본토를 공격해야 한다는 의견이 많다. 조공 바치는데 왜 조선에 길을 빌려달라고 하는가? 성곽, 토지는 물론이고 임진년(1592년) 9월 초에 가등청정이 붙잡은 두 왕자와 관료들을 조선에 되돌려주어야 한다. 일본이 원한 조공, 철병도 허락할 것이다.”

소서행장은 ‘명나라 공식 사절단을 파견하라.’고 요구하며 휴전 기간에 조선 군사가 공격하여 왜병이 많이 죽었다고 항의했다.

심유경이 말만 버드르르하게 하는 위인이라는 걸 눈치 챘기 때문에 심유경은 징검다리로 삼고 명 조정과 직접 협상하겠다는 속셈이었다.

심유경은 접반사에게 ‘왜 휴전 기간 동안에 왜병을 죽였느냐?’고 따졌다.

‘명나라 대군이 곧 들이닥친다.’는 정보를 이미 아는 소서행장은 ‘휴전 기간을 내년(1593년) 1월 15일까지 연장한다.’고 합의했다.

의주 행재소에서는 ‘지원군을 계속 독촉해야 한다.’며 사헌부 집의(執義: 종3품) 연안 이씨 39세 이호민(李好閔)을 요동으로 보내 이여송을 만나게 했다.

이여송은 ‘8천 군사로 6만여 반란군을 토벌한 적도 있다.’며 자랑부터 늘어놓은 후 ‘걱정 말라.’고 했다.

자신은 명나라 방비가 더 중요하니 조선에 가지 않겠다고 여러 차례 강조했지만 66세나 되는 아버지 이성량(李成梁)이 하도 간청하여 조선에 가기로 했다고 했다.

그러면서 '조선을 구하고 일본을 토벌하겠다.'고 호언장담했다.

이여송은 심유경이 하고 다니는 일을 오히려 이호민에게 캐묻더란다.

'심유경이 대동강 동쪽을 왜국에 속하게 하려 한다. 왜국은 저희 공물 바치는 배가 중국 절강성에 도착한 뒤에야 조선에서 철병하겠다고 한다.'며 '심유경이 하는 일이 요상하다.'고 했다.

11월 27일 요동 도사 장삼외(張三畏)가 입국하여 의주 행재소 임금에게 '명나라 대군이 곧 출병한다.'고 전했다.

임금은 물었다.

"황제가 약속한 10만 대군을 기다리는 중이다. 언제 오느냐?"

"경략 송응창이 이미 요동에 도착했습니다. 곧 출병할 것입니다."

"군량, 마초, 땔감도 웬만큼 준비가 끝났다. 추위에 약한 왜병들을 겨울에 치지 않으면 영영 기회 안 온다. 겨울 지나 왜병이 기운 되찾으면 10만 대군으로는 어림도 없다."

임금은 하루가 급한 실정이라 초조한 기색을 감출 수 없었다.

임진년(1592년) 12월 초에 드디어 요동에서 기쁜 소식이 들렸다.

5만에 가까운 대군이 동정군(東征軍)으로 편성되어 장수 60여 명을 앞세우고 곧 출병한다고 했다.

그래도 의주 행재소에서는 이조판서 53세 한산 이씨 이산보(李山甫)를 요동으로 보내 이여송을 만나 출병을 독촉했다.

'겨울이 겨우 보름 남았으니 속히 출병해야 한다.'고 했다.

'심유경이 대동강을 경계로 휴전을 맺어 다들 해이해졌다.'고 했다.

'함경도의 가등청정이 임금에게 입에 못 담들 말을 늘어놓고 있다.'고 했다.

'왜적이 궁궐과 종묘를 불태운 것은 물론이고 왕릉마저 파헤쳐 임금과 관료들과 국민이 통곡하고 있다.'고 했다.

이여송은 말했다.

"심유경은 못 믿을 자다. 송응창과 내가 책임지고 하는 일이다. 이제 요동에 도착했으니 열흘 내에 출병할 것이다. 4만 대군이면 족한가? 조선군은 어느 정도인가?"

이산보는 '순안을 중심으로 2만여 명이 있다.'고 했다.

이여송은 말했다.

"나와 송응창은 조선 땅을 한 뼘이라도 왜병이 차지하고 있으면 강화 협상은 없다고 했다. 한데도 심유경이 대동강을 경계로 강화를 맺었다. 송응창과 나는 심유경이 평양 가는 것도 막았다."

이여송은 명나라 황제의 명령이라며 말했다.

"조선은 평양부터 되찾자고 하나 명나라에서는 한성을 먼저 되찾아야 한다고 했다. 압록강 건너에서 이틀 묵은 뒤 정월 초에 공격하여 정월 안에 평양을 수복하고 2월 안에 한성을 수복하고 3월 안에 조선 전체를 수복하겠다."

송응창과 이여송의 말대로 12월 중순부터 출병이 시작되었다.

나보다 1년 연하인 도승지 심희수(沈喜壽)가 요동으로 달려가 이여송을 영접했다.

심희수는 중국말에 능하여 경략 송응창의 접반사로 오래도록 일했다.

중국말에 능한 공조판서 한응인(韓應寅)을 요동에 다시 보내 경략 송응창을 만나 출병을 재촉했다.

"이미 정해진 일이다. 가서 조선 임금이나 안심시켜라. 대군이 곧 온다는 비밀을 잘 지켜라. 5천 군사가 먼저 출발하고 뒤이어 대군이 보름 안에 출발할 것이다."

한응인은 신묘년(1591년) 말에 예조판서로 중국에 가서 '풍신수길이 명나라를 공격한다며 조선에 길을 빌려 달라고 한다.'고 알려 '조선과 왜국이 연합하여 명나라 공격하려 한다.'는 오해를 풀어 주었었다.

중국에서 돌아오는 길에 개성에서 피난 중인 임금을 만나 평양까지 호종한 뒤 제도도술찰사(諸道都巡察使)로 임진강 방어에 나섰었다.

호조판서 전주 이씨(세종대왕 아들 계양군 현손) 52세 이성중(李誠中)은 지난 7월에 중국에 가서 원병을 요청하고 온 뒤로 병을 얻었으면서도 이여송의 대군을 맞이할 군량, 마초, 땔감 준비에 여념이 없었다.

동인으로 몰려 피해를 많이 보았지만 신묘년(1591년)에는 세자 책봉을 거론하다가 충청감사로 밀려나기도 하고 곧이어 당쟁에 휘말려 파직되기도 했었다.

12월 13일 유격장군(遊擊將軍) 왕필적(王必迪), 전세정(錢世禎) 등이 압록강을 건넜다.

12월 14일 유격장군(遊擊將軍) 오유충(吳惟忠), 참장(參將) 낙상지(駱尙志) 등이 압록강을 건넜다.

12월 19일 유격 전세정은 안주로 향하고 12월 21일 경략 송응창(宋應昌)은 정주로 향하고 12월 26일 참장 낙상지는 안정으로 향했다.

북과 징을 치며 깃발을 들고 행군하는 명나라 대군이 끝이 없이 이어지고 있었다.

요동에서 조선까지 행렬이 이어지고 있다고 했다.

제독 이여송은 12월 25일 선조 임금을 만나 '정월 초하루 원일(元日)에도 행군을 멈추지 않겠다.'고 공언했다.

'계사년(1593년) 정월 초에 대군의 위력을 보이겠다.'고 큰소리쳤다.

임금이 좌협, 중협, 우협대장들인 양호(楊鎬), 이여백(李如栢), 장세작(張世爵)만 만나고 다른 장수들은 후일로 미루자 다들 의아하게 여겼다.

임금의 건강을 생각하여 하는 수 없이 그렇게 한 일이지만 임금을 못 만난 장수들은 불만이 가득했다.

12월 말 유격 갈봉하(葛逢夏), 참장 낙상지가 선봉대로 평원으로 진격했다.

이여송이 의주를 출발하자 병조판서 이항복, 동지중추부사 이빈이 전별했다.

부총병(副總兵) 사대수(査大受)는 순안에 주둔한 왜장을 만나 '화친에 응

할 것이다. 심유경도 곧 온다.'고 말하여 평양성 공격을 위한 연막작전을
폈다.

　계사년(1593년) 새해가 밝자 '평양성 탈환은 이제 시간문제'라는 분위기
가 팽배했다.

　임금을 비롯하여 관료들, 백성들이 모두 '임진년의 치욕(恥辱)을 계사년
에 설욕(雪辱)하자.'고 했다.

　계사년 정월 6일 명나라 대군과 조선군은 조명연합군을 편성, 평양성
탈환의 첫 신호를 올렸다.

　하루, 이틀이 지나자 왜병은 '어떻게 하면 성을 버리고 도망칠까?'에
신경 쓰기 시작했다.

　임금을 비롯하여 조선의 관료들이나 장수들은 오로지 한 마음이었다.

　"모두 죽여야 한다. 그래야 한성을 되찾는 일에 속도가 붙는다. 은공을
원수로 갚은 금수만도 못한 놈들을 절대 살려 보낼 수는 없다. 침략군이
니 당연히 목숨으로라도 되갚게 해야 한다. 명나라 군대가 혹시 살려 보
내도 조선군이 반드시 뒤쫓아 다 죽여야 한다."

　하지만 이여송은 '퇴로를 막고 싸울 수는 없다.'며 슬그머니 한 쪽을 열
어 주었다.

　'몰살 안 당하려면 한 눈 감아줄 때 서둘러 도망쳐 목숨을 보전하라.'는
이여송의 말에 소서행장은 도망쳐 후일을 기약하는 쪽을 택했다.

　사실 이여송은 왜병의 조총과 칼과 창에 전사자가 속출하자 하는 수

없이 퇴로를 열어주겠다고 한 것이다.

결국 이여송과 소서행장의 속셈이 맞아떨어졌다.

계사년(1593년) 정월 9일, 임진년 6월 중순에 싱겁게 뺏긴 평양성을 반년 만에 가까스로 되찾았다.

임진년(1592년) 10월의 진주성 대승리에 이은 오랜만의 전세 대반전이었다.

침략군의 선봉장인 가등청정은 진주성에서 치욕을 겪고 소서행장은 평양성에서 줄행랑을 친 것이다.

진주성 대승리를 이끈 진주목사 김시민(金時敏), 곤양군수 이광악(李光岳), 진주판관 성수경(成守慶), 전만호(前萬戶) 최덕량(崔德良), 진주 복병장(伏兵將) 정유경(鄭惟敬), 김준민(金俊民), 정기룡(鄭起龍), 조경형(曺慶亨), 의병장 곽재우(郭再祐), 심대승(沈大升), 최경회(崔慶會), 임계영(任啓英) 등이 전세를 조선에 유리하게 바꿔 놓았었다.

남쪽 끝에서 올라온 대승에 뒤질세라 평양성 탈환을 이뤄낸 조선의 군사들과 명나라 군사들 또한 기울어만 가는 전황을 조선에 유리하게 바꿔 놓았다.

평양에서 쫓겨 간 왜병은 한성에 다시 모였다.

'이기면 상이 있지만 지면 죽음으로 갚아야 한다.'는 것이 만고불변의 군율(軍律)이기에 왜병 또한 당연히 사생결단식으로 반격할 수밖에 없었다.

평양 승리로 기세등등한 이여송의 명나라군은 남진을 거듭하여 계사년 정월 하순에 별다른 저항도 받지 않고 개성에 도착했다.

소규모 정예군을 이끈 명나라 부총병 사대수(査大受)는 명군의 파주 진영을 확보했다.

'임금이 한성으로 되돌아가야 전세가 바뀌어 조선팔도를 회복할 수 있다.'는 생각이 임금을 비롯하여 모든 관료들, 장수들, 군사들을 지배했다.

이여송은 '평양에서 보여주지 않았느냐? 나만 믿어라.'며 되레 호통을 쳤다.

자연히 북상하는 왜병과 남진하는 조명연합군은 경기도 고양 벽제관 주위로 모여들게 마련이었다.

평안도, 황해도 등지의 잔류병까지 모두 한성으로 집결하여 5만여 대군을 이룬 다음 한성을 사수하려던 왜병은, 명군을 앞세우고 조명연합군이 한성을 향해 남진 중이라는 말에 반격 차 북상하게 되었던 것이다.

왜병을 얕잡아 본 명군은 이여송의 독려로 앞장섰지만, 왜병의 전력을 어느 정도 꿰뚫고 있던 조선군은 김명원의 신중론을 업고 명나라군 뒤에 뚝 떨어져서 남진 중이었다.

자연히 왜병의 선봉대와 명군의 선봉대가 먼저 싸우게 되었다.

계사년(1593년) 정월 25일의 첫 전투에서는 명나라군이 좀 우세했다.

왜병 60여 명을 죽인 명나라군 선봉대는 전세를 낙관하며 남진에 속도를 냈다.

여석령 부근에 주둔한 왜병 2진과 오산리 부근에 주둔한 명나라군 2진이 정월 27일 이른 아침에 전투에 돌입했다.

평양성 탈환에서 위력을 발휘한 명나라군 포병대가 지연되자, 명나라 군은 우선 기병과 보병으로 왜병의 조총 공격에 맞섰지만 좁은 진흙땅이라 기병대가 제 역량을 발휘하기 힘들었다.

수백 기의 정예 기병대를 앞세우고 이여송이 앞장을 섰지만 왜병의 포위 전략에 휘말려 겨우 구사일생으로 포위망을 벗어날 수 있었다.

이여송은 자신의 낙관론이 틀렸다는 것을 뒤늦게 깨달았다.

2만여 대군으로 공격하는 왜병은 그 만한 후속부대를 뒤따라오게 하고 있었던 것이다.

이여송은 파주를 거쳐 개성에 머물렀다가 결국 평양으로 되돌아왔다.

패배를 설욕할 기회를 엿보며 본국 조정으로부터 쏟아지는 비난을 감내해야 했다.

김명원이 통솔하는 조선군은 명나라군 돌격대와 거리가 있었기에 벽제관 전투의 전화(戰禍)를 모면할 수 있었다.

나는 의주 행재소에 자세히 보고했다.

"명나라 부상병들의 참혹한 모습에 이여송을 비롯한 명나라 장수들, 장교들이 겁을 잔뜩 먹었습니다. 팔 다리가 잘려나가고 눈이 빠진 부상병들이 지휘관들의 경솔함을 공격하는 중입니다. 요동으로 돌아가자는 말이 심심찮게 들립니다. 한성 수복은 물론이고 조선팔도에서 왜적을 모두 몰아내는 것이 급선무인데 명군의 전의가 상실될까 걱정입니다. 분명히 명군은 앞으로 강화에만 나서고 싸움에는 소극적이게 될 것입니다. 더욱이나 강화 협상이 중국과 일본국 사이에만 오가는 상황이라 그 또한 큰일입니다. 이여송과 심유경 사이, 송응창과 심유경 사이는 물론이고 명나라 지휘관들 사이에도 갈등이 심합니다. 중국 남방 출신의 군사와 장수들은 싸움은 도맡아하면서도 차별대우를 받는다고 아우성입니다. 지휘자들 대부분이 북방 출신이라 남방 출신이 소외된 상태입니다. 자세히 파악할수록 걱정만 늡니다. 강화를 서두르며 싸움을 피하는 명군과 강화하는 척하며 조선팔도를 유린하고 있는 왜적 사이에서 독자적인 전세 만회책을 강구해야 합니다. 관군이 다시 전의를 불태우고 있다는 것은 다행입니다. 의병, 승병이 관군과 협력하여 크고 작은 승리를 거두고 있습니다. 바다는 조선 수군이 지배하는 중입니다. 백성들 사이에는 계사년(1592년) 봄부터 왜놈들이 물러간다는 말이 돌고 있습니다. 임진년(1592년) 봄에 맞은 불벼락이 계사년(1593년) 봄이면 어느 정도 잦아들게 된다는 식입니다. 비록 헛소문이더라도 백성이 희망을 되찾게 된 것 같아 여간 다행스럽지 않습니다."

예상대로 전투가 소강상태에 접어들었다.

심유경은 '강화 협상 중이니 전투를 중지해야 한다.'고 했다.

임금은 '일이 대체 어떻게 돌아가는 거냐?'며 답답해했다.

다들 '심유경과 소서행장이 벌이는 일이라 아는 이가 별로 없다.'고 했다.

그런 와중에 낭보가 들렸다.

'한성을 되찾아야 한다. 임금이 되돌아와야 한다.'며 관군과 의병이 경기도로 모여들고 있다고 했다.

나는 평안도 일대의 군사들을 훈련시키고 군량을 마련하는 일에 매달려 있으면서도 언제나 '한성 수복이 시급하다.'는 생각뿐이었다.

의주 행재소를 지키는 일이 곧 내 일이라는 생각에서 '한 시도 쉴 수 없다. 한 치의 오차도 있어서는 안 된다.'는 일념으로 하루하루를 보냈다.

평양에 주둔한 명나라 대군이 가장 큰 문제였다.

보급이 모자라거나 늦으면 야단이 났다.

명나라 장수들은 '군량의 6할은 스스로 댈 테니 조선은 나머지만 책임지라는 데도 그렇게 힘이 드느냐?'고 했다.

수천 명이 나서서 조선 땅에 도착한 명나라 군량과 물자를 평양까지 운반하는 일도 여간 고역이 아니었다.

'조선 사람들은 왜 그리 허약하냐?'는 핀잔을 듣는 일이 늘어갔다.

'병사들은 군량이 부족해 허약하고 백성은 굶주린 지 오래 되어 힘이 없다.'고 솔직히 말해도 맡은 일이 면해지거나 쉬워질 리 만무했다.

2월 12일, 행주산성 대승 소식이 들렸다.

마침내 한성 수복의 발판이 마련된 것이다.

한성에서 달려온 왜병들도 악귀처럼 싸우고 행주산성에 모여든 관군, 의병, 승병도 '여기서 이기지 않으면 안 된다.'는 일념으로 싸웠다.

행주산성 내의 만여 명이 3만여 왜병을 이긴 것이다.

전라도순찰사 권율, 조방장 조경(趙儆), 조도사(調度使) 변이중(邊以中), 경기수사(京畿水使) 이빈(李蘋), 승장(僧將) 처영(處英) 등이 행주산성 승전보에 오른 이름들이다.

'계사년(1593년) 봄부터 왜놈들이 물러난다.'는 항간의 희망적 소문이 행주산성의 대승으로 한낱 소문이 아님이 드러난 셈이다.

조선왕국은 한성 수복의 희망을 키워갈 수 있었다.

왜적은 더 이상 한성 이북을 넘보기 어렵게 되었다.

왜장들의 눈이 부산 앞바다를 넘어 일본국으로 향하기 시작했다.

계사년(1593년) 봄에 심유경과 소서행장은 한성 용산에 띄운 왜선 위에서 강화협상을 재개하여 '한성 왜병은 경상도 남쪽으로 철수하고 가등청정이 포로로 잡은 임해군, 순화군과 관료들은 석방한다.'는 합의를 이끌어냈다.

2월 중순의 행주성 참패 이후 전세를 만회할 가능성이 낮아지자, 왜국에 가까운 곳으로 철수하여 기회를 엿보려는 속셈이었다.

하여튼 4월에 들어 한성에서 철수하기 시작한 왜병은 중순을 넘어서자 거의 경상도 해안일대로 철수했다.

한성의 왜병은 물론이고 경기, 경상, 충청의 왜병들이 일제히 남하했다.

관군과 의병, 승병이 합세하여 전의를 불태우던 조선군도 자연히 왜병이 떠난 곳을 수습하며 남진하여 새로운 거점을 마련했다.

문제는 백성들의 고통이었다.

왜병들이 물러나며 포로로 잡고 멋대로 유린하던 조선 백성을 닥치는

191

대로 죽여 자연히 왜병이 떠난 자리에는 참혹한 시체만 산을 이뤘다고 한다.

그래서 섣불리 강화를 맺자는 말을 꺼내지 않았고 꺼내지 말자고 했고 꺼낼 수 없다고 했는데, 칼자루를 뺏기다 보니 그저 고통이든 비극이든 고스란히 죄 없는 백성들이 떠맡게 된 것이다.

'하늘에 해가 세 개나 떴다.'며 불안해하던 백성이다.

명의 대군이 압록강을 건널 때는 '낮인데도 무지개가 두 개나 떠서 해를 두 마리 용처럼 휘감았다.'며 희망에 부풀던 백성이다.

임금을 섬기며 백성을 돌봐야 할 관료의 한 사람으로 하늘을 향해 백성을 향해 감히 얼굴을 들 수조차 없었다.

참담하고 참혹하여 그저 이를 갈며 곡기를 끊고 통곡으로 지새울 수밖에…

명나라와 왜국 사이의 강화회담이 새로운 국면을 맞았다.

용산의 왜병 군영을 제 집 드나들 듯 하던 심유경은 철수하는 왜병들과 함께 부산으로 내려간다고 했다.

경략군문(經略軍門) 송응창의 지휘를 받은 심유경은 왜인을 부산까지 안전하게 호송, 왜국에 함께 들어가 풍신수길을 만난 뒤 다시 뱃길로 중국까지 동행하여 조공하게 한다고 했다.

개성에서 한성으로 옮긴 제독군무(提督軍務) 이여송이 '철수하는 왜병을 따라 남하하여 문경새재로 향하겠다.'고 하자 심유경은 '왜인들과 같이 부산에 가서 강화협상을 마칠 때까지 시간을 달라.'고 하며 이여송을 한성에 붙들어두었다.

파주에 머물던 권율은 '한성의 왜병들이 한강을 넘어 남하한다.'는 말을 듣고 군사를 내몰아 한강에 이른 후 서둘러 도강하여 왜병을 뒤쫓으려 했다.

하나 이여송이 유격장군 척금(戚金)을 급히 보내 한강의 나룻배를 모두 한데 모은 후 권율의 도강을 막았다.

전라 순찰사 안동 권씨 권율(權慄)은 전라 병사 보성 선씨 선거이(宣居怡) 등과 함께 전라도로 향할 수밖에 없었다.

선거이는 임진년 7월의 한산도 해전에서는 이순신과 함께 싸웠고 그 해 12월 오산 독산산성 싸움과 이듬해 행주산성 싸움에서는 권율과 함께 싸웠다.

56세 권율과 43세 선거이가 '저 원수들을 뒤쫓아 한 놈이라도 더 죽여야 백성의 원한을 덜어줄 수 있는데, 도우러 온 원군이 앞을 막으니 이보다 더 통탄스러운 일이 없다.'며 전쟁 이전에 자신들이 본래 지키던 전라도로 내려간 것이다.

더 통탄스러운 일은 한성을 물러가는 왜장들이 '조선 점령을 축하하듯이' 지방의 기생, 광대 등을 총동원하여 요란스레 남하했다고 한다.

소서행장과 평수가(平秀家) 등은 가등청정이 잡은 두 왕자와 관료들을 말 태워 앞세운 뒤 왜병들은 산과 들에 가득히 흩어져 내려가게 하여, 조선팔도가 다 저희들 손아귀에 들어와 있다는 식으로 한껏 과시했다고 한다.

다행스러운 것은 백성들이 '흰 무지개가 해를 뚫었다.'며 왜병들이 한성을 비우고 남하하는 것을 길조로 여기고 있었다는 사실이다.

나는 일찍부터 '명나라군이 이미 강화를 결정한 마당이라 왜놈을 토벌할 뜻이 전혀 없다.'고 확신했다.

내가 임금과 관료들에게 보고 들은 바를 상세히 설명하자 다들 '철천지원수를 그대로 돌려보낼 수는 없다.'고 격분했다.

왜병은 한성을 떠났지만 들리는 소리마다 지옥보다 더 하다는 말뿐이었다.

남자는 거의 다 죽거나 도망치고 여자들과 아이들만 있는데 그저 '귀신같다.'고 밖에는 달리 표현할 길이 없다고 했다.

궁궐이나 민가는 거의 다 불타고 동산을 이룬 시체더미만 즐비하다고 했다.

왕릉마저 파헤쳐져 '나라가 망하면 이런 모습이구나!'하는 탄식만 절로 나온다고 했다.

그래도 관료들 사이에서는 '한성으로 돌아가야 한다.'는 말이 나왔다.

체찰사 정철(鄭澈), 유홍(俞泓)이 군사를 이끌고 한성에 들어가 궁궐이며 민가를 살피니 임금이 환궁하더라도 누울 곳이 없다고 했다.

형조판서 전주 이씨 68세 이헌국(李憲國)이 왕실 종친인 원천군(原天君), 순녕군(順寧君) 등과 왕릉들을 살피니, 파헤쳐졌거나 이리저리 훼손되어 마치 버려진 무덤들 같았단다.

도승지 유근(柳根)이 임금의 교서를 한성 주민들에게 읽어주자 다들 통곡했다고 한다.

같은 글을 써도 심금을 울리게 한다는 평이 자자한 40세 연안 이씨 이호민(李好閔)이 임금과 관료들이 몽땅 비우고 떠난 한성을 온몸으로 지켜낸 백성들을 또 한 번 울린 것이다.

소 잃고 외양간이라도 고쳐야 전쟁에 모든 걸 빼앗긴 백성들을 다시 일으켜 세울 수 있을 것이다.

섬나라 외적이 와서 짓밟는 일이나 대륙의 원군이 와서 거드름피우며 돕는 일이나 모두 백성 앞에서는 면목이 없는 일이다.

도원수 김명원, 순변사 이빈 등은 영남으로 남하하여 민심을 수습하고 성을 수리했다.

경략 송응창은 개성에서 한성으로 이동하고 제독 이여송은 수하 장수들을 성주, 선산, 거창, 경주 등지로 보내 지키게 했다.

호조판서 전주 이씨 이성중(李誠中)이 군량을 대기 위해 애쓰다 함창에서 54세를 일기로 생을 마쳤다.

참판 대신 판서가 나서서 일해야 한다며 앞장서다 과로로 쓰러졌다고 한다.

호조참판 하동(河東) 정씨 43세 정광적(鄭光績)이 명나라군과 조선군의 군량 대는 일을 대신 떠맡았다.

6월이 되자 임금은 나를 불러 '한성으로 돌아가야 하니 고생스럽지만 평안도에 남아서 민심을 수습하라.'고 신신당부했다.

7월에 접어들며 좌의정 윤두수, 좌찬성 정탁을 중심으로 환궁을 서둘러야 한다고 했다.

한성을 둘러본 유성룡은 '남쪽으로 내려간 원수들이 명나라군이 싸울 마음이 없다는 걸 알면 본국과 왕래하며 다시 북진할까 걱정'이라고 했다.

자연히 '여름은 평안도에서 나고 찬바람이 불면 환궁하자.'는 쪽으로 의견이 모아졌다.

결정적인 요인은 '왜병들이 진주를 거쳐 전라도로 향하고 있다.'는 보고였다.

'원수들이 전라도로 진격한다면 한성이 또 위험해 진다.'고 생각한 것이다.

계사년(1593년) 6월 말의 진주성 전투를 분기점으로 간간이 해전은 벌어졌어도 육지에서의 전투는 점차 국지전 양상으로 변해 갔다.

임진년(1592년) 10월에 2만여 대군으로 호남으로의 관문인 진주성을 함락하려다 실패했던 왜병은 계사년(1593년) 6월 하순에 10만여 대병력으로 진주성 함락에 다시 나섰다.

강화협상을 유리하게 이끌기 위해 전세를 역전시키고 1년 4개월 전의 치욕도 씻을 겸 경상도를 본거지로 한 왜병이 대대적인 공격에 나선 것이다.

명나라군은 강화를 핑계로 전투 자체를 피하고 있었다.

정비되었다고는 하나 관군은 미약하고 의병들만 왜적에 맞서고 있었다.

풍신수길이 직접 나서서 '복수전을 전개하라.'고 하자 계사년(1593년) 6월 중순부터 경상도 일대에서 왜병의 반격이 본격화되었다.

경상우병사 최경회(崔慶會), 충청병사 황진(黃進), 김해부사 이종인(李宗仁), 사천현감 장윤(張潤), 진주목사 서예원(徐禮元), 의병장 김천일(金千鎰), 고종후(高從厚), 강희열(姜希悅) 등이 주민들과 일심동체가 되어 싸웠다.

3천여 명의 군관민이 혼연일체가 되어 7일 밤낮을 싸웠지만 성은 함락되고 인근 주민 6만여 명이 학살당했다.

왜적은 함락한 고을마다에 왜장을 책임자로 내세워 점령군 행세를 톡톡히 했다.

처음에는 곳간을 열어 곡식과 베를 나눠주며 선심을 쓰다가도 수시로 온갖 구실을 붙여 '남자는 죽이고 여자는 욕보이는 판'이었다.

남쪽 바다에 면한 고을에서는 헤아릴 수 없는 사람들이 일본으로 실려가 나고야(名古屋)를 비롯하여 여러 항구 도시들로 팔려가고 있다고 했다.

참혹한 일이다.

한성을 비롯하여 왜적에게 유린당하는 조선팔도의 백성들이 이리떼의 밥이나 노리개가 되고 있는 것이다.

7월이 되어도 송응창은 화친과 전투 사이에서 애매한 입장을 취하기만 했다.

명나라 병부의 뜻이라며 '명나라군 2만여 명이 조선에 남게 되면 군량 조달이 어렵다.'고 했다.

그러면서도 '소서행장이 본국으로 돌아가야 철군할 수 있을 것'이라고 했다.

그 사이 왜병은 진주성을 함락하고 전라도를 위협하며 '한강 이남을 경계로 삼겠다.'고 공공연히 떠들어댔다.

강화를 맺어도 한강 이남은 저희들 차지라는 식이었다.

송응창과 이여송 사이에서 널을 뛰는 심유경만 믿고 조선왕국의 운명을 맡기고 있는 처지라 통탄스럽기 그지없었다.

다행히 가등청정에게 사로잡힌 두 왕자와 관료들이 1년여 만에 돌아왔다.

부산 다대포 앞바다에서 왜국으로 끌고 가려는 것을 심유경이 소서행장과 담판하여 석방시켰다고 했다.

토굴에 갇히고 배에 갇혀 초죽음이 되어 돌아왔지만 후유증이 많았다.

임해군과 순화군은 주민들의 원성이 자자할 정도로 폐해가 심했다.

순화군의 장인인 황혁과 황혁의 아버지 황정욱은 가등청정의 압력에 못 이겨 비록 거짓으로 썼더라도 '항복권유문'을 임금 앞으로 쓴 일로 부자가 함께 유배형에 처해졌다.

역적 국경인이 가등청정에게 잘 보이려 시작한 일이 일 년 이상의 포로생활에서 돌아온 61세의 아버지와 42세의 아들을 귀양살이하게 만든 것이다.

명나라 장수 낙상지의 접반관(接伴官)으로 있는 이시발(李時發)을 비롯하여 전국 곳곳의 관료, 선비들이 '속히 환궁하여 한성의 위용을 회복하고 조선왕국의 기틀을 다시 다져야 한다.'고 상소했다.

　경략 송응창, 제독 이여송은 전쟁이 끝나지 않았는데도 요동으로 돌아갔다.

　이여송은 태자태보로 신분이 높아졌다.

　심유경의 강화협상을 조종하던 병부상서 석성이 탄핵을 받고 사직했다.

　임금의 의주 행재소를 위해 의주 목사로서 고생이 심했던 황진(黃璡)이 공조참판으로 명나라에 가 왜적의 동태도 알리고 '명군이 더 머물러야 한다.'는 임금의 뜻도 전하려 했으나 경략 송응창이 반대했다고 한다.

　명나라 병부 주사 유황상(劉黃裳)이 〈동국여지승람〉을 보면 삼포왜인이 나오는데 그렇다면 일찍부터 조선과 왜국이 은밀히 교통한 게 아니냐?'고 트집을 잡아 송응창이 허강홍(許弘綱)을 시켜 조사하게 한 일이 있다.

　결국 무고로 판명이 나자 유황상은 탄핵을 받았지만 명 조정에서는 '조선과 왜국이 연합하여 명나라를 위협할지 모른다.'는 의심을 뜬금없이 드러냈다.

　선조 임금은 세자는 해주에 머물게 하고 10월 1일 한성으로 환궁했다.

　사실 8월부터 '명나라군과 왜병이 각각 자기 나라로 돌아간다.'는 말이 무성했지만 정작 돌아가는 것은 명나라군뿐이고 왜병은 여전히 남해의 각 고을에 눌러앉아 있었다.

　그래도 '임금이 한성에 있어야 흩어진 백성을 다시 모으고 해이한 관료와 군대를 재무장시켜 온전한 나라를 만들 수 있다.'는 주장이 빗발쳐 환궁이 이뤄진 것이다.

예조(禮曹)에서는 전국 명산대천에 향과 축문을 보내 각 고을의 수령으로 하여금 제사지내게 했다.

축문은 대강 '산천 신령이 도와 나라를 되찾게 되었다.'는 식이었다.

전국에 교서(敎書)를 내려 '나라를 잃었던 설움과 나라를 되찾게 된 기쁨'을 전했다.

영중추부사 정철과 한성 판윤 유근을 사은사로 명나라에 보내 감사의 뜻을 전했다.

명나라 황제 만력제는 예물을 보내 축하하며 참장 낙상지(駱尙志) 등으로 군사훈련에 힘쓰게 했다.

'잘못하여 뺏겼다가 명나라의 도움으로 되찾았으니 앞으로는 과오를 되풀이하지 말고 스스로 일어나 나라를 지켜 상국의 근심을 덜어야 한다.'는 말이었다.

임금은 훈련도감을 설치하고 도체찰사 유성룡과 형조판서 이덕형으로 감독하게 했다.

명나라 조정에서는 외교를 맡은 행인(行人) 사헌(司憲)을 보내 한성 수복 후의 조선왕국 실정을 조사하게 했다.

사헌은 어찌나 말을 빨리 달리는지 원접사 이항복은 겨우 따라잡아도 종사관 신흠이나 황신 등은 뒤처지기 일쑤였다.

한데 문제는 사헌이 내민 명 황제의 서찰이었다.

조선의 표정천
우리 이원익 대감

'임금이 주색잡기에 빠져 신망을 잃고 대비하지 않아 상국의 근심을 키우며 나라를 뺏겼다가 상국의 도움으로 되찾았으니 이제부터는 과거의 부끄러운 자취를 거울삼아 제대로 하여 황제와 상국의 어려움이 없도록 하라.'는 식이었다.

임금은 아연실색하여 유성룡 등에게 '물러나겠다.'고 했다.

당연히 관료들은 '의례적인 말에 흔들릴 필요 없다.'고 했다.

임금은 '제갈량이 유비를 만나 포부를 편 것'을 예로 들으며 관료들이 못난 임금을 만나 포부를 못 폈다고 했다.

관료들은 '저희 때문에 난리가 나서 임금이 피난길에 나서게 한 것'이라고 했고, 임금은 '못난 임금 때문에 관료들이나 백성이 난리를 만난 것'이라고 했다.

명나라 황제나 명나라 조정의 뜻을 전하는 사헌의 요지는 분명했다.

겉으로는 '와신상담의 자세로 잃었던 나라 다시 잘 세우라.'고 하면서 속으로는 '자립하라. 자위책 찾아라. 비상한 시기이니 최후수단을 강구하라.'는 식이었다.

이에 임금은 '나를 물리치려는 속셈'으로 생각한 것이다.

이후 임금은 국사(國事)를 외면하다시피 했다.

좌의정 최흥원은 병가 중이고 우의정 윤두수는 세자와 함께 남으로 간 처지라 영의정 유성룡, 77세의 판중추부사 심수경(沈守慶), 도승지 심희수 등이 임금의 주위에 머물며 국사를 챙겨야 했다.

유성룡은 '명나라의 근심을 없애는 것이 최선'이라고 여겨 행인(行人) 사헌(司憲)의 마음을 돌리는데 주력했다.

임금은 사헌에게 '병으로 물러나려 한다.' 했다.

사헌은 '나라 되찾은 것은 국왕의 복록이 아직 다하지 않은 덕'이라고 했다.

명 유격장군 척금(戚金)은 사헌과 자주 만나며 '내가 사헌의 마음도 돌리고 명 조정의 생각도 바꿔보겠다.'고 나섰다.

척금은 당초에는 '국왕의 전위(傳位)는 마땅하다.'는 식이었다가 유성룡, 정철 등이 사헌을 자주 만나 조선의 실정을 설명하자 척금 자신도 슬그머니 생각을 바꿔 '사헌의 뜻이 바뀌었으니 염려 말라. 나도 임금과 같은 임자년(1552년) 생이라 사헌에게 특별히 잘 말해 두었다.'고 했다.

사헌은 얼마 안 있다 요동으로 갔지만 '공연히 소동을 일으켰다.'며 군사 감독관 한취선(韓取善)으로부터 탄핵 당했다고 했다.

들리는 말에 의하면 심유경이 사헌을 만나 척금과 함께 남산에 올라 이런저런 이야기를 하는 중에 조선의 실정을 많이 알렸다고 했다.

'위태로울수록 경험 있는 임금이 필요한데 전위는 맞지 않다.'고 심유경이 말하자 사헌은 '장자(임해군) 대신 차자(광해군)를 세자로 세운 것'을 물었단다.

심유경은 '두 왕자 모두 동모형제인데 그 난리 중에도 광해군이 묵던 곳은 불타지 않았다고 하니 인심이 이미 광해군 쪽에 모인 것'이라고 했단다.

사헌은 또 유성룡에게 '이산해가 나라 망쳤다는데 사실이냐? 명군 민

폐가 심해 명나라군은 참빗이고 왜군은 얼레빗이라고 하는데 사실이냐?'
고 물었단다.

물론 유성룡은 '당치 않다.'고 한 후 '책임이야 모두에게 있는 것'이라
고 하며 '일을 수습하다 보면 약간의 잘못이 있기 마련'이라는 식으로 말
했단다.

심유경은 사헌에게 호언장담했다.

'내가 곧 내려가서 항복문서를 받고 모두 철군하게 할 것'이라고 했단다.

갑오년(1594년)이 되자 왜병이 머무는 경상도 일대에서는 간간이 전투
가 벌어졌어도 여타 지역에서는 대체로 조용했다.

명나라 유격장군 주홍모(周弘謨)가 말 타고 한성을 오가다 낙마하여 그
후유증으로 죽고 말았다고 했다.

우연히 〈동국여지승람〉의 삼포 왜관 기록을 본 그가 '부산에 늘 왜호
가 있었다는 말이냐?'며 의심을 품고 명나라 조정에까지 알리게 되자 조
선에서는 그를 불러 적극 해명하기도 했었다.

임금은 '장례(葬禮)에 차질이 없도록' 특별히 당부했다.

명나라 조정에서는 조선과 마찬가지로 '강화할 수 없다.'는 강경론이
만만치 않다고 했다.

'풍신수길이 전범이자 원수인데 어떻게 왕으로 책봉하느냐?'는 의견이
수그러들지 않아 고심 중이라고 했다.

조선과 마찬가지로 중국에서도 전국 곳곳에서 상소가 올라와 소동이

끊이지 않는다고 했다.

결국 '왜국을 전쟁을 도발한 원수로 보느냐?' 아니면 '강화를 맺어 다시 시작하느냐?'는 두 가지 의견인 셈이었다.

명분론과 실리론이 맞붙기 마련인데 조선이나 중국이나 심지어 왜국까지도 그 두 가지 의견 사이에서 결론을 못 내리고 있는 것이다.

갑오년(1594년) 봄에 큰 사건이 터졌다.

임금과 관료들은 '덮어두자.'는 쪽이었지만 그렇지 않아도 명군의 크고 작은 횡포에 고통스러워하던 백성들은 하나같이 '속이 다 시원하다.'고 했다.

계사년(1593년) 8월에 첫 번째의 수군통제사가 된 이순신이 명나라 선유도사 담종인(譚宗仁)과 정면으로 맞부딪친 것이다.

소서행장과 강화협상을 진행 중인데 이순신의 수군이 남해에서 계속 왜선을 격침시키며 제해권 장악을 나서자 소서행장이 '이런 식으로 하면 다시 군대를 오게 하여 전쟁을 다시 할 수밖에 없다.'고 덤벼 결국 담종인이 이순신에게 '금토패문(禁討牌文)'을 보낸 것이다.

'왜병도 돌아가고 있으니 전투는 그만두고 병선도 없앤 후 각자 고향으로 돌아가라.'는 내용에 당연히 이순신이 '항의의 뜻을 담은 답신'을 보낸 것이다.

〈일본의 여러 장수들이 마음을 돌려 귀화하지 않는 자가 없고, 모두 무기를 거두어 군사를 휴식시키며 다들 본국으로 돌아가려고 하니 너희들도 여러 병선들을 끌고 속히 제 고장으로 돌아가고, 일본 군사들의 진영에 가까이 하여 혼란을 일으키지 말라.'고 하셨는데, 왜인들이 거제, 웅천, 김해, 동래 등지에 진을 치고 있습니다. 거기가 모두 다 우리 땅입니다. 그런데 우리에게 '일본진영에 가까이 가지 말라.'는 것은 무슨 말씀입니까? 우리에게 속히 '제 고장으로 돌아가라.'고 하니 '제 고장'이란 또 어디 있는 곳인지 알 수 없습니다. '혼란'을 일으킨 자는 우리가 아니라 왜인입니다. 흉악한 무리들이 아직도 악행을 거두지 않고 있습니다. 해안에 진을 친 채 해가 지나도 돌아가지 않고 여러 곳으로 쳐들어와 살인하고 약탈하기를 전일보다 배나 더합니다. 무기를 거둬 바다를 건너 돌아가려는 뜻이 과연 어디 있다 하겠습니까?〉

'담종인의 입에서 모든 것이 나온다.'며 조선이나 왜장들이나 오로지 담종인의 입만 바라보고 있을 때였다.

'무례하다. 공연히 화를 부르고 있다.'는 의견도 있었지만 임금과 관료들과 백성들이 모두 '원수들과의 화친이 다 무슨 말이냐? 모두 죽여야 다시 안 쳐들어온다.'는 쪽이었기에 이순신의 행동은 의로운 일로 통했다.

나는 이순신이 담종인에게 보낸 답신을 자주 들여다보며 그의 남다른 기개에 다시 한 번 감탄했다.

봄이 지나자 국정 전반이 점차 안정되어 갔다.

임금의 특별 지시로 2품 이하 모든 문관들에게 포 쏘는 법을 훈련시켰다.

4월 25일 명장 유정(劉綎)의 주선으로 승장 유정(惟政)이 가등청정을 만나 의중을 떠보며 '목숨이 붙어 있을 때 속히 돌아가라.'고 호통 쳤다.

계사년(1593년) 초부터 두각을 나타내기 시작한 승장 유정은 5월 6일에는 도원수 권율이 주선하여 가등청정을 만나고 9월 15일에는 경상좌병사 고언백의 주선으로 가등청정을 만났다.

한성의 조정에서나 남쪽의 장수들, 관료들이나 모두 승장 유정이 가져오는 정탐에 의존하고 있었다.

성혼은 '임진년(1592년) 왜란 초기에 개성유수 이정형과 개성에서 왜적을 함께 막다가 임금의 피난길을 호종하지 못했다.'며 뒤늦게 죄 주기를 원했지만 임금은 그를 의정부 좌찬성(종1품)으로 임명했다.

이정형(경주 이씨)은 요동에 가서 강화협상 추이를 알아본 뒤 돌아와서 부제학이 되었다.

이정형의 형인 이정암은 전라도 관찰사로 나가 있는데 '화친을 맺어 경상도, 전라도 해안에 머무는 왜적이 모두 물러가게 해야 한다.'고 상소했다가 관료들의 집중공격을 받았지만 영의정 유성룡이 적극 나서서 무마했다.

허성은 이조참의가 되고 칠순을 내다보는 전주 이씨 이희득(李希得)은 함경도 관찰사로 나갔다.

나와 공직생활을 엇비슷하게 시작한 54세 의성 김씨 김우옹(金宇顒)은 대사헌이 되고 김응남, 김명원은 각각 이조판서, 호조판서가 되었다.

동부승지로 있는 31세 이수광(전주 이씨)을 비롯하여 모두 내가 관료생

206 조선의 포청천 어린이를 위한 대감

활을 시작할 때부터 가까이 하며 노소를 벗어나 학문과 국정을 함께 논한 사람들이다.

영의정 유성룡은 물론이고 상중이면서도 한 시도 공무를 놓지 않는 병조판서 이덕형(광주 이씨) 등은 자타가 공인하는 동량지재요 평시에나 난세에나 대장부의 기질을 유감없이 발휘했다.

유성룡은 '중국의 태도가 모호하다. 강화에서나 전투에서나 일관성이 없는데다 대처방식 자체도 적절하지 못하다.'는 입장이었다.

이덕형은 명나라 장수나 사신이 왜인을 동행하여 버젓이 한성에 머물게 하면 처음에는 문밖출입을 금했다가 나중에는 아예 죽이고자 했다.

그러면 임금이나 관료들은 '한강 건너 역참이 있는 곳에 머물게 하고 죽이지는 말자.'고 했다.

분위기가 그런데도 전라도 관찰사 이정암이 '화친이 나라와 민생 안정의 첩경'이라고 제안한 것은 어쩌면 목을 내놓고 소신을 밝힌 셈이다.

임진년(1592년) 5월 초 한성을 차지한 왜적이 임진강을 위협할 때 동생 이정형과 함께 '여기를 뺏기면 남쪽과 북쪽이 완전히 차단되어 의주 행재소마저 위태로워진다.'고 보고 의병을 모집하여 목숨을 걸고 싸워 기어이 길을 열어 놓았었다.

그 때부터 형제의 협기(俠氣), 의기(義氣)가 남다르다는 것을 다들 인정했다.

특이한 일은 이상하게도 다들 풍수지리에 관심이 많아 명군을 따라 중국의 내로라하는 풍수가들이 앞 다퉈 조선에 들어와 조선의 산수를 둘러보며 온갖 의견을 퍼뜨린 일이다.

섭정국(葉靖國), 시문용(施文用), 이문통(李文通), 양문성(楊文成), 두사충(杜思忠) 등인데 일단 조선에 들어오면 극진한 대접은 물론이고 명나라 장수들을 따라 전국을 돌아다니며 산수를 연구했다.

섭정국, 두사충, 시문용 등은 명나라가 기울고 있다고 보았는지 7년 왜란이 끝나고도 조선에 살며 왕실의 묘 쓰는 일이나 터 잡는 일 등을 조언했다.

다들 무슨 굉장한 도사나 사상가로 대접하며 깍듯이 모셨다.

하기야 잘만 하면 조상 묘소 하나 잘 써서 왕후장상이 줄줄이 나오고 부귀영화, 입신양명이 마르고 닳도록 이어진다는데 누군들 유혹 받지 않겠는가!

'정승, 판서가 나올 길지'라느니 '천석꾼, 만석꾼이 나올 자리'라느니 — 하여튼 나라는 대전란 중인데도 각자 제 집안, 제 복 터질 일에 골몰했다.

7월이 되자 이상한 소문이 날아왔다.

왜 진영에서 도망 온 자의 말이라고 했다.

'풍신수길이 나고야에서 군량과 군사를 다시 모으며 전라도 공격을 준비 중'이라는 것이었다.

조선 조정에서는 즉시 요동의 조선 지원 사령부에 알렸다.

총병(總兵) 유정(劉綎)이 철군하려 하자 조선 조정에서 때가 아니라며 말렸지만 소용없었다.

기근이 워낙 심하여 군량을 제대로 못 대는 것이 명군 철군의 가장 큰 이유였다.

총병 유정은 그래도 군량미를 백성들에게 나눠주어 어딜 가나 인심을 얻는 편이었다.

조선 조정은 '현재 뭐가 어떻게 돌아가느냐?'고 수시로 내게 물었다.

평안도 일대를 맡고 있으니 '북경과 요동의 소식이며 왜국의 소식까지도 가장 잘 알지 않겠느냐?'는 뜻에서였다.

임금은 '이원익의 안목이 가장 정확하다.'며 내가 조금만 소식을 늦게 올려도 '궁금하다. 어찌 돌아가느냐?'고 물었다.

강화에 앞장 선 명나라 관료들의 입장은 점차 명확해졌다.

'한 명도 부산에 있어서는 안 된다. 모두 일본으로 물러가라. 책봉은 허락하나 조공은 허락할 수 없다. 영구히 조선 침략을 안 해야 한다.'는 것이었다.

그래도 장문희(張文熙) 같은 이들은 '책봉이든 조공이든 절대 안 된다. 군사를 모아 왜국을 공격해야 한다.'고 주장했단다.

결국 명 조정에서는 '풍신수길을 일본 왕으로 책봉하는 책서(策書)와 금인(金印)을 허락했다.'고 했다.

책봉정사와 부사로 첨사 이종성(李宗誠)과 첨사 양방형(楊邦亨)이 조선을 거쳐 일본에 가게 되었다고 했다.

소서행장은 심복 소서비탄수(小西飛彈守)를 아예 북경에 머물게 하며 강화를 지휘했다.

심유경과 조선에는 평조신(平調信)과 현소(玄蘇)를 앞세우고 중국 북경에는 독실한 기독교 신자인 소서비탄수(小西飛彈守)를 아예 눌러 앉혀 놓았던 것이다.

의주 행재소 시절, 유성룡이 의주를 드나드는 평양성 소서행장의 첩자들을 단속하여 명나라와 왜의 소식을 차단했던 것과 병조좌랑 이시발(李時發)이 명나라 장수 진운홍(陳雲鴻)을 따라 부산 소서행장의 군영을 드나들며 정보를 수집했던 일이 생각난다.

굳이 손자병법의 간자(間者) 활용을 떠올리지 않더라도 적의 동태를 파악하는 일과 내 쪽의 기밀을 훔쳐내는 일을 단속하는 일은 방비의 첫째 요건일 것이다.

갑오년(1594년) 11월에 들어서자 '이원익이 평안도에서 너무 오래 있었으니 마땅히 수고를 덜어줘야 한다.'는 말이 돌았다.

임진년 난리 직전에 평안도에 와서 임금의 의주 피난길을 예비했다.

평양성을 잃고 되찾는 과정에서 때로는 조선군만의 혈투, 때로는 조명 연합군의 혼전에 직접 참전했다.

평양과 개성과 한성을 되찾아 마침내 임금이 한성으로 환궁하기까지 2년여 세월을 평안도 주민들과 동고동락한 것이다.

이인(異人) 조충남(趙忠男)은 '눌러 앉으라는 뜻이니 을미년(1595년)에나 임금 가까이 갈 생각하라.'고 했다.

벗 이정형(李廷馨)은 '양 띠 해에 태어났으니 양 띠 해가 되어야 움직임이 있다.'고 했다.

나보다 9년 연상인 주역의 대가 강서(姜緖)는 나를 볼 때마다 '때가 아직 멀었으니 술독이나 자꾸 채워 놓으라.'고 했다.

갑오년(1594년) 11월에 영의정 유성룡이 임금의 뜻을 받들어 네 명의 정승 후보자를 올렸다.

심수경, 최흥원, 김응남과 더불어 내 이름도 정승 후보에 올랐다.

올리면서도 유성룡은 '평안도처럼 중요한 곳에 이원익을 대신할 사람이 없다는 것이 너무 안타깝다.'고 했다.

임금은 '평안도 일도 중요하나 중앙의 정승보다야 중요하지 않으니 이원익을 정승으로 임명하고 체찰사를 겸하게 하여 남쪽으로 내려 보내고, 이덕형으로 이원익의 소임을 대신하게 하는 게 어떠냐?'고 물었다.

유성룡은 '이원익이 워낙 민심을 얻고 일을 잘하여 뭐든 원만히 해결하니 바꿀 명분이 별로 없는데다, 이덕형은 감당할 만하기는 하나 몸이 쇠약하여 힘들 것 같다.'고 했다.

갑오년(1594년)은 그렇게 지나갔다.

을미년(1595년) 새해가 밝았다.

내 나이 벌써 48세.

나라가 결판나는 대전란을 만나 붓과 책을 놓고 칼과 창을 든 지 벌써 3년에 접어든다.

먹 냄새, 종이 냄새, 등잔 기름 냄새에나 절어 있던 서생 처지에서 창과 칼과 활과 총을 들고 침략군을 죽여야 하는 일을 수년 동안 이어갔다.

피 비린내와 화약 냄새에 찌들어 어느새 전쟁터가 책상머리보다 더 낯익게 되고 말았다.

어찌 나 혼자만의 문제이랴!

조선팔도의 백성들이 피할 곳이 없이 이리저리 헤매다 밟히고 죽는 일이 다반사인 마당에 서생에서 전사로 변한 나야 유구무언일 수밖에…

아직도 왜적은 경상도 해안 일대에 진을 치고 수시로 노략질을 일삼고 있다.

관군과 의병이 힘을 합쳐 성을 다시 쌓고 질병과 기근에 시달리는 백성을 안심시키는 중이라 여간 다행이 아니다.

얼레빗 같은 왜병들의 분탕질은 관군과 의병이 막고 있고, 참빗 같은 명나라군의 횡포는 명나라 장수들이 웬만큼 막기에 전쟁 초기에 비해서는 백성들의 원성이 많이 잦아들었지만 그래도 경상도, 전라도에서는 '명군이 다 **뺏어**가 농토를 버리고 산으로 들어가 풀뿌리를 캐먹다 죽는 게 낫다.'는 말이 파다하단다.

군량과 무기를 운반해 주느라 허리가 휘는 것도 참기 어려운데, 소나 말이나 가축을 있는 대로 잡아가 농토를 지키며 마을에 머문다는 것이 차라리 죽느니만 못하다는 것이다.

도원수 권율을 비롯하여 각 고을의 수령들이 애를 쓰고 있지만 따지고 꾸짖을 때만 반짝할 뿐 이내 얼레빗, 참빗으로 되돌아간다는 것이다.

'이원익을 체찰사로 삼아 경상, 전라, 충청을 살펴보게 하라.'는 임금의 뜻도 아마 그런 데 있을 것이다.

명나라에서 사람이 나와 평양, 벽제, 개성, 한성 홍제원 등지에 단을 쌓고 명군 전사자 위령제를 올리게 했다.

평양에는 경략 송응창, 제독 이여송이 떠나자마자 사당이 생겨 '산 사람 제사 지내는 일'이 처음으로 생겼다.

〈삼국지〉의 유비, 조조, 손권의 시대에도 나오지만 중국에서는 예전부터 '산 사람을 위해 사당을 짓고 제사 지내는 일'이 있었던 모양인데, 대전란을 겪으며 조선에도 그런 괴상한 풍속이 생긴 것이다.

나는 김강동(金江同)으로 이름을 고쳐 부르며 역모를 꾀하는 임한(林漢)이란 자를 붙잡아 놓고 조정에 알렸다.

역참 일을 보는 자들과 합세하여 난리 중에 흉악한 일을 꾀한 것이다.

조정에서는 '현지 수령이 조사하게 하자.' 했지만 임금은 '역모 사건이니 한성으로 붙잡아다 심문해야 한다.'고 했다.

나는 '주범과 종범을 가려 주범은 엄히 처벌하되 종범은 사형만은 면해 줘야 한다.'는 의견을 올렸다.

나보다 4년 연상인 청주 정씨 승지 정구(鄭逑)는 내 의견에 적극 동조해 주었지만 임금은 '자복할 때까지 더 치라.'고 했다.

정구는 이언적, 이황과 견줘지는 대학자 서흥 김씨 김굉필(金宏弼)의 외증손에 걸맞게 10대 전후에 이미 〈논어〉, 〈대학〉, 〈주역〉을 다 마칠 정도로 대단한 천재였다.

이황과 조식에게 학문을 배운 덕인지 그는 학문하는 자세와 인격수양의 방법은 이황을 닮았고, 호방하고 원대한 기상은 조식을 닮았다는 말을 들었다.

을미년(1595년) 2월에 임금은 나를 숭록대부(종1품 상계)로 표창했다.

'오래 요충지에 머물며 민심수습과 군사훈련에 큰 공을 세웠다.'는 것이 품계를 올려주는 근거라고 했다.

나는 즉시 글을 올려 사양했지만 임금의 뜻은 이미 확고했다.

그 뒤로도 임금과 중앙관료들은 '평안도의 중요성과 한강 이남의 중요성'을 놓고 저울질하며 나를 대신할 평안도 수령 감을 찾느라 고심했다.

임금은 '이원익을 도원수로 삼아 남쪽으로 내려 보내고 이덕형을 평안도 수령으로 내보내는 것이 내 뜻이나, 이원익을 대신할 사람을 찾는 일과 이원익을 남쪽으로 보내야 한다는 일이 모두 중요하다 보니 결론을 내리지 못하고 있다.'고 했다.

임금은 유성룡이 이원익의 교체를 반대했다며 병조판서 이항복에게 다시 물었다.

정구(鄭逑), 유영경(柳永慶), 유영순(柳永詢), 정곤수(鄭崐壽) 등이 동석했는데 이항복은 권율이 장인이기에 쉽게 말하기 어렵다고 했지만 나머지들은 '이원익 교체가 정 어렵다면 이덕형을 권율 대신 내려 보내는 것이 상책이나, 남쪽에서는 다들 남쪽이 평안도보다 더 중요한데 왜 이원익을 보내지 않느냐고 아우성친다.'고 했다.

유영순이 '이원익을 보내 주지 않는다고 다들 분하게 생각한다.'고 했다.

임금은 자주 바꾼다고 좋은 게 아니라며 '조선의 명군 책임자로 송응창(宋應昌)에서 고양겸(顧養謙)과 손광(孫鑛)으로 연이어 교체되었지만 매한가지로 전쟁할 마음이 없는 것'을 지적했다.

승지 정구는 '적임자로 교체하지 않아 그렇다.'고 했다.

임금은 '이원익을 도원수로 삼고 이덕형을 평안감사로 하는 것이 최선이나 지금은 시기가 늦어 손쓰지 못하겠다.'고 했다.

윤근수(尹根壽)가 명나라를 다녀오며 명 황제의 칙서를 가져왔다.

'광해군이 이제껏 잘한 줄 알지만 이제라도 광해군을 경상도, 전라도에 머물도록 하여 권율 등과 함께 방비와 민생에 혁혁한 공을 쌓아 후일에 후회하는 일이 없도록 하라.'는 내용이었다.

황제의 칙서에 보답도 하고 광해군을 왕세자로 책봉해 달라는 주청도 할 겸 한준(韓準)이 뒤이어 명나라를 다녀왔다.

한데 명나라 조정의 예부시랑 범겸(范謙)이 한준을 만나더니 '광해군의 공적이 나타난 뒤 세자에 책봉해도 늦지 않다.'는 식으로 말하더란다.

선조 임금은 이미 갑오년(1594년) 정월 초에도 '세자에게 전위(傳位)하겠다.'고 말했다.

명나라 조정이 광해군을 어떻게 보던 선조 임금의 마음 속이나 조선 조정의 형편에서 보면 이미 승계 작업이나 승계 분위기가 웬만큼 수면 위로 드러나고 있었다.

215

명나라의 내로라하는 고위층을 비롯하여 사신들, 장수들이 한성으로 향하는 길목이 곧 평안도 한 곳뿐이라 자연히 손님 대접이 상상외로 많았다.

이정립(李廷立), 강신(姜紳), 김위(金偉), 이덕형 등은 명나라 손님이 올 때마다 나와 일일이 상의하여 무리 없이 처리했다.

이정립은 부친상을 당해 몇 년 쉬다가 황해도 감사로 나왔고, 강신은 도승지를 이미 거친 사람이다.

김위는 환갑을 훌쩍 넘긴 나이인데도 언제나 나랏일, 임금을 섬기는 일을 앞세웠다.

이덕형은 경기 · 황해 · 평안 · 함경 4도체찰부사로 나와 있었다.

가장 중요한 것은 '형평'이었다.

누구는 극진히 했는데 왜 이러느냐는 말이 나오면 낭패였다.

먼저 왔던 일행으로부터 상세한 것을 듣거나 아니면 조선에 들어와서도 따라다니는 이들이 소상히 알려 주기에, 형평에 어긋나면 곧 결례를 넘어 자칫 무례한 일이 될 수 있었다.

같은 식의 대접이나 예물도 되도록 피해야 했다.

누구나 특별한 대접을 바라는 탓에 자연히 서로 상의하여 신중히 처리할 수밖에 없었다.

임금을 대행하고 나라를 대표하는 일이 아닌가!

5월에는 '내금위 김덕림(金德霖)의 충성스런 일을 표창해 달라.'고 요청했다.

부친은 아들이 나라 위해 일하는데 방해 된다며 목을 매 자결하고 아들은 전사했으니 당연히 나라에서 표창하여 혼령을 위로해야 한다고 했다.

6월에는 윤승길(尹承吉)이 평안도 관찰사로 내려오고 내가 의정부 우의정으로 옮기게 되었다.

승정원에서는 임무교대하지 말고 빨리 말을 타고 올라오라고 했다.

임금은 '몇 달 더 있으면서 교대하고 올라오게 하라.'고 했다.

비변사에서는 '교대만 하고 즉시 올라오게 하는 게 좋겠다.'고 했다.

비변사에서는 또한 '이원익이 정착시킨 군사훈련과 둔전에 관한 세칙을 신임자가 바꾸지 못하게 하는 것은 물론 비변사에서 이원익의 사례를 검토하여 전국 각 지역의 수령들로 하여금 본받게 하는 것이 좋겠다.'고 했다.

7월에 평안도 일을 마무리 짓고 입궐하여 '은혜에 감사하나 어리석은 자를 높이면 나쁜 전례가 된다.'며 사임을 청했다.

임금은 '나랏일이 이 지경에 이르렀으니 사임할 생각 말고 잘 수습하라.'고 했다.

영의정 유성룡, 좌의정 김응남(金應南), 중추부 통지 윤선각(尹先覺), 대사헌 김륵(金玏), 부제학 이정형, 봉교 오백령, 지평 남이공 등 많은 관료들이 모여 있는 가운데 임금은 공개적으로 말했다.

'전쟁 초기에 이원익만이 내게 왜적이 절대 물러날 리 없다고 하더니 과연 맞았다.'고 했다.

나는 얼른 '마지막을 보아야 알 것'이라고 말했다.

임금이나 관료들은 '남쪽이 어려우니 이원익을 체찰사로 삼아 방비 태세를 점검하고 민심을 수습하게 해야 한다.'고 했다.

　나는 즉시 출발하겠다고 했지만 임금은 며칠 동안만이라도 쉬었다 가라고 했다.

　임금은 김응서(뒤에 김경서로 개명)를 종사관으로 데리고 가면 어떻겠느냐고 물었다.

　나는 '돌격에는 용맹한 점이 있으나 적합하지 않다.'고 했다.

　처음에는 서면으로 요청하겠다고 했다가 대사헌 김륵(金玏)을 부체찰사로, 지평 남이공(南以恭)을 종사관으로 삼고 싶다고 했다.

　임금은 흔쾌히 승낙했다.

　나는 무엇보다도 인구 조사를 철저히 다시 해서 조세가 됐든 군역이 됐든 현실에 맞게 시행해야 한다고 했다.

　그리고 관청에서 곡식을 저장해 두었다가 백성이 필요로 할 때 빌려갔다가 추수하여 되갚는 방식이 가장 합리적이니 환곡만은 오히려 늘려야 한다고 했다.

　굶어죽을 수는 없기에 환곡을 마련할 수 없으면 결국 중국 상인들의 농간에 놀아날 수밖에 없다고 했다.

　'감사, 병사, 수사들을 다스릴 때 죄가 있으면 임의로 처리할 수 있느냐?'고 묻자 임금은 '도원수 이하는 자체로 처리할 수 있는데 감사, 병사, 수사들이야 더 논할 게 없다. 전적으로 알아서 하라.'고 했다.

　나는 또 '상하가 분명한 것은 체면뿐만 아니라 기강에 관련된 일이니 군문의 모임이나 의식 등에 대한 세칙이 속히 마련되어야 한다.'고 했다.

'왜적에 빌붙어 있다.'고만 할 게 아니라 스스로 먹고 살 길을 마련해
줘야 더 이상 왜적이 물러나는 것을 섭섭해 하는 백성이 안 생길 거라고
했다.

그리고 나이든 이의 경험이 중요하니 73세 한산 이씨 이기(李墍) 같은
사람을 의정부에 둬서 자문하는 게 좋겠다고 했다.

왜란 직전에 대사간을 지내고 왜란 초에는 순화군(順和君)을 호위하며
강원도 각지에서 의병을 모집했던 존경 받는 원로였다.

임금은 그를 부제학에 앉혀 다시 어려운 나랏일을 맡게 했다.

명나라 장수들은 군량을 마련할 은을 달라고 졸라댔다.

나는 '은은 우리나라에서 나지 않아 없고 은을 대신할 만한 것도 없다.'
는 식으로 처음부터 명확하게 선을 그어야 한다고 했다.

나는 또 남쪽으로 내려가기 전에 나를 도와 궂은 일, 고된 일을 앞장서
서 한 평안도의 모범 관료들을 일일이 추천하여 공로에 맞게 표창 받게
했다.

특히 태천 현감 홍여율(洪汝栗), 영유 현령 강인(姜絪), 상원 군수 김정목
(金庭睦), 영변 판관 심언명(沈彦明) 등을 강력히 추천했다.

을미년(1595년) 8월, 우의정 겸 4도체찰사로 전란에 짓밟힌 한강 이남을
수습하기 위해 남쪽으로 향했다.

유성룡은 영의정 겸 4도체찰사로 한강 이북의 민심을 수습하기 위해

평안도로 출발했다.

임금은 유성룡과 나를 조선팔도로 보내 왜란에 흩어진 민심을 다시 모으고 무너진 기틀을 다시 세우려 한 것이다.

유성룡은 '이원익이 평안도의 민생을 안정시키며 일체의 군사제도를 현실에 맞게 정비해 놓았으니 변함없이 잘 시행되고 있는지 점검해 보겠다.'고 했다.

금천을 지나 남쪽으로 내려가며 주위를 살펴보니 너무나 참혹했다.

농토는 버려져 있어 풀만 무성하고 마을은 빈집이 많아 대낮에도 인적이 드물었다.

노인과 여자들만 있는데다 소와 말을 빼앗겨 다들 허리가 휠 정도였다.

닭장 안에는 졸고 있는 병아리 한 마리가 없고 돼지우리에는 젖 달라고 울어대는 새끼 돼지 한 마리가 없었다.

한 달 남짓 관청을 중심으로 현장을 점검하니 위에서 내린 정책들이 몇 달이 지나도록 전혀 시행이 되지 않고 있었다.

참으로 답답한 일이었다.

나라 자체가 완전히 허공에 떠있었다.

임금은 '4도체찰사가 지방에서 알아서 즉결하고 나중에 보고하면 될 것이니, 괜히 중앙에서 조종하거나 지체시킬 필요 없다.'며 전권을 위임해 주었다.

경상도, 전라도, 충청도, 강원도를 오가며 전란에 결딴난 민생을 살폈다.

전라도, 충청도는 곳곳에서 의병이 일어나 목숨 바쳐 지킨 덕에 그나마 농토나 가옥이나 관청이나 성채가 보존된 곳이 많았다.

강원도는 산세가 험한 덕에 산속 깊이 숨어 고향과 농토를 지키고 있는 사람들이 많았다.

문제는 경상도였다.

전라도 해안 일대도 왜적의 노략질이 이어졌지만 경상도의 해안 일대는 완전히 왜적의 소굴이나 같았다.

전라도는 이순신의 수군이 왜선의 서해 진출을 막고 있기에 점차 안정을 되찾아 갔지만 그래도 '언제 또 쳐들어올지 모른다.'는 분위기는 여전하여 어딜 가나 '왜놈들이 언제 다 제 나라로 가느냐?'고 물었다.

나는 아직은 전쟁 중이니 마땅히 성을 다시 쌓으며 군사 훈련에 매달려야 한다며 오랜 전쟁에 지친 관료들과 백성들을 달랬다.

헐벗고 굶주린 백성들이 왜적의 꾐에 넘어가는 일에는 억울한 일이 없도록 철저히 조사한 뒤 경중을 가렸지만, 관료들과 병사들의 복무 자세에 대해서만은 전쟁 중임을 내세워 엄벌원칙을 고수했다.

내가 평안도 감사로 있을 때부터 평안도 조도사로 고생을 많이 한 홍세공(洪世恭)이 마침 함경도 도순찰사를 거쳐 전라도 관찰사 겸 전주 부윤으로 와 있어 여간 다행스럽지 않았다.

나보다 6년 연상이지만 일처리가 엄격하고 정확하여 무엇을 맡기든 틀림이 없었다.

무자년(1588년)의 흉년 때 평안도에 나가 탐관오리를 가려 처벌하며 민심을 안정시켜 신망을 얻은 이후 줄곧 가장 어려운 일만 도맡아 했다.

그는 내가 부임하자마자 전라 병사 이복남(李福男)을 잡아다 곤장 쳐 돌려보낸 일을 언급하며, 자신도 남원 판관 김유(金牗)가 방비를 소홀히 하여 곤장 쳤노라고 했다.

수시로 돌아보지 않으면 엄연히 전쟁 중인데도 상하를 막론하고 해이해져 절로 탄식만 나온다고 했다.

그러면서 병사(병마절도사)들이 책임을 다해야 하는데 이복남 이전의 이시언(李時言)도 책임을 다하지 못해 파직 당했다고 했다.

이시언은 내가 평안도를 맡아 지킬 때 황해도 방어사로 공을 많이 세우고 임진년 9월의 경주 탈환 때는 조명연합군에 속해 전공을 많이 쌓은 덕에 가선대부(종2품)로 표창된 사람이라, 파직 되었다는 말을 들으니 조금은 의외였다.

홍세공은 남원 무기고 화재로 여러 명이 죽은 일과 왜인들이 시장을 열고 주민들과 물물교환을 종종 하고 있는 일을 말하며, 통제사 이순신과 더불어 방비에 만전을 기하고 있다고 했다.

그러면서 한 가지 걱정거리를 말했다.

연이어 크고 작은 해전을 치르는데다 남해안에 출몰하는 왜적으로 인해 늘 괴롭다 보니, 일껏 훈련을 시켜 배치하면 앞 다퉈 도망가기 일쑤라고 했다.

자연히 장이 서면 장터에서 붙잡아가고 들에 나가면 들에서 붙잡아가는 통에 생업에 종사할 남자들이 거의 눈에 안 띌 정도라고 했다.

그래서 '통제사 때문에 농사지을 손이 없다.'는 말이 나온다고 했다.

나는 '나라가 통째로 결딴난 마당인데 무슨 수를 못 쓰겠느냐?'며 누가 맡더라도 같을 것이라고 말했다.

나는 나보다 2년 연상인 이순신을 누구보다도 잘 알기에 누구라도 그렇게 할 수밖에 없었을 것이라고 이해하고 조정에 올리는 보고에도 그렇게 적어 올렸다.

심유경과 소서행장이 조선의 반대에도 불구하고 밀어붙인 강화협상이 점차 막바지에 이르고 있었다.

한성에 머물던 심유경은 물론이고 명나라 책봉정사 이종성과 책봉부사 양방형이 잇달아 남원을 통해 부산의 왜병 진영으로 가는 일정을 잡아 충청도, 전라도, 경상도가 온통 야단이었다.

문경 새재를 넘는 대신 다들 충청도, 전라도를 통하는 이유는 단순했다.

귀빈을 접대할 물자가 귀하기에 하는 수 없이 충청, 전라를 통해 경상도로 향하게 되어 있었다.

심유경은 황신(黃愼)이 접반관으로 붙어 함께 왜병 진영으로 들어갔다.

북경에 머물던 왜장 소서비탄수(小西飛彈守)를 앞세운 책봉사 일행은 이항복이 접반사로 동행했다.

소서행장은 심유경을 통해 '책봉사가 한성에 머물고 있다. 곧 부산에 도착하여 풍신수길을 만나러 갈 것'이라고 하자 '강화인지 전쟁인지 분명히 하라.'며 압박용으로 붙잡고 있던 명나라 도사(都司) 담종인(譚宗仁)을 풀어주어 전라도를 거쳐 한성으로 돌아가게 했다.

　명나라 장수들의 행차에도 늘 수백 명이 뒤따르고 심유경을 비롯하여 명나라 사신들의 뒤에도 수백 명이 뒤따르기에, 모든 짐을 나눠 맡아야 하는 충청, 전라, 경상에서는 허리가 휘다 못해 아예 부러질 지경이었다.

　명나라 어사가 됐든 사신이 됐든 일단 명 황제의 어명을 받고 오는 이들의 경우에는 어쩔 도리 없이 국가적 행사로 처리될 수밖에 없었다.

　자연히 오고가는 일에 지방 수령들이 전쟁 중인 나라의 위급한 공무를 미룬 채 앞장서야 했다.

　'수레 끌 소 백 마리, 말 3백 마리, 짐꾼 3백 명' 이외에 소요되는 모든 물자를 각 도가 나눠 내야 했다.

　사신을 비롯하여 명나라 고위 관리의 행차는 실로 어마어마했다.

　행렬이 50여 리에 다다를 정도였다.

　본국에서 함께 온 일행이 3백여 명에 달하는데다 짐꾼 5백여 명에 하인들, 나팔수까지 하여 그 수가 족히 천여 명에 달할 지경이니, 가히 수십 리 행렬일 수밖에 없었다.

　어디 그뿐인가!

　가마 셋, 수레 여섯, 말 3백 마리, 예비용 말 50마리, 소 60 마리 등이 사람들과 뒤섞여 소걸음으로 새로 닦거나 다듬은 너른 길을 가득 채웠다.

　남원성 같은 주요 중간지점에 이르면 주위 수령들이 다 모여 축하연을 베풀어야 했다.

조선의 포청천 우리 이웃의 매감

백성들은 '성(城)이 가득 찼다.'는 말로 번거롭고 힘든 손님 대접을 말했다.

명나라 책봉사 일행이 부산에 도착하며 다시 강화협상에 대한 관심이 고조되었다.

나는 무엇보다도 '우리 땅에 남아 있는 왜놈들이 얼마며 언제 떠날 것인지'에 주안점을 두고 정보를 수집했다.

심유경과 함께 머무는 명나라 장수 김가유(金嘉猷)는 '총 만여 명이 남아 있고 나머지는 다 본국으로 떠났다.'고 했지만, 내가 조사해 보니 강화협상이 본격화 되어 책봉사가 오게 된 마당인데도 왜병의 동태나 규모는 거의 달라진 것이 없었다.

그런데도 왜병의 군영 안에 머무는 명나라 장수들은 '주민들이 자유로이 왜병의 군영 안에 들어와 살게 하여 흩어지지 않게 하라.'고 했다.

웅천, 거제, 김해 등지에서는 도처의 왜병들이 수시로 드나들며 약탈, 살인, 추행을 밥 먹듯이 하는 판이라 고을 수령도 어떻게 손을 쓸 도리가 없었다.

나는 수령들에게나 중앙에나 '붙들렸다가 나온 사람이든 스스로 들어갔다가 나온 사람이든 밖에서 잘 대해서 안정시켜야 왜놈들에게 농락당하는 일이 적어질 것'이라고 누누이 강조했다.

굶어 죽느니 왜놈들에게라도 얻어먹겠다는 식이라 제대로 먹고 살도록 해 주기 전에는 좀처럼 사라질 수 없는 현상이었다.

225

마을을 지키고 있는 이들은 명나라 장수들이나 관료들이 오고갈 때마저도 산으로 숨어야 했다.

나라에서도 아예 공식적으로 '몽땅 뺏긴 일이 많으니 알아서 피하도록 하라.'고 수령들에게 공문서로 당부할 정도였다.

그러니 수령들을 비롯한 관료들이나 유지들은 뒤치다꺼리에 나서야 하고 주민들은 산으로, 골짜기로 피해야 했다.

평안도에서 생각했던 것보다 남쪽 사정은 몇 곱절이나 더 비참했다.

누가 눈 뜨고 못 보겠다는 뜻으로 목불인견(目不忍見)이라 했던가!

지금의 내 심정이 꼭 그대로다.

이미 우리 땅, 우리 백성을 짓밟아 생지옥으로 만들었으니 마땅히 모두 죽여 단 한 놈도 살려 보내서는 안 되지만, 강화다 화친이다 하며 오가는 중이고 책봉이다, 조공이다 하며 줄다리기를 하는 중이니 그저 지켜볼 수밖에…

11월 19일에는 합천 해인사를 다녀왔다.

명나라 사신 일행이 해인사를 들른다고 하여 인사를 간 것이다.

마침 나와 동갑인 김수(金睟)가 접반사로 동행하여 참으로 오랜만에 위로도 하고 우정도 나눴다.

임진년(1592년) 전란 중에 경상우감사로 있으면서 동래성을 잃고 뒤이어 용인전투에서마저 패배한 탓에 '도망자'라는 꼬리표가 붙어 관직에서 물러나야 했지만, 갈등을 좀 빚으면서도 김성일(金誠一)의 중재로 의병장 곽재우(郭再祐)와 연합하여 전공을 많이 쌓았었다.

해가 바뀌기 전 수령들이 몇 군데 바뀌었다.

남원 부사 정경달(丁景達)이 파면되고 최염(崔濂)으로 바뀌었다.

통제사 50세 덕수 이씨 이순신과 갈등을 빚어 조정에까지 문제가 된 55세 원주 원씨 원균(元均)이 충청 병사로 가고, 44세 성산 배씨 배설(裵楔)이 대신 경상우수사에 앉았다.

병신년(1596년) 또 한 해가 밝았다.

다들 '뭔가 달라지겠지' 하며 새해를 맞았다.

심유경이 소서행장을 앞세우고 왜국으로 향했다는 소식에 '이제는 전쟁 없는 세상이 오려나 보다.'라며 다들 잔뜩 기대했다.

뒤이어 풍신수길을 일본 왕으로 책봉할 책봉정사 이종성, 책봉부사 양방형이 부산에 도착했다.

심유경이 하는 일은 실로 가관이었다.

말 백 필은 배 위에 실어 가고 이백 필은 전라도 각 고을에 보내 제가 없는 사이 잘 먹여 살찌우라고 시켰다.

제 말먹이 꾼 우파총(牛把總)을 책임자로 남겨 각 고을을 오가며 감시하게 했다.

다들 '참빗이 아니라 아예 쇠갈퀴'라고 했지만 신세지는 쪽이라 피할 도리가 없는 일이었다.

경상좌우도에 감사 한 명만 두기로 하고 나주 목사 이주순(李周詢)을 경상 감사로 임명했다.

형률을 멋대로 적용한 죄로 내게 곤장을 맞은 이복남이 나주 목사가 되었다.

'왜놈들은 시도 때도 없이 출몰하고 또 쳐들어온다는 흉흉한 소문은 하루가 다르게 퍼지는데 방비에 너무 소홀하다.'는 이유로 물러나야 했던 59세 안동 권씨 권율(權慄)이 다시 도원수로 복귀하여 한성에서 남하 중이라고 했다.

내가 도원수 일까지 도맡아 돌봐야 했는데 전쟁을 잘 아는 권율이 다시 내려온다니 나는 적이 안심이 되었지만, 군율이 너무 엄하다며 걱정하는 소리도 들렸다.

임금의 교서가 전라도 도민들에게 내려왔다.

"모두가 죄 많은 내 탓이다. 백성은 내 허물 용서하더라도 나는 무슨 면목으로 종묘사직을 대하는가? 정말 면목이 없다. 칼날에 죽고 전염병과 굶주림으로 죽어 살아남은 이가 너무 적다. 국토는 폐허가 되고 굴뚝 연기는 끊어져 천 리가 쓸쓸하고 갈대와 풀이 하늘을 가렸다. 한데도 전쟁 중인 나라이니 안 거둬들일 수 없다. 아침에 받고 저녁에 내라하고 머릿수에 따라 긁어모으니 장정은 길가 나무에 목을 매고 노약자는 구렁과 개천에 쓰러지지만 나랏일이 중한데 어쩌겠느냐? 내 몸에 화가 내린 일로 내 백성이 몽땅 당하니 참으로 면목이 없다. 지성이면 믿음을 살 수 있다고 했으니 내 말에 감동됨이 있기를 바란다."

경연청(經筵廳) 참찬관(參贊官) 이호민(李好閔)이 지었는지 내용이나 문체는 실로 감동적이었다.

임금의 마음이 어떠하든 그래도 백성들은 비가 오면 농토로 나가고 햇빛이 들면 논밭을 살폈다.

'하늘이 살려야 산다.'는 말을 했다.

이제껏 전쟁과 기근과 지진과 가뭄에 괴로웠지만 올해는 풍년일 거라며 그저 하늘만 쳐다보았다.

하늘도 풍년을 예고하고 사람들도 대풍이 들 거라며 기대하니 천만다행이다.

3월에는 전라 감사 홍세공과 함께 남원성 수축을 돌아보았다.

4월 들어 야단이 났다.

나라가 통째로 기울고 민심이 바닥부터 흔들릴 일이 터지고 말았다.

풍신수길을 왕으로 책봉하여 강화조약을 마무리 져야 할 책봉정사 이종성이 부산 소서행장의 진영에서 야반도주한 것이다.

'일본에 가면 분명히 잡아가두거나 죽일 것'이라는 근거 없는 추측만 믿고 도망쳐 한성으로 향했다는 말에 강화만 철석같이 믿고 있던 백성들이 동요하기 시작했다.

도원수 권율이 사실을 확인하러 순천으로 향했다.

책봉부사 양방형의 측근들이 부랴부랴 전후사정을 해명하려 분주했다.

'고향이 그리워 술김에 그런 일을 저질렀다.'는 것이다.

양방형은 '오래 갇혀 있다 보니 답답해서 자신도 모르게 그런 일을 저지른 것이니 그리 놀랄 일이 아니다.'라고 했다.

이종성을 동행하던 접반사 김수(金睟)는 너무도 황당한 일에 놀라서 서둘러 한성으로 향했다.

나는 '전쟁이 다시 터진다.'며 불안해하는 민심을 가라앉히려 각 고을에 공문을 띄웠다.

우선 각 고을의 수령들에게 '방비에 만전을 기하라.'고 단단히 일렀다.

경상좌병사 고언백(高彦伯)은 자초지종을 파악하여 책봉부사 양방형의 접반사로 내려온 이항복에게 알렸다.

'산으로 함께 도망친 사람들이 뒤따라온 왜병들에게 죽거나 사로잡히고 책봉정사 이종성만 허름한 조선 옷으로 변장한 채 경주로 도망쳤다.'는 것이 대강의 줄거리였다.

현소(玄蘇)와 함께 강화협상에 나선 왜인 평조신(平調信)은 모든 책임을 이종성에게 떠밀며 엉뚱한 소리를 했다.

'금을 뇌물로 주며 졸병들로부터 정보를 캐다가, 일본에 가면 관백 풍신수길이 붙잡고 안 놓아줄 것이라는 졸병 말만 믿고 일을 그르쳤다. 이간질하려다 도리어 당한 것'이라고 했다.

임금은 호조 참의 심우승(沈友勝)을 서둘러 명나라에 보내 전후사정을 설명하게 했다.

책봉정사 이종성은 요동에 갇혔다가 북경으로 붙들려가 조사를 받았지만 그래도 개국공신의 후손이라 은 3만 냥을 속전으로 낸 후 용서 받았다.

심유경과 소서행장이 부산에 도착하자 다들 소서행장의 거동만 살폈다.

책봉정사 이종성이 도망쳤다는 말을 들은 소서행장은 '즉시 군대를 풀어 붙잡아 오라.'고 했고 책봉부사 양방형은 '책임지고 수습할 테니 그만두라.'고 했단다.

경상도에서 파악한 일이나 전라도에서 파악한 일이 대동소이했다.

'왜놈들이 제 나라로 돌아갈 생각은 않고 농사짓기에 바쁘다.'고 했다.

5월 들어 가뭄이 심해지자 산불이 잦았다.

달걀만한 우박이 쏟아져 논밭 작물이 온통 타작 끝난 뒷자리 같았다.

새가 죽고 쥐가 죽은 것은 말할 것도 없고 농사에 심각한 타격을 주었다.

나는 명나라 사신 뒤치다꺼리에 바쁘다 한성으로 올라가는 이항복과 경주에서 만나 잠시 한담을 나눴다.

나보다 9년 연하이지만 자타가 인정하는 동량지재였다.

사리에 밝은 사람이라 처음부터 '전쟁으로 끝내기 어렵다면 화친으로 끝내야 한다.'고 했었다.

선조 임금의 피난길에서는 '함흥으로 가자.'는 주장에 대해 '의주로 가야 명나라와 연락이 된다.'고 했다.

결국 그의 말대로 의주 행재소에서 전쟁을 치르고 나라를 되찾게 된 것이다.

그는 잠을 잊은 채 나라 걱정, 임금 걱정을 했다.

그와 나는 술잔을 기울이며 날이 새는 줄도 모른 채 송두리째 뒤흔들린 민생을 두고 탄식하고 또 탄식했다.

　경상좌병사 고언백의 보고라며 권율이 반가운 소식을 전했다.

　5월 10일 가등청정이 두모포에서 철수하자 서생포 등지의 왜병들도 뒤따라 철수했다고 했다.

　혹자는 '왜국의 비 피해가 워낙 심해서 풍신수길이 불러들인 것'이라고 했다.

　명나라에서는 책봉부사 양방형을 정사로 올리고 심유경을 부사로 임명했다.

　유격 진운홍(陳雲鴻)이 황제의 조칙을 들고 부산으로 향했다.

　전라도 농민들은 수십 명씩 무리를 지어 농악을 즐기며 풍년을 기원했다.

　사람들은 '고생 끝에 낙이라는 말이 바로 저런 것'이라고 했다.

　병조 판서 이덕형이 '아동들에게도 삼수기예(三手技藝)를 가르치라.'고 하자 다들 의아해 했다.

　선비들은 고을 수령들에게 '차라리 송아지나 망아지를 사다가 4, 5년 기르는 게 낫지 5, 6세 아동들에게 군사훈련을 시켜 언제 써먹겠느냐?'고 했다.

　중국 남해안에 출몰하는 왜구를 막기 위한 절강병법이 남방 출신 장수인 낙상지(駱尙志)를 통해 평양성 탈환 이후 널리 알려져 갑오년(1594년)에 활 대신 총포를 중심으로 한 삼수병제로 정리된 것이다.

양인, 노비 가리지 않고 모든 아동들을 데려다 군사훈련을 시킨다고 하니 '도대체 이 전쟁이 언제 끝난다는 말이냐?'는 소리가 터져 나오게 된 것이다.

명나라에서 세자 책봉을 허락해 주지 않자 선조 임금은 또 다시 전위(傳位)할 뜻을 밝혔다.

광해군이 '반년이나 앓아서 정신마저 흐릿하다.'고 엎드려 '거둬 달라.'고 해도 임금은 '병이 깊으니 좀 쉬게 해 달라.'고 했다.

두 번째 읍소가 이어지고 임금은 다시 거절했다.

세 번째 읍소가 이어져도 임금은 '왜 내 뜻을 모르느냐?'고 했다.

네 번째로 임금은 '요(堯)임금이 순(舜)임금에게 선위(禪位)할 때 순임금이 마다했느냐?'고 따져 물었다.

세자는 '순임금이 하남으로 피한 사실이 있지 않느냐?'고 했다.

다섯 번째 읍소가 이어지자 임금은 '부자지간에 그렇게도 이심전심이 안 되느냐?'고 역정을 냈다.

여섯 번째 읍소해도 임금은 '고집부리지 마라.'고 했다.

일곱 번째 읍소하니 '사양하지 마라.'고 했다.

전쟁에 지쳐가는 관료들에게나 전쟁으로 뿌리 채 뽑힌 백성들에게나 임금과 세자 사이의 전위(傳位) 논의는 그저 한낱 이야깃거리일 뿐이었다.

6월 들어 장마가 시작되며 천둥 번개가 특히 심했다.

소서행장과 양방형, 심유경이 일본으로 향했다.

책봉정사 이종성이 도망친 일로 역관 남호정(南好正)이 처형됐다고 한다.

명나라 원군이 오고부터 몸을 돌보지 않고 소임을 다하던 것을 생각하니 너무 가슴이 아팠다.

온실에서 자라 세상물정을 모르는 철없고 무책임한 명 사신으로 인해 엉뚱한 쪽이 큰 화를 당한 것이다.

접반사로 내려와 고생만 하던 이항복은 남원을 거쳐 한성으로 향했다.

일 잘하던 홍세공이 물러가고 박홍로(朴弘老)가 전라 감사로 내려왔다.

다들 전임자가 남긴 자취가 너무 커 후임자가 따라잡기 힘들 것을 염려했다.

민여경(閔汝慶)이 동지중추부사로 이여송을 만나 '왜적의 동태가 심상치 않으니 진격을 서둘러 달라.'고 요청했다.

나보다 한 살 많은 사람인데 갑오년(1594년)에는 분호조참판(分戶曹參判)으로 군량미 조달에 힘써 42세 임금과 19세 세자로부터 인정을 받았다.

명나라에 간 길에 왜국 남쪽의 유구왕국(琉球王國) 사신을 만났는데 '경인년(1590년)에 유구국 상선이 표류했을 때 조선에서 요동으로 보내 북경을 거쳐 귀국할 수 있었다.'며 고마워하더란다.

그래서 성현들은 '하늘을 대신하여 하늘 뜻을 펼치려면 먼저 사람에게 인애(仁愛)를 베풀어야 한다.'고 했던가!

나쁜 일, 못된 일에도 자취가 남지만 좋은 일, 착한 일에도 흔적이 남기 마련인 모양이다.

소서행장과 가등청정이 제 나라로 돌아갔지만 아직도 남해 일대에는 20여 군데의 왜병들 둔전이 버젓이 존재한다고 했다.

둔전마다에 수천 명씩 머무르고 있다는 말도 들린다.

이를 보고 다들 '웬 놈의 강화냐?'고 했다.

하늘은 풍년을 예고해도 조선 땅은 여전히 소란했다.

7월 한여름에 전주 이씨 이몽학(李夢鶴)이 충청도에서 난리를 일으켰다.

서얼 출신으로 집안에서 내놓다시피 한 불량한 자인데 충청도를 전전하다 전쟁 만나 정신이 없는 나라를 감히 넘보게 된 것이다.

난리 중에는 그래도 무슨 생각에서인지 참전했는데 절을 기반으로 군사를 훈련하고 동갑회라는 모임까지 만들어 본격적으로 세력을 규합했다.

이시발(李時發)을 따라 곡물을 모으는 모속관(募粟官) 일을 하던 한현(韓絢)이 '의병, 승병을 가장하면 쥐도 새도 모르게 나라를 차지할 수 있다.'고 꼬드긴 것이 한 원인이었다.

만여 명으로 불어난 반란군은 임천, 홍산, 청양, 정산 등 여섯 고을을 차지하며 한성을 위협했다.

전라병사 이시언이 진압을 시도했지만 두 차례나 실패했다.

도원수 권율이 나서서 전라 감사 박홍로, 신임 남원 판관 이덕회(李德恢) 등을 독려하고 전라, 충청에서 왜적의 간담을 서늘하게 했던 의병장 김덕령에게도 지원을 요청했다.

이몽학은 '한성으로 쳐들어가자!'고 떠들어댔고 수원 등지에서는 피난짐을 싸는가 하면 한성마저도 술렁이기 시작했다.

하늘이 도왔는지 붙잡혀 있던 임천 군수 박진국(朴振國)이 풀려 나와서 권율에게 반란군의 내막을 알려 주었다.

'서산 군수 이충길(李忠吉)이 동생 세 명과 함께 반란군과 내통하고 있다.'고 했다.

권율은 즉시 이충길을 사로잡아 공주 감옥에 가뒀다.

나라가 되려는지 논밭의 백성들마저 자진해서 진압군에 가담했다.

홍주 목사 홍가신(洪可臣)이 무장 박명현(朴名賢), 임득의(林得義) 등과 진압군의 예봉을 꺾자 내부 반란이 일어나 이몽학은 제 부하들에게 자다가 죽고 한현은 생포되어 참수되었다.

기축년(1589년) 정여립의 반란 때는 정여립과 친하다는 이유로 파직되었는데 전쟁을 만나 파주 목사로 큰일을 하더니 이제 또 홍주 목사로 큰일을 한 것이다.

나보다 6년 연상인 그를 파주에서부터 잘 아는데 왜란 중에 그가 올린 '적패퇴봉사(賊敗退封事)'는 국정의 세세한 부분까지 잘 짚었다는 평을 들었다.

한데 불똥이 엉뚱한 곳으로 튀고 말았다.

이몽학이 남긴 서류와 한현이 자백한 내용에 김덕령(金德齡), 곽재우(郭再祐), 최담령(崔聃齡), 홍계남(洪季男), 고언백(高彦伯) 등이 있었던 것이다.

한현은 버젓이 '그들도 우리 심복'이라고 말했다.

곽재우는 한성으로 압송된 뒤 풀려났지만 김덕령은 모진 문초 끝에 옥사하고 말았다.

김덕령과 함께 의병장으로 혁혁한 전공을 세운 최담령, 관군과 의병을 이끌고 이몽학의 난을 진압한 경상도 조방장 홍계남, 평양성 탈환에 참전하여 내가 잘 아는 경상좌도 병사 고언백은 당연히 무고로 밝혀져 화를 면했다.

'내게 죄가 있다면 계사년(1593년)에 모친상을 당하고도 칼 들고 전쟁터에 나선 것'이라며 옥사한 김덕령을 두고 충청, 전라 도민 모두가 자기 일처럼 슬퍼했다.

들리는 말에 의하면 둔전을 소굴 삼아 머무르고 있는 왜병들은 '이제 충청, 전라는 호랑이보다 더 무서운 김덕령이 없어 아무 걱정이 없다.'며 완전 자축분위기였단다.

타고난 호걸이라 보기만 해도 듬직했던 용장, 덕장, 맹장이 흉포한 역적 하나로 구천(九泉)을 떠도는 원귀가 되고 말았다.

왜놈들은 또 다시 쳐들어온다는데 충청, 전라를 지켜주던 든든한 성채 하나가 흔적도 없이 사라졌다.

'하늘도 무심하시다!'는 말이 절로 나왔다.

부체찰사 한효순(韓孝純)은 통제사 이순신의 요청으로 수군에 무과 초시를 보이기 위해 한산도로 향했다.

충청 병사 원균이 36세 박진(朴晉) 대신 전라 병사가 되었다.

박진은 왜란 초기에 경상좌도 병사로서 경주성을 탈환 하는 등 경상도 일원에서 왜적을 몰아내는데 큰 공을 세웠었다.

선조 임금이 왜란 초기에 가장 두드러진 장수로 기억하며 의주 행재소

호위를 맡기려할 정도로 타고난 무인이었다.

나는 떠나는 그를 위로하며 '임금께서 꼭 중책을 맡기실 것'이라고 말했다.

정오 무렵을 전후 하여 일식이 있더니 얼마 뒤 황신(黃愼), 박홍장(朴弘長) 등이 대마도에서 명나라 사신 일행과 만나 대판(大阪)으로 향한다고 했다.

마륜(馬倫) 등이 조회(趙晦), 김장석(金長碩) 등을 역모죄로 무고했다가 도리어 제가 처형당하는 일이 있었다.

다들 사필귀정(事必歸正)이라고 했다.

9월 20일, '한성에 잠시 올라오라.'는 어명이 있어 부체찰사 한효순과 길을 나섰다.

남원에 이르니 사람들이 구름떼처럼 모여 있었다.

'자애롭기로 소문난 이원익 대감이 남원을 지나간다니 억울한 일을 다 말해야겠다.'며 아침부터 모여들었다는 것이다.

나는 대표자격인 사람들의 이야기를 다 들은 후 그 자리에서 결정했다.

'명나라 군대에 대는 건어물, 소금 등은 해당 지역에 고루 배정하여 납품하고, 을미년(1595년) 이전의 미납 물품은 감면하며, 근무 순서가 돌아온 군사와 사찰 노비의 군역과 부역을 면제한다.'고 하자, 일제히 환호성을 질렀다.

선비들은 내게 글을 써주며 '고사에 사직(社稷)의 신하가 있다더니 이 대감이 바로 사직의 신하'라고 했다.

당연한 일을 한 것뿐이고 임금이 신신당부한 일이라고 해도 '서도에서는 이원익 생각뿐이고, 남방에서는 홍세공 생각뿐'이라고 했다.

내가 평안도에서 한 일과 홍세공이 전라도에서 한 일을 두고 말한 것이다.

나는 전쟁 중인 데도 '민심이 곧 천심이라는 말'이 어찌 그리 적중하는지 다시 한 번 감격했다.

성현들이 말한 대로 한없이 어진 백성인데 시절과 사람을 잘못 만나면 그 어진 티를 차츰 잃게 되는 것이다.

임금은 '왜적이 다시 쳐들어온다는 말이 있으니 임진년의 실수를 되풀이하지 않도록 철저히 방비하라.'며 '재산과 사람을 모두 성채 안으로 들여보내 왜적이 강탈하고 유린하지 못하게 하라.'고 했다.

바로 적이 활용하지 못하게 산과 들과 집을 온통 비우는 청야(淸野) 방책이었다.

임금은 '제발 다시는 피난길에 안 나서게 하라.'고 신신당부했다.

나는 그 모습이 너무도 절절하여 눈물을 감출 수 없었다.

나보다 4년 연상인 부체찰사 한효순은 울음을 참느라 애를 먹고 있었다.

임금은 남쪽의 군사 현황은 도원수 권율을 통해 소상히 알고 있었다.

나는 각 고을의 수령들에 대한 공과를 요약하여 보고하고 '풍년이 든다.'며 민심이 많이 안정되고 있다고 했다.

한효순은 한산도무과를 치른 것과 통제사 이순신의 해상방어를 보고했다.

임금은 '사천 해전에서 첫 선을 보인 이후 왜적의 공포의 대상이 되고 있는 거북선'에 대해 세세히 물었다.

'물에 잠기기도 하느냐? 그렇게 무섭다는 말이냐? 입으로 불을 뿜느냐? 조총이나 대포에도 끄떡없느냐? 몇 척이나 되더냐?'고 꼬치꼬치 캐물었고 워낙 소상히 파악하고 있던 한효순은 마치 통제사 이순신의 분신이라도 된 것처럼 막힘이 전혀 없이 척척 답했다.

참으로 오랜만에 들녘이 온통 황금빛일 때 일본에서 소식이 왔다.

책봉사신 양방형과 심유경이 돌아오니 접대에 만전을 기하라며 호조판서 이광정(李光庭)이 남원에 내려와 각 고을 수령을 불러 일일이 지시했다.

전라 감사 박홍로, 도원수 권율도 이광정을 동행하며 분주히 움직였다.

전라 병사에서 물러났던 박진(朴晋)이 황해도 병사 겸 황주 목사로 간다며 서신으로 인사했다.

12월 들어 황신과 박홍장이 먼저 부산에 도착하더니 이내 남원을 거쳐 한성으로 향했다.

황신은 풍신수길이 무릎에 상처 있다며 절도 안 한 채 애만 끌어안고 완전 안하무인이더라고 했다.

'두 왕자를 석방했는데 왜 아직 답례가 없느냐? 왜 고위인사를 사신으로 보내지 않느냐? 왜 세공 안 바치고 조빙(朝聘) 사신도 안 오느냐? 책봉사가 도망쳐 조선에 머문다던데 대체 무슨 말이냐?'고 대뜸 질문부터 쏟아놓더니 왜국 장수들을 향해 '그렇게 오래 조선에 나가 있어도 성공한 일이 전혀 없지 않느냐?'고 언성을 높였단다.

이에 가등청정이 나서서 '다시 가서 조선을 완전 평정하겠다.'고 했고 옆에 있던 덕천가강과 소서행장은 '강화를 중도에 멈추고 다시 전쟁을 할 수는 없다.'며 힘써 말렸단다.

12월 하순에 양방형이 먼저 한성으로 향하고 곧 이어 심유경이 뒤따랐는데, 부산에 함께 와 있던 소서행장은 정사인 양방형은 양산까지 전송하고 부사인 심유경은 부산 출발 후 길 중간까지 전송했단다.

접반사 이광정은 사신 일행의 많은 짐을 옮길 장정이 태부족이라, 배로 광양까지 보낸 뒤 남원을 거쳐 한성으로 옮기게 했다.

소서행장은 조선 관료들에게 '조선 고위관료를 인질로 허락하면 풍신수길을 설득하여 가등청정이 다시 쳐들어오지 않게 하겠다.'고 했다.

통제사 이순신은 '가등청정은 내가 막을 테니 각 고을 수령들은 제발 수병징발에 협조 좀 하라.'고 했다.

나는 아예 부체찰사 한효순을 통제사 이순신에게 붙여 수군의 방비에 만전을 기하라고 했다.

임금은 승지 정기원(鄭期遠), 평안도 도사를 지낸 유사원(柳思瑗)을 고급주문사(告急奏聞使)로 명나라에 보내 '심유경(沈惟敬)이 강화회담을 그르쳐 왜군이 재침할 징후가 있다.'고 알리고 원군을 요청했다.

유사원은 나보다 6년 연상인데 왜란이 발발했다는 비보를 접하자 함경도 경성에서 봉직하다 걸어서 평안도 성천에 이르러 세자를 시종했었다.

중국 조정은 당연히 노발대발하며 명나라 연호도 안 쓴 채 '풍신'이라는 도장만 찍은 풍신수길의 표문(表文)을 조선에 보냈다.

책봉정사 양방형은 '대판성에서 풍신수길의 봉왕 고명을 주고 일단 나와 기다렸지만 풍신수길의 사례 표문도 안 오고 조선의 왜병 철수도 안 해 빈손으로 돌아왔다.'고 보고했다.

명과 조선은 물론이고 풍신수길을 속여 얼렁뚱땅 해치우려던 심유경은 부산의 왜병 군영과 의령, 경주 등을 옮겨 다니며 3백 군사의 호위 속에서 왕래했다.

소서행장은 물론이고 소서비탄수, 평조신, 현소 등과도 자주 접촉하고 있다고 했다.

심유경은 접반사 이광정과 내 앞에서 하던 말을 김명원에게도 똑같이 말했단다.

'조선이 위태로울 때 소서행장과 담판하여 서쪽 북진을 막은 덕에 의주 행재소가 지켜졌다. 수개 월 휴전하는 틈을 타 명의 대군을 불러들임으로써 평양성을 탈환하여 소서행장을 한성으로 쫓았다. 명의 첫 원군 대장 조승훈이 평양성 수복에 실패했을 때 그냥 두었더라면 국왕이 있는 의주마저 위험했다. 그리고 벽제관 참패 이후 명군의 전진은 사실상 어려웠다. 그래서 강화에 매달리게 된 것이다.'라고 했다.

개성에서 이덕형을 만났을 때 '한성 수복이 급선무'라고 해서 명군이나 조선군이나 전진이 어려운 상황이라 '강화로써 왜군을 부산으로 밀어내고 한성을 수복한 것'이라고 했다.

가등청정의 포로로 있던 임해군, 순화군과 관료들을 들먹이며 '내가 강화를 위해 한강에 나가 있을 때 임해군이 사람을 보내 풀어만 주면 한강 이남의 땅은 요청대로 주겠다고 했다.'는 말도 했다.

'한성이 수복 됐고 군량은 모두 뒤에 남겨졌고 한강 이남을 되찾고 두 왕자와 그 일행도 무사히 돌아왔지 않느냐? 일왕 책봉 문제를 붙들고 왜장들을 부산 앞바다에 3년간 묶어 놓지 않느냐?'는 것이 심유경이 김명원에게나 내게 한 말이다.

공은 온통 제 것으로 돌리고 과는 전부 조선에 돌리는 식이라 굳이 대꾸할 가치조차 없었지만 수작의 전말을 캐보려 꾹 참고 끝까지 다 들어주었다.

심유경에게는 체포령이 내렸다.

병부상서 석성(石星), 총독 손광(孫鑛), 책봉정사 양방형(楊邦亨)은 파면되고 석성 대신으로 전락(田樂)이, 손광 대신으로 형개(邢玠)가 맡았다.

풍신수길이 제시한 일곱 가지 요구들 중 세 가지만 들어줄 수 있다고 재차 못 박았다.

즉 '땅(8도 중 4도) 베어줄 것, 곤룡포 보낼 것, 충천관(沖天冠) 보낼 것, 공주와 혼사 맺게 할 것'은 묵살하고 대신 '왕으로 봉할 것, 금인(金印) 보낼 것, 공물 바치게 할 것'은 들어준다는 것이다.

병신년(1596년)은 그렇게 저물어갔다.

풍년이 들어 배는 웬만큼 불렸지만 심유경의 농간으로 세월과 국력만 낭비한 채 또 다시 전운이 감돌게 되었다.

개인 일이나 나랏일이나 소 잃고 외양간 고치는 일이 반복되는 것 같아 뜬눈으로 지새우는 밤이 점점 늘고 있다.

243

마흔 아홉 내 나이만큼이나 세월이 너무 가파르다.

긴긴 왜란에 밟히고 찢긴 조선왕국의 산하만큼이나 세상이 온통 뒤숭숭하고 인심 또한 흉흉하기만 하다.

나는 '내년(1597년) 1월 15일에 종사관을 보내 어긴 자가 없는지 조사하여 군율로 다스리겠다.'고 공표한 뒤 임금이 지시하고 중앙에서 결정한 청야방책을 독려했다.

사람과 곡식, 가축 등은 모두 성으로 들어가고 무겁고 커서 옮기기 어려운 것은 산과 들을 이용해 감추거나 묻어두라고 했다.

나는 '전쟁이 채 안 끝난 상태였지만 이제 더 참혹한 전쟁을 치를 수밖에 없다.'고 확신하고 불철주야 각 고을을 살폈다.

평안도에서 나라가 단숨에 무너지는 것을 생생히 목격했다.

상국(上國)과 소방(小邦)으로 사대교린을 했지만 그래도 조선이 위태롭게 되자 중국이 순망치한(脣亡齒寒)이라며 달려와 돕는 걸 보았다.

평양성을 잃고 되찾는 속에서, 노소 관료들이 뼈만 앙상한 채 동분서주하는 속에서, 그리고 이리 쫓기고 저리 쫓기던 백성들이 총칼에 무참히 쓰러지는 속에서 나는 '나라를 잃어서는 안 된다.'는 것을 뼈저리게 확인했다.

왜장의 말 한 마디에 흔들리는 민심을 탓할 수는 없었다.

뜬소문에 놀라고 헛소문에 춤추는 것이 어디 어리석은 백성뿐인가!

전쟁의 폭력은 가히 무차별적이고 제멋대로이기에 스스로 지켜낼 힘을 키워 스스로 지켜내는 수밖에 없었다.

　다행히 오랜 전란에 놀라고 지친 백성들인데도 나라의 청야방책에 신속히 따라주었다.

　전쟁을 치르며 맞은 마흔 중반이 전쟁을 준비하며 오십에 이르게 된 것이다.

21세기 공직자상을 위한 진정한 멘토

조선의 포청천
오리 이원익 대감 상

초판 1쇄 인쇄   2013년 2월 15일
초판 1쇄 발행   2013년 2월 20일

지 은 이   이우각
펴 낸 이   방은순
펴 낸 곳   도서출판 프로방스
북디자인   DesignDidot 디자인디도
마 케 팅   최관호

주   소   경기도 고양시 일산동구 백석2동 1330번지
            브라운스톤일산 102동 913호
전   화   031-925-5366~7
팩   스   031-925-5368
E-mail   Provence70@naver.com
등록번호   제313-제10-1975호
등   록   2009년 6월 9일
I S B N   978-89-89239-73-4 (04810)

값 18,000원